Reinhold Ziegler
schreibt seit über zwanzig Jahren Bücher für Kinder, Jugendliche und junge Erwachsene. Ursprünglich war er Maschinenbau-Ingenieur und arbeitete auch einige Jahre in diesem Beruf, danach folgte eine Ausbildung zum Journalisten. Er wurde 1955 in Erlangen geboren, verlebte dort seine Kindheit und wohnte dann an verschiedenen Orten, unter anderem in Karlsruhe, Berlin und in seinem Auto. Seit 1987 lebt er mit seiner Familie im Raum Aschaffenburg. Viele seiner Romane und Erzählungen wurden mit Preisen wie dem Hans-im-Glück-Preis und dem Peter-Härtling-Preis ausgezeichnet.
Näheres zum Autor und zu seinen Büchern im Internet unter www.reinhold-ziegler.de.

Reinhold Ziegler

PERFEKT GEKLONT

UEBERREUTER

ISBN 3-8000-5153-2

Umschlaggestaltung von Init, Büro für Gestaltung, unter Verwendung eines Fotos von Photonica, Hamburg

Druck: Ueberreuter Print
1 3 5 7 6 4 2

Ueberreuter im Internet: www.ueberreuter.at

In der Welt der Menschen geschah, was geschehen musste, weil die Menschen so waren, wie sie immer schon waren.

Die Gemeinschaft der Kleinen Leute *ist anders. Denn diese kleinen Menschen, die* Kleinen Klone, *sind anders. Anders als die großen Menschen waren.*

Sie sind kleinwüchsige, großköpfige Geschöpfe ohne Geschlecht. Mit acht Jahren sind sie ausgewachsen und dann werden sie alt – sehr alt.

Hass und Angst, Aufregung und Verzweiflung sind ihnen fremd.

Sie scheinen intelligent, rational und vernünftig.

Zeitgemäß gesagt: cool – so cool, wie die großen Menschen es immer sein wollten.

1

Aurun, das junge Klon, kannte die Unterschiede zwischen Klonen und Menschen nicht. Wie sollte es auch? Menschen hatte es nie getroffen, denn in dieser Welt des Jahres 244 neuer Zeit gab es den *Megahomo sapiens* nicht mehr. Aurun kannte nur, was um es und was in ihm war, und das war bisher einfach zu verstehen und leicht überschaubar gewesen.

Aber an diesem schier endlosen Tag im Frühjahr lernte Aurun – ohne es zu wissen oder zu begreifen – etwas von den Gefühlen kennen, welche die Menschen einst umtrieben. Es war die Verwunderung, die Menschen immer dann ergriff, wenn sie unerwartet Neues erlebten. Und das Entsetzen, das sie manchmal dann befiel, wenn sie erkannten, was es war.

Der uralte Bus schlingerte in Schlangenlinien um die gröbsten Schlaglöcher. In andere krachte er mit lautem Getöse, sodass Aurun die Kiefer fest aufeinander beißen musste, um keinen Zahn zu verlieren.

Der kleine Fahrer thronte auf einer Sitzerhöhung, damit er über das Lenkrad schauen konnte. Die Pedale hatte man mit primitiven Stangen und Hebeln bis zur Höhe seiner Füße verlängert. Bei jedem Schlagloch krallte er sich am Steuer fest, um nicht von seinem wackeligen Thron geschleudert zu werden.

Das blonde, siebenjährige, schon fast erwachsene E-Klon Aurun saß mit angezogenen Knien quer auf einem Sitz. Es klammerte sich mit seinen winzigen, wurstigen Fingern an die verrosteten Rohre der Sitzgestelle. Die kurzen Beine hatte es auf das Polster gelegt und stemmte sich mit den Füßen gegen eine der Stangen. Derart verkeilt konnte es sich einigermaßen sicher an seinem Platz halten. Und außerdem befand sich so die hohe Lehne der Sitzbank vor ihm wie ein Schild zwischen Aurun und seinem Preklon Elbon, welches ununterbrochen auf es einredete.

»Du wirst sehen, man kümmert sich dort um dich ... Es wird schon seinen Sinn haben ... So etwas wird nicht verfügt, wenn es keinen Sinn hat ...«

Aurun starrte auf seine Fußspitzen, dann auf die gegenüberliegende Scheibe. Durch das Fenster konnte man zwischen Kratzern, Dreck und Schmierereien die Ruinen der großen Stadt erkennen. Zeit seines Lebens hatte das junge Klon noch nichts anderes gesehen als diese braunen Ziegelfassaden mit verrotteten Rahmen und zerborstenen Fensterscheiben, diese verrosteten Stahlskelette, von denen zum großen Teil die Betonverkleidungen abgefallen waren, und dazwischen die riesigen Schutthaufen, die entstanden, wenn einzelne Hochhäuser nach langen Jahren des Verfalls schließlich in sich zusammenstürzten.

Trotzdem kam es ihm auf dieser Fahrt so vor, als erblicke es all dies zum ersten Mal. Verwundert meinte es plötzlich zu fühlen, wie trostlos dieser Ort war. Meinte zu spüren, wie gefühllos die riesigen Ruinen mit ihren glaslosen Fenstern auf ihn herunterstarrten. Meinte zu erkennen, wie selbst die Straßen, die doch eigentlich dem Vorwärtskommen dienen sollten, jeden Passanten mit ihren Löchern, Gräben und Schutthaufen dort für immer festzuhalten suchten, wo er gerade war.

Aurun sah, fühlte, spürte, erkannte.

Bemerkte Verwunderung.

Warum war ihm das alles noch nie wirklich aufgefallen? Warum hatte es bisher immer alles nur so gesehen, wie es war: Ein Stein war ein Stein. Viele Steine waren ein Steinhaufen.

An diesem Tag aber sah es mehr: Ein Steinhaufen war ein zusammengefallenes Haus. Und jemand hatte dieses Haus einmal erbaut, bewohnt, geliebt, verloren. Mit einem Mal erfühlte das junge Klon die Geschichten hinter den Steinhaufen und es wunderte sich, denn das Fühlen war kleinen Klonen fremd – eigentlich.

Aurun war auf dem Weg in das so genannte Separationshaus. Dieses Haus sei ein Hochhaus, hatte es gehört. Aber eines von der besseren Sorte, sagte man. Genaueres war nicht zu erfahren, Gemunkel nur. Kein Gefängnis, aber geschlossen, ja. Nicht offen auf jeden Fall. Mehr wusste keiner, wollte keiner wissen.

Und es lag mitten in der großen Stadt, weit entfernt von dem Viertel, in dem Aurun sein bisheriges Leben verbracht hatte. Bisher hatte es nur dreimal mit seinem Preklon Elbon umziehen und sich ein paar Blocks weiter eine andere Unterkunft suchen müssen.

Man bewohnte eine Wohnung so lange, bis sie nicht mehr zu bewohnen war. Bis sich keine Glasscheiben mehr finden ließen, die groß genug waren, um sie über die Löcher in den Fenstern zu pappen, oder bis es keine Tür mehr gab, die man absperren konnte, weil alle Scharniere aus dem morschen Rahmen gefallen waren. Mancherorts brachen Betten oder Schränke zusammen, in anderen Häusern zerbarsten die alten Wasserleitungen, bei wieder anderen stürzten von Regenfällen aufgeweichte Decken ein. Gelegentlich begruben sie einige der Bewohner unter sich, zumindest aber trieben sie alle diejenigen auf die Straße, die bisher dort untergekommen waren.

Aber wenn es dann so weit war, gestaltete sich die Suche nach einer neuen Bleibe nicht schwierig, meist endete sie irgendwo in der Nähe. In dieser riesigen Stadt lebten so wenige Klone, dass sich für jeden immer schnell wieder ein Plätzchen fand. Keine große Sache eigentlich, es gäbe Schlimmeres, hatte das Preklon jedes Mal bemerkt. Und ohne große Umstände hatten sie sich in einer anderen, besseren Wohnung eingerichtet.

Diesmal aber geschah etwas anderes. Diese ungewisse Geschichte mit der Separation verwirrte das junge Klon. Und obwohl es sich immer wieder mit ganz ähnlichen Sätzen zu beruhigen versuchte, wie sie das Preklon da eine Sitzbank weiter vorn unaufhörlich brabbelte, spürte Aurun plötzlich etwas in seinem Nacken. Ein Gefühl, das es bisher noch nicht gekannt hatte. Es war, als wenn eine eisige Kralle es dort packte und – so, wie der Bus es gerade äußerlich mit Auruns kleinem Körper tat – wieder und wieder schüttelte.

»Was ist nur los mit dir?«, murmelte eine Stimme in Auruns Kopf. Und ihm fiel auf, dass dieser Satz es die ganzen letzten Wochen hindurch begleitet hatte.

»Was ist los mit dir?«

Irgendetwas hatte sich in ihm verändert, das konnte es spüren. Warum war nichts mehr wie früher?

Elbon half ihm nicht weiter. Gab allenfalls Sätze von sich wie: »Es ist eben, wie es ist, Aurun!«

Aber vielleicht wusste das Preklon selber nicht Bescheid. Oder es wollte nichts wissen.

Veränderungen, Beunruhigungen, Stimmen im Kopf. Jetzt diese Separation. Eine Trennung vom Preklon. Und von allen anderen Wesen, die Aurun kannte. Wenn es darüber nachdachte, dass es am Ende dieser Busfahrt allein auf dieser Welt sein würde, merkte es, wie die seltsame Kralle in seinem Nacken fester zupackte und noch heftiger schüttelte. Es stemmte sich ein wenig im Sitz nach oben, um sein Preklon zu sehen.

Das Preklon bemerkte es und nickte ihm zu, ohne in seinem Redefluss zu stocken: »... wenn es verfügt wird, hat es seinen Sinn. Sonst würde man es nicht verfügen. Es verursacht der Gemeinschaft der Kleinen Leute hohe Kosten, dich dort unterzubringen. Man würde das nicht tun, wenn es keinen Sinn hätte. Wir sind der Gemeinschaft dankbar, dass dies geschieht. Wir müssen dankbar sein. Es soll ein schönes Haus sein. Du wirst sehen ...«

Aurun ließ sich wieder auf den Sitz zurücksinken. Das Preklon redete manchmal viel, wie alle E-Klone, aber so ohne Unterlass wie auf dieser Fahrt? Das war nicht seine Art. Aurun wunderte sich darüber. Es wunderte sich und spürte zugleich, dass dieses Sichwundern, das Fragenstellen und Grübeln in Zukunft fest zu seinem Leben gehören würden.

Plötzlich blieb der alte Bus mit einem Ruck stehen.

»Aussteigen!«, rief der Fahrer.

Aurun sah nach vorne. Dort war die Straße von großen Schutthaufen versperrt. Aurun und sein Preklon Elbon rutschten von ihren Sitzen auf den Boden und liefen zum Fahrer vor.

»Wir müssen hierhin!«, sagte Elbon und hielt dem Klon, das den Bus gesteuert hatte, den Bescheid mit der Adresse des Separationshauses vor die Augen.

Das Klon zeigte auf den Schutt vor ihnen. »Da drüber und dann weiter geradeaus!«, sagte es.

Die beiden mühten sich aus dem Bus – für ein Klon war das ein mächtiger Sprung, von der letzen Stufe bis zum Boden. Der Fahrer warf ihnen die Tasche hinterher, in der alles verstaut war, was Aurun gehörte. Viel war es nicht. Sie nahmen sie jeder an einem Henkel und hievten sie den Haufen aus Steinen und Abfall hinauf.

Als sie oben waren, sahen sie, dass auf der anderen Seite ein Weißes stand.

Weiße – so nannte man die X-Klone, die seit geraumer Zeit für Ruhe und Ordnung in der Gemeinschaft der Kleinen Leute sorgten. Sie hatten eine sehr helle, fast durchsichtige Haut, keine Haare und trugen immer, wie eine Uniform, riesige weiße T-Shirts. Sie reichten bis zum Boden und wurden am Bauch von einem Gürtel gehalten, der genauso rot war wie ihre Augen.

»Gegrüßt!«, sagte das weiße Klon und hob die Hand zum Zeichen, dass sie stehen bleiben sollten.

Die beiden antworteten mit der unter den Kleinen Leuten üblichen Gruß- und Vorstellungsformel:

»Gegrüßt, Elbon Ebanan!«

»Gegrüßt, Aurun Ebanan!«

Das Weiße ließ die Hand sinken: »Es gibt hier keinen Durchgang, Sperrzone!«

»Aber wir müssen dorthin!«, rief Elbon und hielt dem Weißen den Separationsbescheid unter die Augen. Es las kurz, dann musterte es die beiden.

Sie sahen für Klone ganz normal aus. Man suchte sich zum Anziehen zusammen, was man fand, Hemden, Jacken, Hosen, Mäntel, Kleider, und schnitt ab, was zu lang war. Durch die lange Fahrt wirkten sie vielleicht ein wenig abgerissener und verdreckter als sonst, aber das störte in dieser Welt aus Schutt und Zerfall niemanden.

Das weiße Klon hatte lediglich die Aufgabe, alles zu melden, was an diesem Kontrollpunkt hinter dem Schutthaufen außer der Reihe war, und so kontrollierte es brav alles, was es sah, nur um dann festzustellen, dass nichts Anormales daran zu finden war. Es nahm ein kleines Gerät hoch und drückte es erst Elbon und dann Aurun gegen das linke Schlüsselbein. Es las die Nummer auf dem Gerät, verglich sie mit der Nummer auf dem Separationsbescheid und hielt dann Elbon mit einer Geste zurück.

»Es kann gehen, Sie nicht!«, sagte es und bedeutete Aurun mit dem Kopf, weiterzugehen.

»Aber warum?«, fragte Aurun erschrocken.

Das Weiße sah es an: »Sicherheits-Sperrzone um das Separationshaus! Sicherheits-Sperrzonen dürfen nur von dem Personenkreis betreten werden, der sich durch eine schriftliche Anordnung zum Betreten der Sperrzone legitimieren und durch Auslesen seiner Chipnummer identifizieren kann!«

Aurun sah Hilfe suchend zu Elbon, das nun eifrig nickte: »Da siehst du, es ist für alles gesorgt. Man kümmert sich um deine Sicherheit. Du kannst jetzt gehen, du findest es. Es ist gleich da vorne. Gegrüßt!«

»Gegrüßt!«, murmelte Aurun und sah, noch immer entsetzt, seinem Preklon Elbon nach, das sich rasch umgedreht hatte und nun hinter dem Schutthaufen wieder verschwand.

»Es ist dort hinten! Das weiße Haus!«, sagte das weiße Klon und schob Aurun weiter.

Aurun stockte der Atem. Das Haus dort hinten war riesig und so hoch, dass es mit seiner Spitze an den Wolken zu kratzen schien.

2

Ein anderes glatzköpfiges X-Klon mit bleicher Haut und roten Augen begleitete Aurun auf sein Zimmer. Es half mit der Tasche, ließ sich den Neubezug des Raumes quittieren und überreichte die Einweisungspapiere und die Hausordnung. Aurun ließ alles ein wenig eingeschüchtert über sich ergehen. Xe waren größer und kräftiger als die übrigen Klone und der Blick ihrer starren roten Augen ließ Widerspruch nicht zu. Mit lauter Stimme verabschiedete sich das Weiße förmlich: »Wie gesagt, mein Name ist Xylon Xojor. Ich bin hier der oberste Ordnungshüter. Wenn Sie noch Fragen haben, ich bin in meinem Büro neben dem Eingang – gegrüßt, Aurun Ebanan!«

»Gegrüßt, Xylon Xojor!«, antwortete Aurun höflich.

Das X-Klon ging und schloss leise die Tür hinter sich.

Nun war Aurun allein. Es sah für eine Weile wie gebannt aus dem Fenster in der 43. Ebene auf die anderen Häuser hinab. Etwas war passiert und Aurun bemühte sich vergeblich, es zu verstehen.

Irgendwo dort, in diesem Häusermeer, hatte es seine ersten Lebensjahre verbracht. Wie riesig und endlos das alles war. Und dann machte es eine Entdeckung: Dort hinten, erkennbar nur als dünne Linie am Horizont, war das Meer. Das Meer!

Einmal, vor unendlich langer Zeit, wie es ihm vorkam, war es einfach allein aufgebrochen und bis zum Meer gelaufen. Hatte Wellen an eine alte Hafenmauer krachen sehen, hatte Tang gerochen, Salz geschmeckt und die Gischt auf den Wangen gespürt. Und da war es nun wieder, das Meer, ein dünner Faden, der Verbindung hielt zwischen früher und heute.

Fast versöhnt mit seinem neuen Zuhause drehte sich Aurun vom Fenster weg.

Das neue Zimmer war groß und niedrig, viel niedriger als die Räume, die das E-Klon Aurun bisher mit seinem Preklon bewohnt hatte. Alle Wände waren kalkweiß gestrichen. Die Fensterrahmen aus mattsilbernem Metall reichten bis hinunter auf den Boden, ein sicheres Zeichen dafür, dass man dieses Haus aus der Megaho-Zeit umgebaut hatte. Aus einem Stockwerk hatten sie jeweils zwei gemacht. Das reichte für die Klone, die je nach ihrer Familienzugehörigkeit nur zwischen einem halben und einem Meter groß waren.

Die alte, riesige Aufzugkabine jedoch hielt weiterhin nur in den alten Stockwerken, denen mit geraden Nummern, auf der Ebene 43 hielt sie nicht. Man fuhr zum Stockwerk 22, Ebene 44 und stieg die Treppen zur nächsten Ebene hinab. Umgekehrt stieg man am besten auf Ebene 42 hinunter und nahm von dort den Aufzug, wenn man das Haus verlassen wollte.

... das Haus verlassen wollte – Unsinn, dachte Aurun. Darüber nachzudenken war Gedankenverschwendung. Hatte dieses X-Klon Xylon Xojor nicht gerade erklärt, dass man das Haus nicht mehr verlassen dürfe? Alles Wichtige, hatte es gesagt, stände in der Hausordnung, die zu lesen eine Pflicht sei. Nur so viel vorweg: Niemand von den Separierten dürfe das Haus verlassen.

Aurun sah sich um. Alles sah sauber aus, frisch renoviert. Von der Decke hing an einem Kabel eine funktionierende Lampe. Eingeschaltet vergiftete sie den weißen Raum mit grellem grünbläulichem Licht.

Unübersehbar lagen die Hausordnung und die Einweisungspapiere mitten im Raum auf seiner Tasche. Aurun nahm die Broschüre zur Hand und begann zu lesen:

Hausordnung

Erste Schritte: Kontrollieren Sie, ob die Separation zu Recht erfolgt ist, insbesondere ob die in der Separations-Einweisungsverfügung genannte Person mit Ihnen identisch ist. Vergleichen Sie alle Personendaten genau!

Aurun nahm die Einweisungspapiere.

Vorname: .... *Aurun*
Zugehörigkeit: .... *Ebanan*
Klon-Familie: .... *E*
Klondatum: .... *17. Februar 237*
Separationsdatum: .... *12. Mai 244*
Grund: .... *Mutation durch hormonelle Auffälligkeit (E-Familie!)*
Separationszeitraum: .... *bis auf weiteres*
Sicherheitsstufe: .... *gering*

Der Ausdruck *bis auf weiteres* bewirkte in Aurun aufs Neue dieses merkwürdig kühle Gefühl im Rücken.

Verwundert wollte Aurun sich wieder der Hausordnung zuwenden, konnte aber diesen merkwürdigen Schauder nicht gleich abschütteln. Immer wieder in den letzten Monaten hatte es dieses merkwürdige Gefühl gehabt und Aurun fragte sich, ob dies vielleicht sogar die Ursache für seine Separation war.

Es war alles sehr schnell gegangen. Ein Medizin-Klon hatte bei einer Routineuntersuchung anscheinend etwas festgestellt. Eine gewisse Hektik und Aufregung war zu spüren gewesen. Wir müssen da noch etwas zusätzlich klären, hatte man ihm mitgeteilt. Eine Visitation, eine Blutabnahme und dann zwei Tage später die Zustellung der Separationsverfügung mit dem Hinweis, sich hier in diesem Haus einzufinden.

Das Preklon hatte zusammen mit Aurun das Dokument durchgelesen. Merkwürdig, hatte es gemeint. Solche Probleme hatte ich nie. Aber es wollte Aurun auch nicht erklären, was mit *hormoneller Auffälligkeit* gemeint sein könnte. Vielleicht wusste es das selber nicht, dachte Aurun.

Gemeinsam hatten sie gepackt. So ist es eben, hatte das Preklon ein paarmal gemurmelt. Wenn es so ist, wie es ist, dann ist es eben so, in vielen Variationen. Tagelang und dann die ganze Fahrt über.

Und als es sich dann vor ein paar Minuten am Schutthaufen mit diesem letzten »Gegrüßt!« verabschiedet hatte, war bei Aurun dieses kühle Gefühl im Rücken wieder aufgetaucht.

Was ist los mit mir? Aurun schüttelte seinen Körper, aber die dumpfe Erinnerung wollte nicht verschwinden.

Hausordnung: Erste Schritte …

Aurun zwang sich weiterzulesen.

Sie werden hier nichts entbehren. Alles, was Sie brauchen, Nahrungsmittel, Kommunikation und Arbeit, wird Ihnen von der Separationsverwaltung zugeteilt werden.

Wenn Sie Hunger haben, fahren Sie bitte mit dem Aufzug in das 30. Stockwerk. Dort, auf Ebene 60, finden Sie unser 24-Stunden-Büfett mit lebenserhaltenden und nahrhaften Speisen und Getränken. Die Verbringung von Lebensmitteln in die Einzelräume ist untersagt.

Es wurde Abend, Aurun hatte den ganzen Tag noch nichts gegessen. Es atmete tief durch.

Was ist los mit dir?, murmelte die Stimme.

Nichts!, antwortete Aurun trotzig.

Wäre doch eine gute Idee, das neue Leben mit Essen zu beginnen. Aber zuvor wollte es den Raum ein wenig einrichten.

Unter dem Stichwort *Möblierung* fand es in der Hausordnung eine Reihe Möbel zur Auswahl. Aurun blätterte eine Weile, dann schickte es die Bestellung durch den Hauskommunikator an die Verwaltung. Man kümmere sich darum, war die prompte Antwort. Das kleine Klon beschloss, sich zum Essen umzuziehen.

Als es ein saubereres Hemd aus dem Koffer hob, fiel die kleine Sanduhr heraus, die ihm sein Preklon vor Jahren einmal zum Zeitmessen beim Zähneputzen geschenkt hatte. Aurun hob sie auf und hielt sie gegen das grelle Licht, drehte sie hin und her. Es suchte etwas. Da! Da war es! Inmitten der Tausenden von weißen Sandkörner war ein einzelnes schwarzes Körnchen. Nur zu entdecken, wenn man mit dem Auge ganz nah heranging, wenn man wusste, es war da, irgendwo in der Menge der weißen, und wenn man geduldig danach suchte.

Oder wenn man Glück hatte. Glück wie damals, als Aurun es entdeckt hatte. Schau mal, Elbon, hatte es sein Preklon hergerufen. Schau mal, da ist ein schwarzes Körnchen dazwischen.

Aber für Elbon hatte das nichts bedeutet. Elbon nahm die Welt so, wie Klone die Welt nehmen – so, wie sie war. Wenn in einer Sanduhr inmitten weißer Körnchen ein schwarzes war, warum nicht.

Wenn sie funktioniert, hatte Elbon gesagt, können wir sie verwenden.

Ja schon, sie funktioniert, hatte Aurun geantwortet, hatte die Sanduhr um- und umgewendet, den Sand immer wieder hinunterlaufen lassen und zugesehen. Dieses schwarze Korn, es rinnt genauso wie die weißen Körnchen, rutscht und fällt genauso, wird verschüttet und taucht wieder auf – aber es ist anders, Elbon, oder? Oder nicht? Verstehst du?

Nein, hatte Elbon gesagt, ich verstehe dich nicht. Wenn es doch funktioniert!

Als Kindklon kennt man sein Preklon noch nicht sehr gut. Man sieht nur das Wesen, das einen ernährt, das einen am Leben hält. Erst als Aurun fünf geworden war – schon fast erwachsen und genauso groß wie Elbon, fast dasselbe Gesicht, nur ein wenig jünger, denn Elbon war damals schon über dreißig –, ertappte es sich manchmal dabei, Elbon zu beobachten.

Wir haben identische Gene, dachte es, so werde auch ich einmal sein. In dreißig Jahren vielleicht. Fragte sich: Hat sich Elbon nie für schwarze Sandkörnchen interessiert?

Nein, nie!, hörte es die Antwort.

Nie für das Geräusch, das die riesigen Wellen des Meeres machen, wenn sie bei Sturm an die Hafenmauer aus alter Zeit donnern?

Nein, nie!

Nie für die Farben, die ein Regentag zum Leuchten bringt? Nein, nie! Nie für das Geräusch, das ein Klon beim Schlafen macht? Nie für ...

Vielleicht haben sie die Zellen vertauscht, hatte Aurun dann gedacht. Vielleicht bin ich nicht aus Elbons Zelle. Vielleicht bin ich gar kein Ebanan, vielleicht nicht mal ein E-Klon.

Vielleicht gibt es irgendwo ein Klon wie mich, das immer wieder nach einem schwarzen Körnchen sucht. Vielleicht war es eine Zelle von jemand anderem, aus der ich geklont wurde. Vielleicht würde es sich lohnen, statt nach einem Körnchen, nach diesem anderen zu suchen.

Aurun ließ die Sanduhr sinken und sah aus dem riesigen Fenster. Plötzlich wurde das kalte Gefühl im Rücken ganz stark, die eisige Hand packte das kleine Klon am Nacken und schüttelte es wild, immer wieder, je mehr es über all das nachdachte. Unter den Augen und in der Nase spürte Aurun ein Brennen.

Es drehte den Kopf weg, als könnte es entkommen, wollte die Gedanken loswerden. Atmete tief, bis die Aufregung verschwand. Ruhe zog wieder in den kleinen Körper ein. Seltsame Dinge passieren heute, wunderte es sich, steckte die Sanduhr in seine Hosentasche und entschloss sich mit dem Aufzug nach oben zum lebenserhaltenden und nahrhaften Büffet zu fahren.

3

An der Tür zur Kantine stand ein glatzköpfiges X-Klon und legte Aurun den Scanner ans linke Schlüsselbein.

»Ihre Raumnummer?«, fragte es.

Aurun überlegte einen Moment. »Raumnummer? Ich glaube, ich weiß sie nicht. Ist das wichtig?«

»Ohne Raumnummer können Sie hier nicht essen!«

»Aber Sie haben doch gerade meinen Chip gescannt?«, fragte Aurun verwundert.

»Sie können ohne Raumnummer hier nicht essen, so sind die Regeln!«

Aurun versuchte sich zu erinnern. »Es ist auf der dreiundvierzigsten Ebene. Dreiundvierzig-einhundertzwölf vielleicht? Ich weiß nicht genau, ich bin ganz neu hier!«

»Dann fahren Sie wieder runter und sehen nach, welche Nummer auf der Tür steht, die ihr Chip öffnet. Bedaure, ohne Raumnummer kein Essen!«

Hinter Aurun hatte sich eine kleine Schlange gebildet. Plötzlich kam von dort eine Stimme: »Du hast bestimmt dreiundvierzig-einhunderteinundzwanzig!«

Aurun drehte sich um. Ein älteres, übergewichtiges Klon stand dort, von den Gesichtszügen her wahrscheinlich ein E. Es ermunterte Aurun mit freundlichem Kopfnicken, es mit dieser Nummer zu versuchen.

»Dreiundvierzig-einhunderteinundzwanzig«, sagte Aurun also.

Das X-Klon gab die Nummer ein. »In Ordnung!« Es drückte die Schranke zur Seite und ließ Aurun passieren.

Unsicher zwischen all diesen fremden Klonen, die schwatzend und schmatzend an den Tischen saßen, suchte Aurun sich etwas zu essen am Büfett aus. Dann setzte es sich an einen freien Tisch und hielt vorsichtig nach dem älteren Klon Ausschau. Aber Aurun war schon entdeckt worden. Quer durch den Raum kam das dicke Klon fröhlich dahergewatschelt, balancierte umständlich das übervolle Tablett und setzte es etwas unsanft auf dem Tisch ab. Es streckte Aurun die Hand entgegen.

»Gegrüßt! Gertran Ewinewi«, stellte es sich vor.

»Gegrüßt! Aurun Ebanan – woher wussten Sie meine Raumnummer?«

»Geraten! Ich bin auch auf Ebene Dreiundvierzig. Und die Hunderteinundzwanzig ist seit letzter Woche frei – also ganz nahe liegend.« Wieder, wie schon vorhin an der Schranke am Eingang, lächelte es. Es gab wenig Klone, die lächelten. Ungeschickt versuchte Aurun zurückzulächeln.

»Ich habe mir gleich gedacht, dass Sie ein E sind«, sagte Aurun, nachdem sie eine Weile still gegessen hatten.

Gertran lachte. »Und ich habe *gewusst,* dass *du* ein E *bist!*«, sagte es selbstsicher.

»Gewusst?«

Gertran nickte. »Schau, Mädchen! Ich bin einhundertzweiundsiebzig Jahre alt. Da gibt es manche Sachen, die sieht man auf den ersten Blick. Da braucht man keinen zweiten.«

Aurun starrte das alte Klon an. Es wagte nicht, zu antworten.

»Na, was ist? Erstaunt dich mein Alter? Du hast doch sicher schon gehört, dass es manche sehr Alte in einigen Klonfamilien gibt. Hast aber noch nie eines getroffen, was? Hast gedacht, Alte sehen auch richtig alt aus, was? Hat es dir die Sprache verschlagen?«

Aber es war gar nicht das hohe Alter. Etwas ganz anderes hatte Aurun erschreckt. Dieses Wort, das Gertran Ewinewi so selbstverständlich ausgesprochen hatte.

Erst nach einer Weile traute Aurun sich schließlich leise zu fragen: »Was sagten Sie zu mir? Mädchen?«

»Oh! Hab ich das? Entschuldigung! Du bist ja wirklich

ganz neu hier!« Wieder lächelte Gertran, erklärte aber nichts, sondern schlang fröhlich und gierig sein Essen hinunter. Ab und zu guckte es mit seinen kleinen, lebendigen Schweinsäuglein zu Aurun hinüber.

Etwas in Aurun riet ihm, vorsichtig zu sein. Still aß es, dann stand es wortlos auf und wollte seinen Teller wegräumen. Da hielt Gertran es zurück.

»Warte, Aurun. Ich wollte dich nicht erschrecken. Du hast nichts von mir zu befürchten. Wollen wir uns treffen, später?«

Aurun zuckte die Schultern. »Von mir aus«, sagte es matt.

»Ich rufe dich an! Morgen Früh. Sehr früh! Ist das recht? Ich möchte dir etwas zeigen!«

»Von mir aus«, sagte Aurun wieder. »Gegrüßt!« Dann ging es.

In dieser Nacht schlief Aurun wenig. Seltsame Dinge passierten in seinem Kopf. Schlaf doch ein, dachte es immer wieder. Was soll denn schon sein? Du schläfst ein und wachst auf und nichts ist anders. Du schläfst ein als Aurun Ebanan und erwachst als Aurun Ebanan. Du schläfst ein und die Nacht geht ihren Gang, wachst auf und …

Aber nichts ging seinen Gang. Alles war hier so anders, so fremd. Sie hatten die Möbel ins Zimmer gebracht, fremde Möbel, ein fremdes Bett, eine fremde Wanduhr mit fremdem Ticken. Vor einem fremden Fenster eine fremde Welt. Fremdes Licht, fremde Gerüche, fremde Geräusche. Alles war plötzlich anders, alles! Und ich bin anders, dachte Aurun. Anders als die anderen. Warum? Warum separiert man mich? Nichts geht seinen Gang! Wenn alles anders ist und ich bin anders, dann geht doch nichts seinen Gang, oder?

Als es zum letzten Mal auf seine neue Wanduhr sah, war es kurz nach vier. Am Himmel im Osten, über dem Meer, ahnte man schon die Dämmerung.

Dann weckte es das penetrante Piepen des Hauskommunikators.

Die Stimme am anderen Ende war ohne Zweifel das alte Klon mit Namen Gertran. Ohne darauf zu warten, was Aurun müde dahinnuschelte, sagte es: »Wir machen einen Ausflug ins Grüne – ich hole dich in zehn Minuten ab!« Dann unterbrach es die Verbindung.

Aurun sprang erschrocken aus dem Bett und zog sich etwas über. Warum gehe ich eigentlich mit, dachte es, und wohin eigentlich, wenn wir doch das Haus ohnehin nicht verlassen dürfen?

Kurz danach ertönte der Türsummer. Gertran Ewinewi stand da – lächelte. Es sah genauso aus wie am Abend beim Essen, feist und fröhlich, wirkte nicht verschlafen oder müde.

»Es tut mir so Leid!«, sagte es. »Ihr Jungklone braucht immer viel Schlaf, ich vergesse das manchmal. Aber das, was ich dir zeigen will, sieht man nur so früh – also komm mit!«

Aurun tappte müde hinter Gertran zum Aufzug in der 44. Ebene, dort drückte das Alte auf die oberste Taste, 31. Stock, Ebene 62.

»Warum fahren wir hoch?«, fragte Aurun verschlafen. »Ich dachte, Sie wollten mit mir ins Grüne?«

»Abwarten!«, meinte Gertran nur.

Als sich die Aufzugtüren wieder öffneten, standen die beiden Klone in einem muffigen, schmutzigen, dunklen Gang, von dem seitlich einige Türen abgingen. Ein paar Oberlichter ließen die Morgendämmerung durch verdrecktes, vergittertes Glas hereinsickern. Hier schien lange Zeit niemand mehr gewesen zu sein, und wenn doch, dann bestimmt nicht zum Saubermachen. Es war nicht unbedingt der Ort, den Aurun freiwillig aufgesucht hätte. Aber Gertran führte das junge Klon bis zur letzten Tür des Ganges, dann zog es einen kleinen Schlüssel aus der Tasche.

»Hab ich einem X geklaut«, sagte es. »Xe verstehen das hier oben nicht, also brauchen sie auch keinen Schlüssel, finde ich.«

Es schloss im Dunkeln zielsicher die Tür auf, und an der

frischen Luft, die hereinströmte, erkannte Aurun, dass sie ins Freie gelangten. Ein paar Stufen führten nach oben, schnaufend stapfte das dicke Gertran voran, Aurun folgte leichtfüßig. Dann standen sie im Halbdunkel auf dem Flachdach des Hauses unter freiem Himmel.

Aurun war schon öfters auf flachen, alten Dächern gewesen. Aber hier sah es ganz anders aus, als es erwartet hatte. Keine alte, stinkende Dachpappe, kein Abfall, kein Dreck. Die ganze Fläche war von einer grünen, mit Blüten übersäten Wiese bedeckt.

»Über die Jahre und Jahrhunderte«, erklärte Gertran, »hat sich hier der Staub der Großstadt abgesetzt. Gras und Moos sind gewachsen. Und als ich das entdeckt hatte, habe ich mir erlaubt mit ein wenig Blumenerde und Samen nachzuhelfen. Gefällt es dir?«

Aurun nickte zögernd. Es wollte sich seine Verwunderung nicht anmerken lassen.

»Es ist originell«, sagte es ohne Begeisterung. »Man meint auf einer Wiese zu stehen und steht doch hoch über den Häusern der Stadt.«

Für einen Moment sah Gertran es ein wenig enttäuscht an. Aber schon einen Augenblick später schien es zu seiner normalen Fröhlichkeit zurückzufinden.

»Auf jeden Fall musst du aufpassen«, sagte es, »denn rundherum geht es viele Stockwerke tief hinunter. Und das könnten selbst kleine, zähe Klone wie wir nur schlecht überleben.«

»War es das, was Sie mir zeigen wollten?«

»Auch«, sagte Gertran. »Aber noch etwas anderes. Wir müssen noch ein wenig warten. Komm!«

Es führte Aurun über die Wiese zu einer kleinen verwitterten Holzbank, die mitten in dem Blütenmeer stand. Die beiden setzten sich. Gertran blickte hinaus in den dunklen Himmel und schwieg.

Aurun fiel es schwer, Vertrauen zu dem alten Klon zu entwickeln. Es kämpfte lange mit sich, schließlich sagte es doch, was ihm seit gestern Abend durch den Kopf ging. »Es war kein Zufall, dass Sie mich gestern ein *Mädchen* nannten, nicht wahr?«

Gertran lachte. »Weißt du denn, was ›Mädchen‹ bedeutet?«, fragte es an Stelle einer Antwort.

»Ich denke schon: Mädchen ist die Bezeichnung für ein weibliches Megamenschenkind, oder?«

»Richtig – Mädchen! Und: Nein – es war kein Zufall!«

»Warum taten Sie es dann?«

»Du bist neugierig – Mädchen. Aber das ist gut so. Also – lass mich dir etwas erzählen.« Gertran rutschte mit seinem dicken Hintern ein wenig hin und her, bis es eine bequemere Position gefunden hatte. Die alte Bank knackte und knarrte bedenklich. Dann begann es: »Als sie den Ersten von uns gemacht haben, vor 244 Jahren, da richteten sie es so ein, dass wir Neutra wurden. Nicht wie Tiere und Megamenschen männlich oder weiblich, sondern geschlechtslose Neutra. Warum das so war, das ist heute nicht mehr klar. Wie wohl alles, ob aus Versehen oder mit Absicht, ins Dunkel gefallen ist, was vor dem Jahre null lag.«

Wie merkwürdig es spricht, dachte Aurun und beobachtete das alte, dicke Klon vorsichtig aus den Augenwinkeln.

Gertran merkte es wohl, erzählte aber unbeirrt weiter: »Ein Grund ist sicher, dass man verhindern wollte, dass wir uns unkontrolliert reproduzieren können. Du weißt vielleicht, wie das bei uns vor sich geht: Nur wenn ein Klon nach all diesen Untersuchungen, die Medizinklone im Laufe seines Lebens an ihm vornehmen, als körperlich und geistig gesund bewertet wird, ist es geeignet, seine Gene und sein Wissen an ein junges Klon weiterzugeben. Und wenn es einverstanden ist und die Gesamtbevölkerungskommission der Gemeinschaft der Kleinen Leute eine Vermehrung innerhalb dieser Familie ohne Einkreuzung fremder Gene für richtig und notwendig hält, wird ein kleines Klon erzeugt und von dem Genspender selbst, dem Preklon, aufgezogen.«

»Danke!«, sagte Aurun schnippisch, »aber mein Preklon hat mich bestens aufgeklärt!«

Gertran lachte. »Schon gut, man weiß ja nie. Aber du weißt vielleicht auch, dass das bei Tieren im Allgemeinen anders funktioniert!«

Aurun schwieg. Also fuhr Gertran fort: »Egal! In den letzten Jahrzehnten jedenfalls tauchten vor allem in unserer E-Familie, aber seit neuestem anscheinend auch in anderen Familien, Individuen auf, deren hormonelle Werte darauf hindeuteten, dass sie keine Neutra mehr waren. Keiner weiß, woran das liegt. Angeblich forscht man, aber wie immer ohne Ergebnis. Ich war eine der Ersten, bei denen man diese Missbildung, wie sie es nennen, festgestellt hat. Mich hat man als eine der Ersten separiert. Gerade an mir haben sie seit den letzten fünfzig Jahren mehr geforscht, als mir gut tat.«

»Fünfzig Jahre?«, fragte Aurun entsetzt. »Sie sind schon fünfzig Jahre hier?«

Gertran nickte. »Allerdings. Und ich habe keine große Hoffnung, dass ich hier jemals wieder hinauskomme.«

Aurun sah das Alte entsetzt an: »Aber warum? Warum nur?«

»Sie sind sich, kurz gesagt, nicht sicher, ob ich mich nicht vielleicht auf natürlichem Wege reproduzieren könnte.«

»Und das heißt?«

»Das heißt, ich bin eine Frau, Aurun, kein Neutrum. Eine Sie, kein Es.«

Aurun sah Gertran entsetzt an. »Aber man hat uns immer beigebracht, dass die natürliche Reproduktion der Megahomo sapiens, der großen Vorzeitmenschen, der Grund für das Ende dieser Art gewesen sei.«

»Siehst du, Kleine, du bist genauso entsetzt wie sie. Und weil sie so entsetzt sind, sperren sie uns Frauen hier ein. Bis auf weiteres, sagen sie. Was so viel bedeutet wie – für immer!«

»Uns Frauen?«

»Was glaubst *du* denn? Alle, die hier sind, und glaube mir, es werden jedes Jahr mehr, alle haben sie dieses ›Problem‹. Früher haben sie nur die weggesperrt, bei denen man es schon gesehen hat. Inzwischen holen sie schon so junge Dinger wie dich. Du weißt doch, dass wir Klone in rund sieben Jahren ausreifen. Du bist sieben. Und die Untersuchung, die deiner Einweisung voranging, hat ergeben, dass diese Ausreifung bei dir auch eine Geschlechtsreifung war. Das hat sie erschreckt. Auch du bist kein Es. Du bist eben ein Mädchen, eine Jugendliche, oder eigentlich bist du bereits fast eine junge Frau.«

Aurun saß ganz still, starrte hinaus in den Himmel, der mit jeder Minute heller und silbriger wurde.

»Ich will das nicht!«, sagte sie schließlich. Das kalte Gefühl im Rücken war in den letzten Minuten wieder über sie gekrochen, diesmal wie ein kaltblütiges, todbringendes Raubtier. »Ich will das nicht!«

Als Gertran ihre Hand nahm, um sie zu trösten, zuckte Aurun erschrocken und trotzig zurück.

Sie zitterte. Alles in ihr war in Aufruhr. Stimmen kämpften:

Du bist anders!

Was ist los mit dir?

Du bist eine Frau!

Ich will das nicht!

Allmählich begriff sie nun, was das eisige Gefühl war.

»Angst! Ich glaube, man nennt es Angst«, sagte sie leise, wie zu sich selbst.

Gertran nickte. Die alte Klonin griff zum zweiten Mal nach ihrer Hand und jetzt ließ Aurun es zu.

So lernte Aurun, das Klonmädchen, die Angst kennen, die in Menschen manchmal wie ein Raubtier wütet. Aber indem sie nun die Angst verstand, verstand sie auch die Freundschaft, die hilft das Raubtier zu zähmen.

4

»Gut«, sagte Gertran leise. »Angst ist gut!«

Als Aurun sie fragend ansah – was sollte gut sein an dieser schrecklichen Angst –, da erklärte sie: »Angst und Fröhlichkeit, Lachen und Weinen, Wut und Freude, Ehrgeiz und Enttäuschung, alle diese Gefühle scheinen ihren ganz besonderen Sinn zu haben. Bei uns Klonen waren sie verkümmert und verloren gegangen. Vielleicht hat es zu tun mit dem Mann- und Frausein, ich weiß es nicht sicher.«

Aurun drückte vorsichtig die warme Hand ihrer fremden, neuen Freundin. »Was meinst du damit, Gertran, es hat zu tun mit dem Mann- und Frausein?«

Die Alte zuckte mit den Schultern. »Was weiß ich? Ich habe so viel über all das nachgedacht, aber ich verstehe letztendlich die Zusammenhänge nicht. Ich komme zu keinen Lösungen. Ich weiß nur: Alle hier in diesem Haus sind anders, anders als alle diese Neutra dort draußen. Wenn einmal keine Xe in der Nähe sind und sie trauen sich, dann lachen sie und schreien, dann streiten und weinen und grinsen sie. Und sie alle kennen die Angst wie du, wie ich – die Angst vor der Zukunft.«

Aurun nickte. »Ich – eine Frau«, sagte sie leise. Sagte es sich vor, wie um sich langsam an diesen Gedanken zu gewöhnen, wie um abzuwägen, ob es richtig sein könnte, was Gertran behauptet hatte.

Doch, ja, vieles passte plötzlich zusammen. Bemerkungen, die das Arztklon gemacht hatte, ergaben plötzlich einen Sinn. Ob Elbon wusste, was vor sich ging? Das Preklon hatte manchmal begonnen zu sprechen, dann wieder gestockt …

»Wach auf!« Gertran riss Aurun aus ihren dunklen Gedanken. »Jetzt kommt das, worauf wir hier warten!«

Aurun sah auf. Weit im Osten, wo man das Meer erahnen konnte, begann die aufkeimende Morgendämmerung sich an einer Stelle zu konzentrieren. Schließlich flammte ein einzelner gleißender bläulicher Lichtpunkt auf, der sich rasch vergrößerte. Die beiden mussten die Augen zusammenkneifen, später den Blick abwenden.

»Sie behaupten, Aurun, kein Wesen könne dort hineinschauen. Jeden Tag ist dieses Licht über uns, so nah, aber wir erblinden, wenn wir versuchen es zu sehen!«, sagte Gertran.

»Ach was, das ist doch nur die Sonne!«, sagte Aurun verwirrt. »Natürlich können wir nicht hineinsehen. Sie ist zu hell. Sie zerstört unsere Augen.«

Gertran lächelte. Langsam erhob sich der Sonnenball aus dem Meer, wurde größer und runder, aber auch freundlicher und gelber, verlor sein gleißendes Blau, verwandelte sein zerstörerisches Licht in Leben schaffende Wärme.

»Nein, es ist nicht nur die Sonne, Aurun. Die Dinge sind nicht nur das, was man sieht. Sie sind auch das, was man fühlt. Du wirst mehr und mehr lernen zu fühlen, denn du bist anders als die anderen. Diese Sonne ist ein neuer Tag, Aurun, verstehst du? Sie birgt das Geheimnis des Lichts, des Lebens. Jeder Tag schenkt ein neues Geheimnis. Er ist nicht wie gestern oder vorgestern, er ist etwas Neues, eine neue Chance – ein Anfang. Es liegt an uns, ob dieser heutige Tag so wird wie all die Gestern und Vorgestern, verstehst du?«

Aurun schüttelte den Kopf. »Es ist doch nur die Sonne!«, sagte sie noch einmal, fast trotzig. »Sie steht still und die Erde, wir, drehen uns. Die Erdkugel dreht sich nach Osten, das gibt uns den Eindruck, die Sonne ginge auf und wandere über den Himmel. Und je nachdem, in welchem Winkel die Erdachse zur Sonne steht, steiler oder flacher ...«

Da legte Gertran ihr den Finger auf den Mund. »Pschsch!«, machte sie leise, fast zärtlich. »Man kann Wunder auch zerreden, meine Kleine«, sagte sie. Sie rutschte schwerfällig auf der Bank ganz nah an Aurun und legte den Arm fest um sie. Aurun spürte die Wärme der Sonne im Gesicht, auf ihrer Brust. Sie spürte den warmen Körper von Gertran so dicht neben sich, wie sie noch nie ein anderes Wesen gespürt hatte. Für ein paar Sekunden saß sie erschrocken, steif und verspannt, dann ließ sie plötzlich los, ließ sich fallen gegen diese alte Frau, fallen in ihren Arm, spürte wieder dieses Kribbeln auf den Wangen und dann plötzlich drückten Tropfen aus ihren Augen, rannen ihre Backen hinunter, flossen und tropften auf ihre Kleidung.

Gertran streichelte ihr über den Kopf mit dem kurz geschnittenen blonden Haar. »Auch das ist gut, Aurun. Man nennt es Weinen.«

Aurun schniefte ein paarmal, dann war es vorbei. Sie setzte sich wieder gerade. Da wirkten Kräfte der Vernunft in ihr, die waren stärker, als ein paar Tränchen es sein konnten.

»Und?«, fragte sie gröber, als sie es gewollt hatte. »Neuer Tag, neue Chance. Sagst du dir das seit fünfzig Jahren jeden Morgen, oder was?«

Gertran nickte. »Ja, seit fünfzig Jahren. Es hält mich am Leben. Aber nun bist du da, nun wird sich alles ändern!«

Aurun sah sie verwundert an. »Ich?«

Gertran nickte.

Aurun wollte eine Erklärung, wollte fragen, aber Gertran hatte schon begonnen sich mühsam von der Bank zu erheben. »Lass uns gehen, Mädchen«, sagte sie. »Am Ende entdecken uns noch die dumpfen Xe hier oben und es ist für immer aus mit Sonnenaufgang.«

Sie liefen langsam über die Blütenwiese zurück zur Tür, durch den schaurigen Gang zum Aufzug.

»Meine Zimmernummer ist einhundertundsieben«, sagte Gertran, als sie unten auf ihrem Stockwerk angelangt waren. »Komm mich einfach besuchen, wenn du über alles nachgedacht hast, Mädchen.«

Aurun blieb stehen. »Moment, Gertran! Was soll das heißen: ›Nun bist du da‹? Was soll das heißen: ›über alles nachgedacht‹? Was willst du von mir?«

Aber die alte Klonin hatte sich schon umgewandt, schlurfte hinüber zu ihrer Zimmertür.

Und so, wortlos zurückgewiesen, packte Aurun ganz unerwartet die Wut, die Menschen erleben, wenn etwas nicht nach ihrem Kopf geht. Und zum ersten Mal in ihrem Leben schrie sie. Stampfte mit dem Fuß auf und brüllte dieser alten, verrückten Klonfrau hinterher: »Worüber soll ich denn nachdenken, verdammt noch mal! Was willst du denn von mir? Was geht hier vor? Gertran! Krieg ich vielleicht mal eine vernünftige Antwort!«

»Gegrüßt! Gegrüßt!«, rief Gertran fröhlich und fuchtelte wild winkend mit ihrer Hand über dem Kopf. Ohne sich noch einmal umzudrehen verschwand sie in ihrem Zimmer.

»Gegrüßt!«, sagte Aurun schließlich wütend, obwohl sie schon ganz alleine auf dem Gang stand. Und dann noch einmal leise: »Gegrüßt!«

Wieder kribbelte es, als müssten gleich solche merkwürdigen Tränen aus ihren Augen fallen, aber sie schüttelte nur den Kopf. Mit ihrem linken Schlüsselbein näherte sie sich dem Türöffner. Ein kurzes Summen, dann stand ihre Tür offen.

Weiße Wände, ein Bett, ein Schrank. Aurun schloss die Tür hinter sich und ging schnell quer durch den großen, toten Raum zum bodentiefen Fenster. Die Sonne war über die Nachbarhochhäuser gekrochen, schien nun direkt in ihr Zimmer. In der Wärme des neuen Tages schmolz Auruns Wut. Zuerst berührte sie nur vorsichtig mit der Spitze ihres Zeigefingers die riesige Scheibe, dann legte sie beide Hände an das Glas, presste schließlich ihren ganzen Körper dagegen, zuletzt das Gesicht.

Da draußen begann ein neuer Tag, eine neue Chance. Plötzlich glaubte sie zu verstehen, was Gertran von ihr wollte.

5

Noch am Abend desselben Tages klingelte Aurun an der Tür der alten Klonin. Es dauerte eine Weile, bevor geöffnet wurde.

»Gegrüßt!«, sagte Gertran und strahlte über das ganze Gesicht »Komm rein, Kleine!«

Stolz gab sie der Tür einen Stoß, sodass die sich weit öffnete und Aurun das ganze Zimmer überblicken konnte.

Auf dem Boden lagen schwere, farbsatte Teppiche, die Wände waren ockerbraun gestrichen und mit unzähligen kleinen und großen Bildern und Fotografien übersät. Vor dem Fenster hing ein durchsichtiger, windleichter Stoff, wie ihn Aurun noch nie gesehen hatte. Die Möbel, bei genauem Hinsehen die gleichen Modelle, die auch in ihrem eigenen Zimmer standen, hatte die alte Klonin in bunten Farben angemalt, hatte sie verziert mit Ornamenten und Symbolen. Kleine Figürchen aus Holz und Ton tummelten sich auf ihnen. In einer Ecke des Raumes luden dicke Polster zum Hineinsinken ein.

»Mein Zuhause!«, sagte Gertran und verbeugte sich ungelenk. »Sei meine Gastin!«

»Gegrüßt!«, antwortete Aurun erst jetzt, verwundert und eingeschüchtert von der ungewohnten Umgebung.

Gertran ließ ihr einen Moment Zeit, ihr Heiligtum zu bestaunen, dann deutete sie ihr, sich auf die dicken Polster zu setzen, und fragte: »Möchtest du etwas trinken, etwas essen?«

»Essen? Ich denke, man darf keine Lebensmittel ...«

»Ach, Unsinn! ›Die Verbringung von Lebensmitteln in die Einzelräume ist untersagt‹, ja, ja. Was für einen Quatsch denken die sich noch aus, diese Dummheimer? Sollen sie doch mal versuchen mir das abzunehmen, dann lernen sie Gertran

Ewinewi kennen – ich habe alles: Tee, Kaffee, sogar etwas Bier. Und allerlei zum Knabbern und zum Schleckern. Sieh mich doch an, Kleine. So drall und gesund wird man nicht vom lebenserhaltenden und nahrhaften Büffet in Ebene sechzig, das kannst du mir glauben.«

Sie drehte und wendete sich, als müsste sie mit ihrer Körperfülle imponieren. Das sah so drollig aus, dass Aurun lachte. Kurz und hell auflachte. Dann erschrak sie, weil ihr plötzlich klar wurde, dass sie seit vielen, vielen Monaten nicht mehr gelacht hatte und vielleicht überhaupt noch niemals so ehrlich wie gerade eben.

»Du bist schön, wenn du lachst, Kleine. Weißt du das?«

Aurun sah verlegen zu Boden.

»Ich mach uns einen Tee!«, entschied Gertran. »Dazu ein paar Nüsschen und Kokosplätzchen. Ein paar Pfunde mehr könntest du schon vertragen. Na, wir werden dich schon aufpäppeln.«

»Ich habe nachgedacht«, sagte Aurun leise, als sie schließlich nebeneinander saßen und wohlig dem ersten Schluck warmen Tee hinterhergeschmeckt hatten.

»Und?«

»Ich bin mir ganz sicher, dass ich nicht fünfzig Jahre hier bleiben will. Oder hundert. Oder wie alt auch immer wir Klone werden können.«

»Aha! Und?«

Aurun zuckte mit den Schultern. »Was soll ich sonst noch sagen? Was willst du hören? Ich bin fast erwachsen, ich habe die Schule durchgemacht, weiß alles, was ich wissen muss, bin gesund, bin bereit, der Gesellschaft der Kleinen Leute ein gutes Mitglied zu sein, und sie stecken mich hier rein. Warum? Weil irgendetwas an meinem Körper nicht richtig ist. Kann ich was dafür? Das ist doch nicht … wie soll ich sagen?«

»Gerecht?«

»Nicht gerecht, ja!«

»Nicht richtig?«

»Ja, nicht richtig!«

»Gemein?«

»Ja, gemein, gehässig, furchtbar. Was soll die Fragerei? Du hockst doch schon seit fünfzig Jahren hier. Du weißt doch besser, was es ist und was nicht!«

»Du hast Recht, Aurun. Ich weiß es. Und ich sage es dir: Es ist un-mensch-lich.«

»Un-mensch-lich«, wiederholte Aurun langsam. »Ja, vielleicht ist das das Wort: unmenschlich.«

»Richtig!«, sagte Gertran, »Und was nützt diese Erkenntnis? Die kann man, wie du siehst, hier schon am ersten Tag gewinnen. Was mich seit vielen, vielen Jahren beschäftigt, ist: Wenn das hier unmenschlich ist, was ist dann menschlich? Die da draußen, unsere hochgelobte Gemeinschaft der Kleinen Leute, ist die menschlich? Sind wir Klone überhaupt menschlich? Und wenn wir es nicht sind, wo sind denn die Menschen, die Megahomo sapiens? Wo? Was ist passiert vor und nach diesem Jahr null, von dem unsere offizielle Geschichtsschreibung sagt, es wäre unser Anfang gewesen. Wer oder was war vor uns und wo ist es jetzt? Es ist wie das Licht der Sonne. Wenn man versucht hineinzusehen, erblindet man. Wird behauptet! Aber über all die Jahre bin ich vor allem zu einer Erkenntnis gelangt: Wenn wir wollen, dass in der Zukunft das Unmenschliche aufhört, müssen wir verstehen, was in der Vergangenheit geschehen ist.«

»Ich weiß, was geschehen ist! Ich habe in der Schule von der Vergangenheit gelernt«, sagte Aurun. »Vor uns gab es den Megahomo sapiens, eine riesengroße Menschenart, die ausgestorben ist, weil sie ihre Reproduktionsmechanismen nicht in den Griff bekommen hat. Es wurden zu viele, sie konnten nicht mehr ernährt werden.«

»Lüge!«, rief Gertran erregt. »Alles Lüge! Denk doch einmal nach. Wenn es wirklich so gewesen wäre: Eine Menschenrasse vermehrt sich so lange unkontrolliert, bis es zu viele sind, bis die Individuen nicht mehr ernährt werden können. Was passiert denn dann?«

»Sie stirbt aus!«

»Blödsinn! So hat man es euch beigebracht. Aber denk doch einmal logisch. Es sterben welche, ja, sicher. Viele, vielleicht die meisten. Aber irgendwann wären doch dann nur noch ganz wenige da. Und die haben dann wieder genug zu essen. Die Letzten müssten doch überleben.«

Aurun nickte erstaunt. Das klang logisch. Aber was passierte dann mit diesen Letzten?

Was *war* mit ihnen passiert?

»Das ist die Frage!«, sagte Gertran. Anscheinend hatte Aurun ihren letzten Gedanken laut gedacht. »Eine der Fragen«, korrigierte sie sich. »Es gibt noch viele andere. Zum Beispiel: Wer hat die Ersten von uns geklont? Und woraus? Woher kam diese Zelle, aus der wer-auch-immer dieses allererste Klon geschaffen hat? Sind wir vielleicht nur missglückte geschlechtslose Miniaturausgaben der Megahomos? Ist da irgendetwas schief gelaufen?« Gertran stoppte ihre erregte Rede, griff zu ihrer Tasse und trank einen Schluck Tee. Mit einer ganz anderen, fast verschwörerisch leisen und tiefen Stimme fragte sie Aurun dann: »Was sagt dir ›Bottom‹?«

»Bottom ist das heiligste Geheimnis, das von der Gemeinschaft der Kleinen Leute als der Ursprung des Lebens verehrt wird«, schnurrte Aurun wie aufgezogen.

»Richtig. Gut gelernt. Setzen. Aber: Hast du Bottom gesehen? Weißt du, was es ist? Warst du dort? Kennst du jemanden, der Bottom kennt? Weißt du, wo es liegt? Kennst du jemanden, der es gesehen hat?«

Aurun schüttelte den Kopf.

»Siehst du. In meinem ganzen langen Leben konnte mir noch nie jemand sicher sagen, wer, wo oder was Bottom ist. ›Heiliges Geheimnis‹, was lassen wir uns noch alles für einen Unsinn erzählen? Alte, noch ältere als ich, alte Klone, die mit zu den ersten gehörten, haben behauptet, Bottom sei ein Ort.

Der Ort, an dem die Ersten von uns erschaffen wurden. Als ich jung war, hat man versucht alle diese Dinge herauszufinden. Aber dann haben sich die Machtverhältnisse geändert. Plötzlich war all das nicht mehr wichtig. Wenn man sich überhaupt mit irgendetwas beschäftigt hat – denn du weißt, die stärksten Wesensarten dieser Neutra sind Gleichgültigkeit, Interesselosigkeit, Gefühlskälte und Faulheit –, wenn also, dann hat man sich lieber mit der Frage beschäftigt, wie man mutierte Klone vom Rest der Gemeinschaft fern hält und Ähnliches. Und seit die Weißen das Sagen haben, können wir froh sein, dass sie uns überhaupt am Leben lassen. Die echten Fragen sind allerdings noch immer ungeklärt: Wo kommen wir her? Wer sind wir? Wo ist Bottom? In einem bin ich mir sehr sicher: Unser aller Rettung liegt darin, diesen verdammten Ort Bottom zu finden!« Sie ließ sich zurückfallen, erschöpft von der langen Rede. Sie hatte auf Auruns Neugier spekuliert und sie hatte sich nicht getäuscht.

»Du meinst also, es ist ein richtiger Ort? Ein Platz, eine Stadt? Etwas Wirkliches, wo man hingehen könnte und finden, was menschlich ist?«

Gertran nickte. »Menschlich, männlich, weiblich – ich denke, man könnte dort alles finden. Und ich denke, es wird höchste Zeit, danach zu suchen.« Die Alte sah Aurun bei diesem letzten Satz an, sah ihr eindringlich in die Augen. Aurun bemühte sich standzuhalten und den Blick nicht abzuwenden.

»Höchste Zeit!«, wiederholte Gertran beschwörend.

»Kann ich vielleicht noch etwas Tee haben?«, fragte Aurun, um den unangenehmen Moment zu beenden.

Doch Gertran goss ihr nicht nach, sondern wuchtete sich mühsam in die Höhe und ging zum Fenster. Sie blieb dort schweigend mit dem Rücken zum Raum stehen, bis Aurun schließlich aufstand und sich neben sie stellte.

Zur selben Zeit saß Xylon Xojor unten im Erdgeschoss in seinem Büro neben dem Eingang. Es hatte sich den alten Kopfhörer mit dem zur Hälfte zerbrochenen Bügel über den blanken Schädel geschoben und versuchte zu verstehen, was in Raum Nummer 107 gesprochen wurde. Man erwartete von ihm, dass es Bescheid wusste. Die Gemeinschaft der Kleinen Leute hatte es auf Grund seiner überragenden Fähigkeiten zum Leiter dieses Separationshauses bestimmt und es würde diese Arbeit so gut machen, wie man es von ihm erwartete. Gute Arbeit bedeutete weiter aufzusteigen. In die Verwaltung der Stadt, in die Organisation der Gemeinschaft, in die Regierung. Wer oder wo das genau war, wusste Xylon Xojor nicht und es interessierte sich auch noch nicht dafür. Früh genug würde es seinen nächsten Einsatzort kennen lernen, vorausgesetzt, hier ginge alles seinen vorgesehenen Gang.

Bestimmte Individuen wurden ihm überstellt, weil sie auffällige Mutationen aufwiesen. Es galt, sicherzustellen, sie vom Rest der Gemeinschaft getrennt zu halten. Das war der vorgesehene Gang. Es gab Bewohner, die keine Probleme machten, und es gab Bewohner wie Gertran Ewinewi. Um Aufruhr zu vermeiden musste man solche Individuen im Auge behalten. Musste erfahren, mit wem sie was zu besprechen hatten, was sie planten, mit wem sie Kontakte knüpften. Man musste spähen und lauschen und Berichte schreiben. Genaue Berichte, mit Datum und Uhrzeit; musste sie schreiben und verschicken an die, die entscheiden würden, was zu tun sei.

Es gab einen Boten, der einmal am Tag kam und seine Berichte vom Separationshaus in Empfang nahm und weiterleitete. Gute, ausführliche Berichte bedeuteten gute Arbeit. Gute Arbeit bedeutete weiter aufzusteigen. Und das war es, was Xylon Xojor antrieb. Aufsteigen und besser sein als die anderen. Mächtiger sein. Xylon hatte von seinem Sitz aus die Eingangstür im Blick. Konzentriert lauschte es den Stimmen in seinem Kopfhörer und konnte doch sicher sein, dass niemand das Haus betreten oder verlassen konnte, ohne seine Aufmerksamkeit zu erregen.

X-Klone konnten ihr Gehirn auf mehrere Dinge zugleich

konzentrieren. Jedes Mal wenn eines an seinem großen Sichtfenster vorbeiging, sah es auf die Uhr und merkte sich die Zeit. Und am Ende des Tages schrieb es eine Liste mit all den Namen und Zeiten, ohne sich nur ein einziges Mal zu irren, und legte sie seinem Tagesbericht bei. Zugleich lauschte es den Stimmen aus dem Kopfhörer und schrieb nieder, was der Problembewohner Nummer eins, Gertran Ewinewi, dem neuen E-Klon Aurun Ebanan erzählen zu müssen glaubte.

Sie planen Bottom, das Heilige, zu suchen!, schrieb Xylon, während es zugleich weiterlauschte und zur Tür hinsah und so versuchte das zu tun, was von ihm erwartet wurde.

»Dort draußen, die Stadt, das ist alles, was du kennst, oder?«, fragte Gertran gerade. Sie stand mit Aurun vor der bodentiefen Scheibe und sah hinaus.

Aurun nickte.

»Dort irgendwo in den Ruinen hat dein Preklon dich aufgezogen, dort bist du zur Schule gegangen. Hast du dich nie gefragt, was außerhalb dieser Stadt ist?

»Doch, schon. Ich …«

Aber Gertran ließ sie nicht zu Wort kommen. »Hast du dich nie gewundert, woher diese vielen alten Häuser kommen? Riesengroß, viel größer, als wir sie brauchen. Viel mehr als wir brauchen. Wenn eines zusammenbricht, nehmen wir einfach das nächste. Niemand baut neue Häuser, neue Straßen. Alles stammt aus dem Megaho.

Unter der Stadt laufen riesige Tunnel, durch die früher Züge fuhren, weißt du das? Sie hatten Brücken, die über das Meer reichten, und Maschinen, die fliegen konnten. Überall finden wir solche großartigen technischen Einrichtungen, aber fast nichts funktioniert mehr. Alles ist zerfallen. Und niemanden stört es. Wir leben in alldem, als sei es schon immer so gewesen und als würde es nie anders werden. Sind wir Tiere? Warum fragt keiner nach den Ursprüngen, nach den Gründen? Warum schaut niemand in die Sonne? Warum haben die Megahomos so etwas gebaut? Und wie haben sie es gebaut? Und warum hat das alles aufgehört? Stell dir diese riesige Stadt vor, voll von großen Menschen, die gemeinsam dies alles geschaffen haben. Ist das nicht wundervoll?«

Aurun unterbrach sie mit fester Stimme: »Ich habe darüber nachgedacht, Gertran. Schon oft! Doch in der Schule haben wir gelernt, dass der Megahomo sapiens ein gemeinschaftsunfähiges Wesen war, unfähig seine Welt zum Überleben zu organisieren. Und wenn ich Elbon darauf angesprochen habe, hat es nur gesagt, man könne nicht alles verstehen, aber unsere Wissenschaftler arbeiteten daran, all diese Geheimnisse aufzuklären.«

»Unsere Wissenschaftler! Pah! Deren größter Ehrgeiz ist es doch, uns immer wieder einzubläuen, wir seien diesen Megahomos in jeder Hinsicht meilenweit überlegen. Aber ist es nicht offensichtlich, dass all dies Lüge ist? Dass in Wirklichkeit wir, mit unseren armseligen Kommunikatoren, unserer Wissenschaft, die mit Mühe das Klonen beherrscht, und dem bisschen funktionierender Elektrizität, die wahren Nieten sind? Diejenigen waren die Genies, die Fluggeräte, Züge in Tunnel, riesige Stahlschiffe, Denkmaschinen, bis zum Himmel reichende Häuser und kilometerlange Brücken erdacht und gebaut haben! Und die vielleicht sogar uns geschaffen haben! Kann es nicht sein, dass wir all das gar nicht so richtig wissen sollen?«

Aurun dachte nach. Dann nickte sie. »Ja, vielleicht. Vielleicht hast du Recht, vielleicht ist es so. Vielleicht sind wir die Nieten und sollen es nur nicht wissen – was ich schon in der Schule nie verstanden habe«, fuhr sie fort, »es ist doch alles da. Wir könnten ja alles anschauen, könnten alles nachmachen, lernen. Bloß scheint es niemandem wichtig zu sein. Warum? Andererseits – leben wir nicht auch ohne das alles?«

Gertran nickte erregt. »Wir leben, das ist wahr. Aber das ist es dann auch schon, mein Kind. Wir sind so furchtbar satt. Nichts interessiert uns, nichts wollen wir verbessern, nichts treibt uns. Und das führt zur wesentlichen Frage: Was hat uns eigentlich so satt gemacht? Oder andersherum, wenn du mein Bild verstehst: Was machte den Megahomo sapiens so hungrig, dass er all dies erschaffen musste?«

Gertran war zurück zu den Polstern gelaufen, hatte sich schnaufend fallen lassen. Aurun stand noch am Fenster, sah hinaus. Sie fühlte plötzlich, dass sie dort hinausmusste, in die Stadt, und weiter. Weiter, um zu sehen, um zu lernen. Vom wirklichen Leben zu lernen, nicht von dem, was sie ihnen in der Schule als das Leben verkauft hatten.

»Ehrlich gesagt«, sagte sie, ohne sich zu Gertran umzudrehen. »Ehrlich gesagt fühle ich mich persönlich gar nicht so satt. Mein Preklon, ja, vielleicht. Viele andere, die ich kenne. Die meisten eigentlich. Aber ich nicht, noch nie. Ich wäre immer lieber irgendwo dort draußen gewesen. Da draußen in der Welt.«

»Eins und eins macht ...?«, sagte Gertran.

»Bitte?«

»Zähle eins und eins zusammen! Da draußen sind viele satte Neutra, tummeln sich dröge und tun nichts, mal abgesehen von den Xen, die getrieben sind von ihrer Machtgier. Und hier drin sind Geschlechtswesen, Weibchen, mehr oder minder. Sie lachen, weinen, stellen neugierige Fragen und wären gerne überall.«

»Du meinst, mit dem Geschlecht kommt die Neugier?«

Gertran nickte. »Nach vielen Jahren der Beobachtung bin ich zu diesem Schluss gekommen. Ja, mit dem Geschlecht kommt die Neugier. Es kommt der Ehrgeiz, die Energie, der Mut, die Angst, der Hass, die Zuneigung – das Menschliche! Wir – oder sollte ich besser sagen die anderen – sind nur sich immer wieder künstlich reproduzierende Organismen, Überlebensmaschinen, darauf bedacht, nicht zu sterben. Ich habe lange über Leben und Sterben nachgedacht, habe sogar ein paar Jahre lang heimlich Mäuse hier in meinem Zimmer gehalten um zu verstehen, was uns und diese Wesen am Leben hält. Und ich habe festgestellt, dass es zwei Willenskräfte gibt, die das Leben bestimmen: Es ist der Wille zum Erhalt des eigenen Lebens und es ist der Wille zum Erhalt der eigenen Art. Den ersten, den Lebenswillen, haben wir Klone auch. Sonst würden wir da oben, am Ende der luftigen Blumenwiese, einfach weiterlaufen. Der zweite Wille aber, dafür zu sorgen, dass unsere Art erhalten bleibt, der fehlt uns oder er ist fast vollständig verkümmert. Uns schert doch nichts außer uns selber. Und daran werden wir letztendlich zu Grunde gehen, außer ...«

»Zu Grunde gehen?«, fragte Aurun, die erschrocken den Gedanken von Gertran gefolgt war.

»... außer es gelingt uns, wieder Mensch zu werden.« Nach dieser langen Rede schwieg Gertran. Mehr, das spürte man deutlich, wollte sie jetzt nicht erklären. Sie blickte wortlos die junge Klonfrau an, die verwirrt zu Boden sah.

Das Buch war aufgeschlagen, das verstand Aurun. Nun lag es an ihr, darin zu lesen.

Gertran war wortlos an ihren Tisch getreten und nahm etwas auf, was dort lag, als sei es absichtlich zurechtgelegt worden. Es war ein silbernes Kettchen mit einem dicken, hochglänzend silbernen Anhänger daran. Aus tiefblauem Lapislazuli war in das Amulett eine kreisförmige Fläche eingelegt, kleine goldene Einschlüsse leuchteten in dem blauen Stein. Um den Stein herum glitzerten einige winzige Diamanten.

Gertran ging hinüber zu Aurun und hängte ihr das Kettchen um den Hals.

»Ich bin jetzt bei dir, immer!«, sagte Gertran geheimnisvoll. Dann schob sie Aurun aus dem Zimmer.

Allein auf dem Gang betrachtete Aurun eine Weile das wertvolle Geschenk, dann ließ sie es fast unbewusst unter ihr Hemd gleiten. Niemand trug Schmuck und sie wollte nicht mit diesem Stück um den Hals auffallen.

Erstaunlicherweise fühlte sich das Metall auf ihrer nackten Haut nicht kalt an, wie sie es erwartet hatte, sondern auf eine merkwürdige Weise warm. Warm wie die aufgehende Sonne, die ihr am Morgen auf die Brust geschienen hatte, warm wie der Moment, als sie in Gertrans Arm gesunken war.

Warm, als ob tatsächlich jemand nahe bei mir ist, dachte Aurun.

6

Als Aurun am nächsten Morgen gerade vom Frühstücksbüfett aufgestanden war und zurück auf ihr Zimmer gehen wollte, kam ihr an der Schranke zum Speiseraum Gertran entgegen. Fröhlich wie immer grüßte sie, dann drückte sie Aurun im Vorbeigehen heimlich etwas in die Hand. Aurun wartete, bis sie im Aufzug stand, bevor sie ihre Hand öffnete: Es war ein kleiner Schlüssel.

In ihrem Zimmer legte sie ihn auf den Tisch. Warum tat Gertran so geheimnisvoll? Was wollte sie von ihr? Jetzt dieser Schlüssel, von dem sie ziemlich sicher meinte, ihn als den Schlüssel der Dachtür erkannt zu haben. Und gestern dieses Amulett, das Aurun jetzt unter ihrem Hemd trug. Sie zog es heraus, um es noch einmal genauer zu betrachten. Noch immer fühlte es sich merkwürdig an, aber Aurun merkte jetzt, dass es nicht Wärme war, was die silberne Scheibe abgab. Sie schien vielmehr fast unmerklich zu summen, und zwar verschieden stark, je nachdem wie man die Scheibe hielt. Aurun drehte und wendete sie hin und her, dabei stellte sie fest, dass man den blauen Stein in der Mitte ein klein wenig hineindrücken konnte wie einen Klingelknopf. Und immer wenn sie das tat, schien sich das Summen für einen Augenblick zu verändern.

Nach einer Weile hatte sie genug damit herumgespielt. Ärgerlich, weil sie nicht herausbekam, was es mit dem Anhänger auf sich hatte, schob sie ihn wieder unter ihr Hemd.

Kurz darauf spürte sie zwei-, dreimal ein starkes Vibrieren auf ihrer Brust.

Aurun sah auf den Schlüssel. Was ging hier vor? Wollte Gertran wieder einmal, dass sie eins und eins zusammenzählte? Hatte sie nach ihr gerufen? Sollte sie aufs Dach kommen?

Als sie sich gerade entschieden hatte tatsächlich nach oben zu gehen, summte ihre Türglocke.

Ah, dachte sie froh, also doch kein geheimes Rufzeichen, sie kommt mich besuchen.

Sie ging schnell zur Tür, öffnete, sagte fast fröhlich: »Gegrüßt!« – aber es war gar nicht Gertran. Vor der Tür stand dieses oberste X-Klon, einen Kopf größer als Aurun, mit hartem, undurchschaubarem rotäugigem Blick.

»Gegrüßt!«, sagte es und versuchte ein Nicken, was durch den kalkweißen, haarlosen Schädel, wie ihn die Xe haben, eher bedrohlich als freundlich aussah. »Xylon Xojor, falls Sie sich nicht mehr erinnern sollten!«

»Aurun Ebanan«, sagte sie schüchtern.

»Ich weiß, ich weiß. Ich kenne die Namen aller Bewohner, alle Zimmernummern, alle Daten. Unsere Familie hat ein bemerkenswertes Gedächtnis – aber das wissen Sie ja bestimmt!«

Aurun nickte. Man hörte so viel über die X-Klone, die angeblich eigens dazu geklont worden waren, die Sicherheit innerhalb der Gemeinschaft der Kleinen Leute aufrechtzuerhalten. Sie sollten stärker, größer und schneller sein als die Klone der übrigen Familien und angeblich waren sie ihnen auch an Intelligenz weit überlegen.

Größer zumindest sind sie, dachte Aurun und schaute vorsichtig zu dem Klon auf.

Xylon nickte wieder, wies auf die Stühle an ihrem Tisch und sagte: »Ich darf doch einmal reinkommen – wir müssen etwas bereden.«

Aurun wich zurück und ließ das Klon in den Raum eintreten. Es sah sich schnell um, für einen Moment blieb sein Blick an dem Schlüssel hängen, der auf dem Tisch lag, dann setzte es sich und forderte Aurun mit einer Handbewegung auf, dasselbe zu tun.

»Und?«, fragte es gefährlich freundlich. »Schon Kontakte geknüpft?«

»Kaum«, log Aurun, »ich bin ja erst zwei Tage hier.«

»Gertran Ewinewi, das dicke Alte!«, kam das X sofort zur Sache. »Das kennen Sie aber schon?«

Aurun nickte.

»Ich will nicht drum herumreden. Gertran ist langsam ein echtes Problem für uns und wir denken schon darüber nach, ob wir es nicht von den anderen isolieren sollten. Es ist ...«, und bei diesen Worten beugte es sich zu Aurun, als habe es etwas zu sagen, was niemand sonst hören durfte, »... es ist ein wenig verrückt, verstehen Sie. Missfunktion des Gehirns. So was kommt vor, aber die Gesetze verbieten, so etwas auf einfache Weise zu lösen.«

»Aber sie – es ...«, wollte Aurun widersprechen, doch Xylon schnitt ihr das Wort ab.

»Da sehen Sie, Sie nennen es schon eine ›Sie‹! Es bringt alle durcheinander mit seiner wirren Geschlechtertheorie. Denkt, wir würden darüber nichts erfahren. Denkt – denkt mit krankem Hirn –, es könnte Gerüchte und Beschuldigungen in Umlauf setzen, sich an jeden neuen Bewohner ranschmeißen und ihn mit wirren Mutmaßungen verunreinigen.«

»Aber sie hat Dinge gesagt, die überhaupt nicht verrückt klangen«, widersprach Aurun mutig, nannte nun absichtlich und trotzig Gertran eine ›Sie‹, auch wenn sie sah, wie Xylon bei diesem Wort jedes Mal ein wenig zusammenzuckte.

»So? Zum Beispiel?«

Aurun begriff, dass sie zu viel gesagt hatte. Trotzig beschloss sie ab jetzt zu schweigen.

Das X-Klon richtete sich auf seinem Stuhl auf, sodass es noch bedrohlicher aussah. Jede Freundlichkeit, selbst die mühsam gespielte war mit einem Mal aus dem Gesicht verschwunden.

»Sie wollen nicht mit uns zusammenarbeiten, Aurun Ebanan?«, fragte es.

Aurun schwieg.

»Denken Sie nur nicht, wir wären auf ihre Berichte angewiesen. Wir wissen mehr, als Sie und Gertran denken. Das Dach zum Beispiel. Gehen Sie nur hoch!« Mit einer abfälligen Geste schob es den kleinen Schlüssel über den Tisch zu Aurun hinüber. »Glauben Sie, wir kennen den heimlichen Platz des Alten nicht? Vor dreißig Jahren hat es diese Bank dort hochgeschleppt. Jeden Morgen sitzt es nun dort oben und beobachtet die Sonne beim Aufgehen. Nicht sehr zweckmäßig, diese Tätigkeit – was meinen Sie, Aurun? Da gäbe es Nützlicheres zu leisten in unserer Gesellschaft der Kleinen Leute, als Morgen für Morgen ins Sonnenlicht zu glotzen, oder?«

»Nützlich!«, rief Aurun nun aufgebracht. »Was reden gerade Sie von nützlich? Packen uns lebenslang in dieses Geisterhaus – was soll denn daran nützlich sein?«

»Sehen Sie, kleines Aurun. Das ist der Einfluss des verrückten alten E-Klons. Haben Sie denn die Hausordnung nicht gelesen? ›Sie werden hier nichts entbehren‹, steht dort, ›Arbeit wird Ihnen zugeteilt‹. Und sehen Sie in Ihre Einweisungspapiere! Steht dort lebenslänglich? Nein, dort steht ›bis auf weiteres‹. Täglich verlassen fast genauso viele Klone dieses Haus, wie neue aufgenommen werden. Manche leben hier, obwohl sie gehen dürften. Aber sie wollen nicht gehen, sie fühlen sich wohl hier. – Ein guter Rat …!« Plötzlich versuchte das X-Klon wieder den Freundlichen zu spielen, legte sogar viel zu vertraulich seine große Hand auf Auruns Arm. »Ein guter Rat, kleines Aurun. Kommen Sie mit Ihren Problemen, falls es welche gibt, lieber zu uns – zu mir persönlich, wenn Sie wollen. Versuchen Sie nicht Hilfe von einem verrückten E-Klon zu bekommen, das Sie über kurz oder lang mit ins Unglück hineinziehen wird.«

Xylon Xojor stand auf und ging auf die Tür zu. Dann drehte es sich noch einmal um. »Ich sage Ihnen etwas, ganz unter uns: Wir hoffen seit vielen Jahren, dass sich das Problem Gertran Ewinewi dort oben auf dem Dach vielleicht eines Tages von selber löst. Ebene zweiundsechzig – manchmal ist es recht windig dort oben. Aber bisher kam keine Weisung, dem Wind nachzuhelfen. Obwohl es für alle besser wäre.« Dann verschwand es.

Aurun blieb alleine zurück, ihr Herz klopfte wie wild. Sie wusste nicht, was sie nun tun sollte, stand wie versteinert und starrte auf die Tür, die das X-Klon hinter sich zugezogen hatte. Wieder kroch ihr die Angst in den Nacken. Ihr Blick fiel wieder auf den Schlüssel, sie hatte plötzlich die Idee, ihn zu nehmen und in den riesigen Müllschlucker neben dem Aufzug zu werfen. Aber als sie vor der großen, verdreckten Klappe stand, überlegte sie es sich anders. Schnell steckte sie den Schlüssel in die Tasche, betrat entschlossen den Aufzug und drückte auf den obersten Knopf mit der Aufschrift 31.

7

Es war windig dort oben. In der Nacht hatte es geregnet, die Wiese war feucht und glitschig. Vorsichtig trat Aurun bis dicht an die Kante des Daches. »Hundert Meter geht es dort hinab, das können selbst kleine, zähe Klone wie wir nur schwer überleben«, hörte sie Gertran sagen.

Weit im Osten, zwischen den letzten Häusern, sah man heute klar das Meer. Der Wind jagte dicke Wolken heran, die sich aufbäumten, miteinander spielten und tollten, wie im Kampf die Sonne verdunkelten und losließen, um sich dann irgendwo weit im Westen über dem erwärmten Land langsam aufzulösen.

Was, wenn Gertran wirklich eine Lügnerin war? Was, wenn dieses ganze Gerede von Männchen und Weibchen Unsinn war? Wenn es ganz andere Gründe waren, warum man sie hier für eine Weile vom Rest der Gemeinschaft separierte. Aber »hormonelle Auffälligkeit« hatte doch sogar in ihren Einweisungspapieren gestanden. Sie legte ihre Hände auf ihren Bauch und strich langsam nach oben. Sie war insgesamt dicker geworden in den letzten Monaten und ohne Zweifel waren besonders ihre Brüste gewachsen.

»Ich bin vielleicht wirklich eine Frau«, flüsterte sie leise, und ohne dass sie es wirklich wollte, ertastete sie mit den Fingerspitzen das Amulett unter ihrem Hemd, fand den Knopf aus tiefblauem Lapisstein und drückte ihn. Sanft summte der Anhänger für einen Moment, so als wollte er sagen, ich habe dich gehört.

Ein paar Minuten stand sie still dort oben, starrte in den Abgrund und wunderte sich, was für komische Stimmen sie plötzlich aus dem Rauschen des Windes und dem Lärm der großen Stadt heraushörte.

»Du musst es nicht fünfzig Jahre aushalten«, echote der Abgrund, »du kannst dein Problem gleich und sofort lösen!«

»Du kannst fliegen!«, säuselte der Wind. »Du wirst fliegen und es wird nicht wehtun!«

Dann hörte sie noch eine Stimme, die vorsichtig von fern rief: »Komm mal lieber einen Schritt zurück, Mädchen!« Diese Stimme war echt und nur dieser Stimme vertraute sie. Sie ging ein Stück zurück, dann drehte sie sich um.

Gertran sah etwas abgehetzt aus. »Du hast mich gerufen?«, fragte sie atemlos.

»Ich, nein, ich weiß nicht …«, stammelte Aurun.

»Aber ich weiß!«, sagte die Alte. Sie zog eine Kette unter ihrem Hemd ein wenig hoch, gerade weit genug, um Aurun erkennen zu lassen, dass Gertran das gleiche Amulett um den Hals trug. »Notruf!«, sagte sie und lachte auf ihre unnachahmliche Art. »Notruf und einiges mehr! Ich werde dich bei Gelegenheit einweisen.«

Aber Aurun war mit ihren Gedanken ganz woanders. »Sie wissen alles über dich, Gertran! Das Dach hier oben, die Bank. Dass du immer hier hochgehst. Sie hätten am liebsten, dass du runterstürzt, weißt du das?«

»Ich habe es vermutet. Deswegen halte ich mich immer schön brav von der Kante fern. Aber sie wissen auch einiges nicht. Sie wissen zum Beispiel nicht, dass ich weiß, dass man uns hier oben nicht abhören kann. Hat X.X. mit dir gesprochen? Hat er versucht dir Angst zu machen?«

»X.X.?«

»Na der Oberglatzkopf, Xylon Xojor!«

Aurun nickte. »Ja, er hat mich vor dir gewarnt.«

»Natürlich! Er hält mich für geisteskrank. Wenn du Gedanken denkst, die Xe nicht denken können, halten sie dich für geisteskrank. Das ist doch ganz normal, oder?«

»Aber er weiß alles, was du mir gesagt hast. Woher?«

»Aurun! Was glaubst du, wo du bist? Dies ist ein Gefängnis, ist dir das nicht klar? Alle Zimmer werden überwacht und abgehört. Der einzige Ort, an dem man sich unterhalten kann, ist dieses Dach hier. Hier ist das Rauschen und Heulen des Windes so laut, dass ihre lächerlichen Mikrofone versagen. Vor allem heute!« Sie lachte und drehte sich fröhlich im Wind, sodass ihr weites Kleid hochflog. »Sonne und Wind – ist das nicht herrlich, Aurun?« Sie gingen hinüber zur Bank und setzten sich. »Du hast überlegt dort hinunterzuspringen?«

Aurun schüttelte den Kopf. »Nicht wirklich. Ich habe mir nur vorgestellt, wie es wäre. Aber ich will nicht sterben. Ich will leben.«

»Aber nicht hier, was?«

Aurun nickte.

»Ich will dir etwas sagen, Mädchen. Etwas, das ich dir gestern nicht sagen konnte, weil die Ohren in den Wänden zu neugierig sind: Ich warte schon lange auf dich.«

»Auf mich?«

»Ja! Sagen wir, auf eine wie dich. Auf eine E-Klonin, die so eindeutig eine schlaue und mutige Frau ist, wie du das anscheinend bist. Als ich deinen Untersuchungsbericht gelesen habe, da ...«

»Was? Du hast meinen Bericht gelesen?«

»Ja! Natürlich! Ich bin nicht allein, Aurun. Wir sind mehrere. Und es gibt da draußen ein paar, die anfangen zu verstehen. Die uns Berichte und anderes zuleiten, was eigentlich nicht für uns bestimmt ist, was auch immer – ich habe aus deinem Bericht gesehen, wie stark diese merkwürdige Mutation bei dir aufgetreten ist. Wir haben deine Zeugnisse gesehen, du warst schon als ganz Kleine außergewöhnlich. Mutig, neugierig, fleißig und frech.«

Aurun lachte. »Ja, meine Lehrer haben immer gesagt, ich bring sie noch ins Grab mit meiner Fragerei. Und mein Preklon wollte mich schon mehrmals weggeben, weil es dachte, es käme nicht mit mir klar.«

»Siehst du. All das ist uns auch aufgefallen. Wir wussten, dass du über kurz oder lang hier landen würdest.«

Aurun schüttelte verwundert den Kopf. »Das ist alles ein bisschen verwirrend.«

»Mag sein. Aber es braucht dich nicht zu interessieren, wer was woher weiß. Für dich gibt es nur eine Frage: Willst du den Rest deines Lebens hier bleiben oder nicht?«

»Aber das X-Klon sagte, es sei gar nicht für immer. Jeden Tag werden hier Leute entlassen, behauptet es.«

»Ja! Und es lügt nicht mal. X-Klone können übrigens nicht lügen, dazu fehlt ihnen die Fantasie. Sie können bestenfalls etwas verschweigen. Die Leute, die hier entlassen werden, werden vorher mit eigener Zustimmung neutralisiert. Sie operieren dir alle Anzeichen von Geschlechtsorganen heraus, dann bestrahlen sie dich so lange, bis du nur noch eine neutrale Klonmaschine bist. Danach kannst du gehen. Willst du das?«

Entsetzt schüttelte Aurun den Kopf.

»Deswegen noch einmal. Die Frage ist: Willst du hier raus?«

»Ja!«, sagte Aurun leise.

»Gut. Wir helfen dir, es dürfte nicht allzu schwierig sein. Die Xe haben gar nicht die Fantasie, zu vermuten, dass jemand ernsthaft fliehen will, so sehr glauben sie an ihre tolle Gemeinschaft. Aber es gibt eine Bedingung, Aurun!«

»Und zwar?«

»Jemand muss endlich versuchen herauszufinden, was Bottom ist.«

»Jemand?«

»Du!«

Aurun schwieg eine Weile.

»Ich habe mir schon so was gedacht«, sagte sie schließlich. Sie spürte ein wenig Stolz in sich, dass sie die sein sollte, die ausgewählt wurde, und zugleich Angst und Panik vor dem, was auf sie zukam. »Aber warum ich? Was versprecht ihr euch davon? Wohin kann ich schon gehen? Warum geht ihr nicht selbst?«

»Wir kommen nicht weiter, Aurun. Wir müssen endlich

eine Verbindung zu diesem Jahr null herstellen, zu unseren Anfängen. Wir müssen endlich verstehen, woher unsere Gene kamen. Wir müssen unseren misslungenen Bauplan finden!«

»Aber warum ich? Ich habe Angst!« Sie war aufgesprungen und schrie jetzt fast. »Warum ausgerechnet ich?«

»Sieh mich doch an, Aurun. Ein dickes, fettes, altes Klon, das ist es, was ich bin. Glaubst du wirklich, ich könnte ein solches Abenteuer überstehen?«

»Und die anderen?«

»Die anderen! Es sind nicht viele. Die meisten sind sehr alt. Viele längst überwacht oder separiert. Das müssen Junge tun, Aurun. Junge – wie du.«

Aurun lief jetzt so aufgeregt auf dem Dach hin und her, dass Gertran Angst bekam, sie könnte hinunterfallen.

»Setz dich wieder, Mädchen«, sagte sie. »Kein Grund, sich aufzuregen. Du wirst nicht allein sein.« Sie drückte mit dem Finger auf das Amulett unter ihrem Kleid und prompt begann Auruns Amulett zu summen. »Siehst du – wir kümmern uns um dich, so gut wir können.«

Aber Aurun wollte sich nicht setzen. Sie lief weiter aufgeregt auf dem Dach herum, wenn auch etwas langsamer und vorsichtiger.

Gertran erhob sich mühsam. »Ich gehe jetzt«, sagte sie. »Ruf mich einfach, wenn du dich entschieden hast.« Und damit schlurfte sie davon.

Erst lange nachdem die Alte gegangen war, konnte Aurun sich langsam beruhigen und setzte sich wieder auf die windschiefe Bank.

Stundenlang saß sie dort, starrte hinunter auf die Straßen, hinüber zum Meer, hinauf zu den Wolken.

Aurun Ebanan, das bin ich, dachte sie. Geklont aus einer einzigen Zelle meines Preklons Elbon – wenn es denn stimmt. Denn ich bin so anders als Elbon. Aber mein Anderssein ist eine Mutation, glauben sie. Eine sprunghafte Veränderung im genetischen Bauplan. Organe wachsen in meinem Bauch, die dort nicht hingehören. Doch hat dieser Bauplan auch Macht über meine Gedanken?

Sie sah sich fünf Jahre zuvor: der erste Schultag, eine Reihe Kinderklone, davon viele dieser robusten rothaarigen D-Klone, ein paar A, ein paar blonde E wie sie selbst, die sich schon am ersten Schultag zusammenfanden.

E-Klone hatten immer das Gefühl, etwas Besseres zu sein. Kein Wunder, praktisch alle Lehrer, Forscher und Wissenschaftler waren E-Klone, so erzählte man. Sie waren zuverlässig und genau, sie waren intelligent und verstanden sofort, was man von ihnen wollte.

Die As waren hübsch anzusehen mit ihrem rabenschwarzen Haarschopf. Sie waren nett, unterhaltsam, gut im Sport, aber wenn sie erzählen sollten, was sie drei Wochen zuvor gelernt hatten, hatten sie die Hälfte schon wieder vergessen. Sie waren weder zuverlässig noch besonders belastbar. Aber trotzdem hatte sich Aurun manchmal mehr zu ihnen als zu ihresgleichen hingezogen gefühlt. A-Klone hatten manches, was Aurun auch bei sich beobachtete. Sie konnten zweifeln, konnten fühlen und hatten manchmal fast so etwas wie Fantasie.

Und die roten D-Klone? »Kleine rote Waldameisen« wurden sie von den anderen genannt. Denen konntest du hundert Tabellen von Zahlen zum Zusammenrechnen vorlegen und sie setzten sich hin und rechneten und rechneten und hörten nicht auf, bis alle hundert Tabellen berechnet waren. Sie konnten arbeiten bis zum Umfallen, solange sie dabei nicht selber denken mussten, sondern jemand ihnen sagte, was sie tun sollten. Aber ansonsten konntest du sie vergessen. Kein Interesse an nichts. Keine Selbstständigkeit. Kein Lachen, kein Weinen, kein Schreien, kein Beleidigtsein. Immer höflich, immer korrekt – und es gab so viele von ihnen. Die Schulen, die Fabriken, die Straßen, alles war voll von diesen kleinen Ameisen. Sie hielten die Gemeinschaft der

Kleinen Leute am Laufen, ohne sich dafür zu interessieren, was vor sich ging. Essen, schlafen, arbeiten, so waren D-Klone.

Und dann gab es noch diese seltenen, merkwürdigen Versuchsklone: F, G, H, A-2, I-1 bis I-5 und so weiter – manche machten eine Wissenschaft daraus, jedes dieser Klone sofort an seinem Äußerem zu erkennen. Aber wofür sollte das gut sein? Die Gemeinschaft hatte in den letzten Jahren sogar zugelassen, versuchsweise mehrgenetische Klone zu erzeugen: AF, DE zum Beispiel. Sonderlinge waren das, die meisten von ihnen chancenlos sich jemals reproduzieren zu dürfen.

Blieben noch die Xe. X-Klone hatte es an der Schule nicht gegeben, zum Glück. Sie waren so schrecklich groß und oft sehr aggressiv. Man behauptete, sie lebten in eigenen Häusern und würden auch dort unterrichtet. Aber tatsächlich wusste praktisch niemand etwas über sie. Nie hatte irgendwer, den Aurun kannte, jemals ein junges X-Klon gesehen. Gertran behauptete, sie seien erst vor gut fünfzig Jahren plötzlich wie aus dem Nichts aufgetaucht und sie seien die wirklichen Herrscher, sie seien jetzt die Führer der Gemeinschaft der Kleinen Leute, nicht mehr der Oberste Rat, nur sollte das niemand wissen, aus welchem Grund auch immer.

Ich bin doch eigentlich ganz froh, dass ich ein E bin, dachte Aurun. Warum reicht mir das nicht? Was ist das in meinem Kopf, das immer ruft: mehr, mehr? Ich könnte ein gutes Leben haben, eine gute, saubere Arbeit, könnte Preklon werden, ein Kleines aufziehen. Warum reicht mir das nicht?

Wie kann in mir etwas entstehen, das nicht in meinem Bauplan stand? Warum bin ich nicht wie Elbon? Elbon hat noch nie geweint.

Aurun saß noch immer auf der alten Bank, sah hinauf in den Himmel. Schon Stunden saß sie jetzt dort oben und versuchte ihre Gedanken zu ordnen.

Und gelacht hat Elbon auch nie, dachte sie, ganz anders als Gertran.

Du kannst gar nicht das Leben von Elbon leben, das weißt du. Sie würden dir nie erlauben ein Subklon aufzuziehen. Denn du bist anders – deswegen bist du ja separiert. Also, was willst du tun mit deinem Leben, Aurun Ebanan?

Fliehen?

Wohin kam man, wenn man hinausging aus dieser Stadt? Weiter wegginge, als man von diesem Dach aus sehen konnte, immer entlang dieser Küste, zu der sie einmal allein aufgebrochen war. Wo riesige Wellen sich an uralten Betonmauern brachen. Hinaus und noch weiter am Meer entlang – wohin kam man dann? Auf wen traf man? Auf Klone? Auf Megamenschen?

Die Erde war eine Kugel, nichts als ein kleiner Planet des Sterns Sonne, das hatten sie ihnen beigebracht. Nur was darauf lebte, wer darauf herumlief, was es noch gab und gegeben hatte außer dieser riesigen Stadt, davon war nie die Rede gewesen.

Gertran hatte ihr gestern erzählt, das ganze Wissen um die Erde, ihre Entstehung, das Leben darauf, all das sei angeblich einst in riesigen Büchern der Megahomos festgehalten worden. Sie hatte sogar behauptet, dass es Klone gäbe, die deren Schrift noch entziffern könnten. Nur niemand wisse, wo alle diese Bücher jetzt wären, ob es sie überhaupt noch gäbe, jemals gegeben habe. Vielleicht nur ein weiteres Gerücht wie das heilige Bottom, wie so vieles, was erzählt wurde, aber nirgendwo geschrieben stand, nirgendwo festgehalten war, weil sich niemand mehr dafür interessierte.

Die Sonne ging unter und Aurun saß noch immer auf dem Dach. Schnell wurde es dunkel über der Stadt. Lichter gab es fast keine. Die letzten Geräusche verstummten, es wurde so still dort oben, dass Aurun ihren Herzschlag hörte und beim Atmen das leise Rauschen der Luft in ihrer Kehle. Sie legte sich auf die Bank, starrte in den dämmerigen Himmel, wartete auf die ersten Sterne.

Unzählige kamen. Unzählige Sonnen, unzählige Planeten um sie herum. Unzählige Geheimnisse. Und niemand interessierte sich dafür.

Ich, dachte Aurun dann trotzig. *Ich* interessiere mich doch dafür. Ich bin nicht niemand. Wenn ich hier bleibe, bis auf weiteres, fünfzig Jahre, für immer, dann bin ich ein Niemand, erst dann.

Eine Sternschnuppe flammte auf, zog heroisch über den Himmel und starb.

Ein kurzes Leben, aber immerhin. Immerhin gelebt. Nicht dumm am Himmel rumgestanden wie die Millionen anderen Lichter. Etwas erlebt, quer über den Himmel gerast – und gestorben, wenigstens das.

Sie griff in ihre Tasche und fand die Sanduhr. Konnte sie nur fühlen, nicht sehen, dazu reichte das Sternenlicht nicht. Sie drückte sie sich gegen das Ohr, war sich nicht sicher, ob es das Rauschen der Sandkörnchen war, was sie hörte, oder nur das Rauschen ihrer eigenen Gedanken.

Als sie die Augen wieder aufschlug, saß Gertran neben ihr. Der Himmel im Osten war schon blutrot, noch ein paar Minuten und die Sonne würde ihren ersten gleißenden Strahl auf die Stadt werfen. Wieder ein neuer Tag, wieder eine neue Chance.

Gertran hatte bemerkt, dass Aurun aufgewacht war. Vorsichtig streichelte sie ihr über das kurze blonde Haar.

»Guten Morgen, Aurun!«, sagte sie. »Klingt das nicht schön? Viel schöner als unser dummes ›Gegrüßt!‹. Dieser Gruß stammt aus einer der seltsamen Geschichten, die mein Preklon mir früher erzählt hat: Guten Morgen!«

Aurun versuchte ihre Augen ganz zu öffnen, sah die alte Klonin lange an. »Was muss ich tun, Gertran?«, fragte sie schließlich.

8

In den kommenden Tagen und Wochen erfuhr Aurun viel über Dinge, die sie, wäre es nach dem Lehrplan ihrer Schule gegangen, eigentlich niemals hätte wissen sollen. Gertran erzählte ihr von alten Zeiten und das klang so ganz anders als alles, was man Aurun bisher beigebracht hatte. Dieser so genannte Oberste Rat, der angeblich die Geschicke des kleinen Klonvolkes regelte, existiere gar nicht, behauptete Gertran. Früher, vor fast zweihundert Jahren, habe es so etwas einmal gegeben. Ein Klon namens Geldos habe damals die Klone angeführt, zusammen mit einem Stab von Beratern, die der Oberste Rat genannt wurden. Aber Geldos wurde entmachtet und ab diesem Zeitpunkt gäbe es keine genauen Informationen mehr. Angeblich hätten andere Klone die Macht übernommen, aber dann aus Interesselosigkeit und Bequemlichkeit ihre Aufgaben vernachlässigt. Praktisch führungslos lebten die Klone vor sich hin, bis schließlich vor rund fünfzig Jahren die weißen Xe plötzlich auftauchten und die anderen kontrollierten. Was dazwischen geschehen war, blieb im Dunkeln. Fast gleichzeitig mit den ersten X-Klonen aber war auch Geldos zurückgekehrt. Doch es sei zu spät gewesen, um die Dinge wieder in die Hand zu nehmen, die Weißen hätten bereits alle Positionen mit ihren Leuten besetzt gehabt. Also ging Geldos, inzwischen längst ein altes Klon, in den Untergrund.

Gertran zögerte lange, Aurun von dieser Untergrundorganisation zu erzählen.

»Mein Kind!«, hatte Gertran bei einem ihrer Gespräche oben auf dem Dach, außerhalb der Reichweite aller Abhöranlagen, gemeint. »Deine Zunge ist zu flink. Wenn du dich irgendwo verplapperst, fliegt die ganze Sache auf!«

»Dann geh ich nicht! Ich soll meinen Kopf hinhalten und weiß nicht einmal, was gespielt wird! Wenn ihr mir so wenig vertraut, ist es vielleicht besser, ihr sucht euch jemand anderen!« Aurun tat beleidigt. Dabei war sie längst voller Begeisterung für den Plan, als Retterin dieser Welt eingesetzt zu werden, aber das wollte sie sich nicht anmerken lassen.

»Du wirst alles erfahren, mein Mädchen!«, beruhigte sie Gertran. »Alles zu seiner Zeit! Nur so viel: Der Name der Organisation ist *Sonnenaufgang*. Es sind hauptsächlich Wissenschaftler, die sich von früher kennen. Sie wissen viel, aber sie tun wenig, zu wenig. Es gibt welche, die summende Amulette fertigen können, und welche, die die Schrift der Menschen entziffern können. Es gibt welche, die das Klonen und andere medizinische Wunder beherrschen, und welche, die sich wie ich Gedanken über das Leben und das Zusammenleben machen. Was uns fehlt, ist jemand wie du. Jemand, der sprüht vor Energie und platzt vor Neugier.«

Aurun hatte gut zugehört. »Sonnenaufgang!«, sagte sie nach einer Weile. »Kann es vielleicht sein, dass der Name von dir stammt? Und könnte es vielleicht sein, meine liebe Gertran, dass dein zweiter Name Geldos ist?«

Gertran schüttelte den Kopf: »Ich wusste, dass du das denkst, aber du überschätzt mich. Ich kenne Geldos schon lange, sehr lange, das stimmt. Doch ich bin es nicht. Ich habe Geldos nicht mehr gesehen –« Sie hielt kurz inne und seufzte. »– nicht mehr, seit ich hier bin. Seit fünfzig Jahren nicht mehr. Aber ich kannte ihn gut und ich weiß, dass er lebt!«

»Ihn? Er?«, fragte Aurun erstaunt. »Nicht es?«

Gertran lächelte. »Ja! Ihn. Er – Geldos!« Mehr sagte sie nicht.

Und neben der Geschichte der Klone lernte Aurun in diesen Tagen und Wochen noch etwas anderes: die Hinterlist und die Täuschung, Eigenschaften, die den Kleinen Klonen eigentlich fremd waren. Denn zum Lügen und Täuschen, zum Verstellen und Tricksen gehört Fantasie, und damit waren Klone nicht gerade gesegnet. Aber Aurun war anders. War sie ihr bisheriges Leben lang immer ehrlich und aufrichtig gewesen, so fand sie allmählich richtig Spaß dran, sich zu verstellen, den anderen und vor allem den Xen etwas vorzuspielen und sie gelegentlich auch mit handfesten Lügen hinters Licht zu führen. Ihre Lehrmeisterin war natürlich einmal mehr ihre Freundin Gertran, alt und erfahren nicht nur in allgemeinen Lebensfragen, sondern auch darin, anderen etwas vorzumachen.

Gertran und sie versuchten, ganz unauffällig in dem Haus zu wohnen. Sie gingen zum Essen, besuchten sich gelegentlich auf ihren Zimmern, nahmen an Gemeinschaftsveranstaltungen des Hauses teil. Aber jeden Morgen trafen sie sich oben auf dem Dach, sicher vor den Mikrofonen der X-Klone. Dort bereiteten sie in aller Stille Auruns Flucht vor.

»Nichts darf schief gehen!«, sagte Gertran immer. »Aber keine Sorge. Es ist alles ganz einfach!«

Ja klar – alles ganz einfach! Alles ganz einfach!, dachte Aurun in diesem Augenblick. Gertran hat Glück, dass sie jetzt nicht hier ist, sonst würde ich sie kopfüber in den stinkenden Abfall stecken.

Schon seit Stunden, so kam es ihr vor, lag sie, eingepackt in eine braune Papiertüte, im Abfallcontainer des Separationshauses. Irgendwann am frühen Morgen sollten ein paar rote D-Klone kommen und den Müll in einen Müllwagen werfen. Irgendwann! Und war es überhaupt schon Morgen?

»Der Weg hier heraus ist der Weg der Emotion, der Überraschung und der Kreativität. Das alles haben die Xe nicht, damit kommen sie nicht klar, damit kannst du sie übertölpeln«, hatte Gertran ihr eingebläut. Und ihr dann einen Fluchtplan eröffnet, den sie wahrscheinlich schon fünfzig Jahre im Kopf mit sich herumgetragen hatte.

»Alles ganz einfach!«, hatte sie gesagt. »Versteckt in einer Papiertüte den Müllschlucker hinunter, unten im Abfallcontainer warten, bis die Müllabfuhr kommt, und wenn du merkst, der Container wird geholt, schnell den Identifizierungschip mit deinem Amulett abdecken, denn dort unten haben sie einen Chip-Orter installiert, der jeden aufspürt, der versuchen sollte das Haus durch den Keller zu verlassen. Ganz einfach! Und der Müllwagen bringt dich komfortabel aus der Sperrzone. Noch Fragen?«

»Und warum hast du es nicht irgendwann selber gemacht, wenn es so einfach ist?«

Aber auf diese Frage hatte Gertran nie geantwortet. Natürlich nicht. Hatte ihr nur einen Zettel geschrieben mit einer ersten Adresse, Vorschlägen, Hinweisen und Warnungen, und ihr schließlich, nach vielen zusätzlichen Ermahnungen und Unterweisungen »Viel, viel Glück – du wirst es brauchen!« gewünscht, sodass selbst eine kleine, fantasielose rote Waldameise gemerkt hätte, wie gefährlich das ganze Unternehmen tatsächlich war.

Das ging schon mit der Papiertüte los. Wie verpackt man sich selbst in eine riesige Papiertüte und wirft sich in einen Müllschlucker? Dessen Klappe noch dazu so hoch angebracht ist, dass Kleine Klone vorher neun Stufen auf ein wackeliges Podest hochsteigen müssen.

Also musste Gertran helfen.

Sie waren in den zweiten Stock hinuntergefahren. Im Foyer im Erdgeschoss war es zu gefährlich, weil X.X. den Müllschlucker vom Empfang aus sehen konnte. Also im zweiten Stock, auch wenn es von dort bis zum Keller noch ordentlich weit hinunterging. Schnell die Papiertüte auseinandergefaltet, die neun Stufen hoch zu dem kleinen Podest und dort mit Gertrans Hilfe in die Tüte geschlüpft. Zugefaltet, zugebunden, Klappe auf, Füße voran und ab die Post.

»Wir Klone sind zäh!«, hatte Gertran behauptet, »und dort unten fängt dich jede Menge weicher Müll auf.«

Ja, weich. Weich schon, aber stinkend und feucht. Die Füße trotzdem verstaucht, den Kopf irgendwo am Container angeschlagen. Aurun saß nun schon seit Stunden in ihrer Tüte. Fades bräunliches Licht drang zusammen mit fürchterlichem Gestank durch das Papier. Irgendwo unterhielten sich ein paar Waldameisen. Waren anscheinend hier unten zu Arbeiten eingesetzt. Redeten davon, dass es heute kälter sei als gestern. Und gestern wärmer als vorgestern. Aber schon für das Morgen hatten sie keine Vorstellung mehr.

»Es gibt ein großes Metallrolltor. Wenn du das aufgehen hörst, steht der Müllwagen vor der Tür. Dann pass auf, dann kippen sie dich rein«, hatte Gertran ihr eingeschärft. Jeden Morgen vor sieben, hatte Gertran behauptet, aber wer weiß, vielleicht hatte sie Unsinn erzählt. Hatte ihre mutierte Fantasie spielen lassen und in Wahrheit leerten sie den Müll nur einmal die Woche. Aurun hoffte inständig, dass sie nicht noch sechs Tage in diesem Gestank hocken musste.

Aber da hörte sie das Tor, hörte das laute Geräusch eines riesigen Lastwagens. Diese wenigen Müllwagen, die es noch gab, stammten aus dem Megaho. Winzige rothaarige Klone saßen wie in den Bussen auf Sitzerhöhungen in saalgroßen Führerhäusern und steuerten die stinkenden Monsterwagen in Furcht erregendem Tempo durch die Straßen.

Sie hörte, wie die Müllcontainer neben ihr herumgeschoben und ausgeleert wurden, und ihr Puls klopfte so laut, dass er in ihren Ohren das Motorengeräusch des riesigen Lasters übertönte.

Als der Container, in dem sie saß, bewegt wurde, presste sie ihr Amulett auf die Stelle an ihrem Schlüsselbein, wo, eingepflanzt seit ihrer dreißigsten Entwicklungswoche, der winzige Chip mit ihren persönlichen Daten saß. »Kein Scanner kann den Chip dann mehr orten, denn das Amulett ist aus einem Metall, das für alle diese Strahlen undurchdringlich ist!«, hatte Gertran stolz behauptet. »Normalerweise würde eine ohrenbetäubende Alarmhupe losbrüllen, sobald einer von uns versucht das Haus zu verlassen. Aber du wirst sehen – es tut sich nichts!«

Aurun hockte in ihrer Tüte, wurde durchgeschüttelt, presste das Amulett gegen sich, hielt die Luft an. Gleich würde die Hupe losgehen, gleich der Behälter geöffnet, gleich sähe sie in das ungerührte Gesicht des obersten X-Klons, der sie hier rausholen würde.

Aber nichts von alledem geschah.

Stattdessen spürte sie, wie sie angehoben wurde, dann plumpste sie zum zweiten Mal an diesem Morgen hinab, nicht so weit wie im Müllschlucker, dafür kam sofort eine Menge Zeug hinterher, was sich über sie häufte.

Für einen Augenblick hatte sie das Gefühl, ruhig zu liegen, aber schon merkte sie, dass irgendetwas sie nach vorne schob. Sie hörte ein fürchterliches Knacken und Knirschen, und ohne zu wissen, was das war, wusste sie doch: Sie musste schnellstens aus dieser verdammten Tüte raus.

Braunes Mülltütenpapier ist zäh. Es widerstand allen Versuchen, es zu zerreißen, selbst Auruns Zähne konnten dem übel schmeckenden, schon durchgeweichten Material nichts anhaben. Das Knirschen wurde immer lauter, Aurun merkte, dass sie genau auf die Quelle des Geräusches zugeschoben wurde. In ihrer Verzweiflung schlug sie mit den Armen um sich und plötzlich tat sich vor ihr ein Schlitz im braunen Papier auf. Das Amulett hatte mit seiner scharfen Kante das zähe Material zerschnitten.

Aurun wühlte sich, so schnell es ging, aus der Tüte und dem Dreck, der auf sie gefallen war.

Gerade öffnete sich die große Klappe des Wagens wieder, ein neuer Container wurde angehoben, der Abfall begann von oben herabzuprasseln. Im einfallenden Licht sah Aurun, dass es unten im Wagen ein Förderband gab, das den Dreck auf ein Reiß- und Presswerk zubeförderte. Die Tüte, aus der sie soeben herausgekrabbelt war, wurde gerade in viele Stücke zerrissen und verschwand dann im Inneren des Wagens.

Aurun sprang zurück, ließ den neuen Abfall an sich vorbeirutschen. Irgendwo seitlich fand sie Halt, dort, wo das Förderband sie nicht mehr erreichen konnte.

Endlich schloss sich die Klappe und der Wagen setzte sich in Bewegung.

Sie murmelte Flüche gegen Gertran. Erst jetzt wurde ihr allmählich klar, woauf sie sich eingelassen hatte. Der Wagen hielt erneut, das musste die Kontrolle an der Sperrzone sein. Dann ging es weiter. Einmal, zweimal stoppte der Wagen noch, wieder ging die große Klappe auf, neuer Müll kam hereingeflogen. Dort, wo Aurun stand, war sie sicher. Aber was sollte sie weiter tun? Mitfahren bis zu einer Müllkippe? Und dort riskieren, dass sie unter Tonnen von Hausmüll verschüttet wurde? Und was, wenn sie den Müll einfach ins Meer kippten?

Sie beschloss auszusteigen. Einmal hatte sie kurz zwei rote Klone gesehen, welche die vollen Container auf die Haken hängten. An denen musste sie irgendwie vorbei.

Dein Weg ist der Weg der Überraschung, erinnerte sie sich und sie kannte die rothaarigen D-Klone gut genug.

Sie stellte sich beim nächsten Stopp des Wagens direkt hinter die Klappe. Als die sich öffnete, fing sie an zu brüllen. Brüllte das rothaarige Wesen, das gerade im Begriff war, den nächsten Container auf den Haken zu schieben, an: »Ihr habt sie wohl nicht mehr alle, ihr Idioten! Wollt ihr mich in diesem Dreck ersticken oder was? Ihr sollt Müll einsammeln, ihr Schwachköpfe, keine Klone!«

Sie sprang heraus, drehte sich zum anderen der beiden um. »Was glotzt du so? Glaubst du, mir macht das Spaß, in dem stinkenden Mist zu sitzen? Ich werde euch bei der Behörde melden, alle beide! Dich – und dich!«

Erwartungsgemäß senkten die beiden ihre rothaarigen Köpfe und murmelten verlegen eine Entschuldigung.

»Macht das ja nie wieder!«, schrie sie zum Abschluss und die beiden nickten. Dann drehte sie sich um und ging. Ging ruhig bis zur nächsten Häuserecke, dort rannte sie los, rannte an drei Häusern entlang, wischte in die nächstbeste Hofeinfahrt und versteckte sich in einem Kelleraufgang.

D-Klone konnte man immer gut erschrecken, das hatte sie in der Schule gelernt. Wenn man sie anbrüllte, vergaßen sie alles und entschuldigten sich. Das Denken setzte bei denen erst später ein. Allerdings konnte es dann schon passieren, dass ihnen plötzlich wieder einfiel, was man ihnen eingeschärft hatte: jeden festzuhalten, der aus dem Müllwagen gekrabbelt kam. Sie musste vorsichtig sein.

Erst eine Viertelstunde später war sie sich sicher, nicht verfolgt zu werden. Notdürftig reinigte sie ihre Kleidung von den Resten des Mülls, dann trat sie aus dem Kelleraufgang und sah sich um.

Es sah hier aus wie überall in der großen Stadt. Sie stand in einem Hinterhof, um sie herum fünfstöckige alte Häuser mit dunklen Ziegelmauern, die so dreckig waren, dass sie fast schwarz aussahen. Fast alle Fensterscheiben waren zerbrochen, die meisten Wohnungen unbewohnt.

Sie schlich vorsichtig aus dem Hof, aber es war niemand zu sehen. Die Straße lag voller Müll. Möbel, Bauschutt, Abfall. Auch hier hatten irgendwann einmal Klone die Wohnungen bewohnt, waren ausgezogen, als alles schließlich kaputt war. Niemand baute etwas Neues oder renovierte diese alten Häuser. Wenn das Wasser nicht mehr lief, holte man es vom Nachbarn. Wenn der Strom ausfiel, suchte man sich Kerzen. Überflüssige Möbel und Abfall flogen auf die Straße. Aber wenn die Straßen zu voll waren, kam der Müllwagen nicht mehr durch. Dann blieb der Abfall liegen und in ein paar Monaten verwandelte sich der ganze Straßenzug in eine einzige Müllhalde. Dann packte man sein Zeug zusammen und zog ein paar Straßen weiter in eine andere Wohnung. Fand etwas, was leer stand, flickte, so gut es ging, die Fenster und blieb, bis auch hier alles unbewohnbar geworden war.

Während sie sich im Kellerabgang versteckt gehalten hatte,

hatte sich Auruns Aufregung der letzten Wochen ein wenig gelegt. Zum ersten Mal seit ihrer Nacht alleine auf dem Dach des Separationshauses kam sie dazu, in Ruhe nachzudenken.

Toll, dachte sie, es hat tatsächlich geklappt. Jetzt bin ich also draußen. Und nun? Sie erinnerte sich wieder an den Zettel, den Gertran ihr gegeben hatte. Eine Adresse irgendwo in der Stadt. Nur wusste sie weder, wo sie selbst war, noch, wo diese Adresse sein sollte.

Sie kannte die Stadt nicht gut. Ein paar Plätze nur, an denen sie früher einmal gewesen war, den verwucherten Park, in dem sie als Kind so gerne gespielt hatte, ihre Wohnung, ihre Schule und das war's schon.

Langsam lief sie dorthin zurück, wo sie aus dem Müllauto gesprungen war. Es handelte sich um eine größere Straße. Einige Leute standen dort, ein paar Busse fuhren.

Sie war nur wenige Blocks weit im Müllauto gefahren, musste also noch ganz in der Nähe des Separationshauses sein.

Angestrengt dachte sie nach: Als ihr Preklon sie in dieses Haus gebracht hatte, waren sie mit dem Bus gekommen. Aber hier hielten verschiedene Linien. Mit welcher waren sie gefahren? Sie lehnte sich an eine Hauswand und versuchte sich zu konzentrieren.

E-Klone konnten, wenn sie sich sehr konzentrierten, Bilder in ihren Kopf zurückrufen. So genaue Bilder, dass es kein Problem wäre, eine Nummer auf einem Bus zu entziffern. Sie hatten das in der Schule üben müssen, aber Aurun war nie besonders gut darin gewesen. In ihren Bildern gab es oft Dinge, die eigentlich gar nicht da gewesen waren. Oder es fehlten Sachen, die sie nicht mochte.

Sie erinnerte sich: Konzentrationsübung, Kinder! Augen zu! Was lag vor drei Tagen mittags auf eurem Teller?

Und da lag dann Gemüse und Kartoffeln und sonst nichts. Das Panapan, das Aurun nicht leiden konnte, war meistens einfach unsichtbar. Selbst wenn sie wusste, dass es an diesem Tag klebrig braunes Panapan gegeben hatte, in ihrem Kopfbild gab es das nicht. Da lag höchstens ein leckerer Fisch auf dem Teller oder geliebte Eierkuchen, aber kein Panapan. Meistens sah sie bei diesen Übungen Wunschbilder an Stelle von Kopfbildern, aber das behielt sie für sich. Ihre ganze Schulzeit lang.

Aurun schloss die Augen und versuchte sich die Szene vor dieser endlosen Busfahrt ins Gedächtnis zurückzurufen. Sie war mit ihrem Preklon aus dem Haus gegangen, hatte auf den Bus gewartet. Ja, da war der kleine Laden, vor dem sie standen. Reban hatte herübergegrüßt, das A-Klon, das dort verkaufte. Auf der gegenüberliegenden Straßenseite lief ein junges Klon und rief ihren Namen, aber sie konnte es nicht erkennen.

Wo war Elbon? Sie sah sich um. Aber in ihrem Bild stand sie selbst alleine an der Bushaltestelle, Elbon war nicht bei ihr. Dann sah sie den Bus kommen. Sie sah genau hin: 47 stand in großen Ziffern über der gesprungenen Windschutzscheibe.

Erleichtert öffnete Aurun die Augen. Na also, klappte doch – Linie 47 also.

Aber warum hatte es in diesem Bild Elbon nicht gegeben? Es war doch dabei gewesen! Doch in ihrem Erinnerungsbild gerade eben war sie ganz allein gewesen. Aurun drückte den Gedanken weg.

Da vorne war eine Bushaltestelle. Mal sehen, ob die 47 dort hielt.

Sie ging hinüber und hatte Glück. Sie wartete. Schließlich kam ein Bus mit der Nummer 47. Aurun stieg ein. Ein Piepen signalisierte, dass der Scanner ihren Chip erfasst und sie für diese Busfahrt registriert hatte.

Sie lief nach hinten, kletterte auf einen der leeren Sitze und krallte sich fest. Klone neben ihr rümpften die Nase. Anscheinend roch man den Müll noch.

Durch die dreckigen Scheiben starrte sie nach draußen, obwohl es dort nichts zu sehen gab als alltägliche Ruinen. Sie atmete tief durch und versuchte sich zu entspannen. Ihr war die Flucht aus dem Separationshaus gelungen und die Erleichterung darüber war so groß, dass es eine Weile dauerte, bevor sie verstand, was sie getan hatte. Sie hatte einen Bus nach Hause bestiegen.

9

Xylon Xojor saß an seinem Schreibtisch in dem kleinen Empfangsbüro im Erdgeschoss des Separationshauses. Alles war ruhig heute. Es schaltete sich im Minutentakt durch die Zimmer der Insassen. Wenn irgendwo gesprochen wurde, hörte es eine Weile zu, bis es sicher war, dass alles den Regeln entsprechend verlief. In 43-121 und 43-107 wurde nicht gesprochen, aber es konnte aus den Geräuschen schließen, dass Aurun Ebanan und Gertran Ewinewi allein auf ihren Zimmern waren. Es hörte sie umhergehen, manchmal klapperte etwas oder ein Schrank wurde geöffnet.

Plötzlich klingelte sein Telefon. Stolz hob es es ab.

Seit die X-Klone die Macht übernommen hatten, funktionierte wieder einiges in diesem Land. Zumindest hatte man es geschafft, die alte Sprechanlage im Separationshaus in eine Abhöranlage umzufunktionieren und ein paar Telefonleitungen zwischen wichtigen Stellen der Gemeinschaft wiederherzustellen. Und auch die Scanner, mit denen man die Identifikationschips in den Schlüsselbeinen auslesen konnte, waren repariert worden, wenn sie auch manchmal noch recht unzuverlässig funktionierten. Die Kombination aus X- und D-Klonen schien sich langfristig zu bewähren: Die intelligenten X befahlen und die hirnlosen D folgten willig. Alles ging seinen vorgesehenen Gang, und das war wichtig und richtig für X-Klone wie Xylon.

»Gegrüßt! Xylon Xojor!«, meldete es sich am Telefon.

»Gegrüßt!«, sagte eine Stimme, ohne einen Namen zu nennen. »Wir haben hier eine Meldung über die Identifikation eines ihrer Einwohner auf einer Busroute. Aurun Ebanan. Wie erklären sie das?«

Für einen Moment war Xylon sprachlos. Schnell schaltete

es seine Abhöranlage auf Zimmer 43-121. Von dort waren dieselben Geräusche zu hören, wie schon den ganzen Vormittag. Zweifellos war Aurun Ebanan allein auf ihrem Zimmer.

»Ein Fehler des Scanners!«, sagte Xylon in den Telefonhörer.

»Klären sie das!«, sagte die Stimme am anderen Ende der Leitung und legte auf.

Das X-Klon sprang von seinem viel zu großen Schreibtischstuhl, rannte zum Aufzug und fuhr hinauf zur Ebene 43.

Zunächst legte es sein Ohr an die Tür des Zimmers 121, dann betätigte es die Türglocke.

Sofort wurde geöffnet, aber da stand ein fremdes Klon, auf jeden Fall viel älter als Aurun Ebanan. Für X-Klone war es extrem schwierig, die Gesichter von Klonen fremder Familien auseinander zu halten. Zwar zeigten sich besonders hier im Separationshaus mit dem Alter oft kleine Unterschiede im Körperbau und in den Gesichtszügen, aber trotz seines guten Gedächtnisses musste auch ein X wie Xylon zugeben, dass es zwar die Daten aller Einwohner kannte, sie aber oft nicht unterscheiden konnte. Aber dass dieses Klon nicht Aurun Ebanan war, das konnte Xylon beschwören.

»Gegrüßt! Xylon Xojor!«, sagte es streng.

»Gegrüßt! Danir Ewanja!«, grüßte das Klon eingeschüchtert zurück.

»Was tun Sie hier, Danir Ewanja? Dies ist der Raum von Aurun Ebanan! Wo ist es?«

»Ich weiß es nicht.«

»Und was tun Sie hier?«

Das E-Klon sah eingeschüchtert zu Boden. »Gertran hat mich gebeten, hier heute ein wenig sauber zu machen und aufzuräumen, Xylon Xojor.«

»Gertran Ewinewi! Natürlich!« Das weiße X-Klon drehte sich auf der Stelle um und rannte den Gang entlang zum Zimmer von Gertran.

Als auf sein Klingeln geöffnet wurde, drückte es sich an dem fetten, alten Klon vorbei in den Raum. »Wo ist Aurun Ebanan?«, rief es.

»Einen schönen guten Tag, liebes Xylon. Nett, dass Sie mich mal besuchen kommen. Was kann ich für Sie tun?«, sagte Gertran und grinste das weißgesichtige X an, das mehr als einen Kopf größer war als sie selbst und sich bedrohlich vor ihr aufgebaut hatte.

»Wo ist Aurun Ebanan?«, wiederholte das X jetzt schreiend.

Gertran trat einen Schritt zurück, um Xylon besser ins Gesicht sehen zu können. »Weg!«, sagte sie mutig. »Meine Freundin Aurun ist weg! Hat ausgecheckt! Ist gegangen! Verschwunden! Geflohen! Hatte genug! Wollte nicht mehr! Hat die Fliege gemacht! ...«

Je länger Xylon ihr sprachlos zuhörte, umso mehr gefiel Gertran sich darin, begeistert und fröhlich immer neue Formulierungen für das zu finden, was geschehen war.

»... Ist auf und davon! Hat das Weite gesucht und gefunden! Hatte die Nase voll! Hat die Segel gestrichen! ...«

Das X-Klon löste sich aus seiner Erstarrung, sprang jetzt zur anderen Ecke des Raumes, riss dort die Polster hoch, schaute dahinter, sah im Bad nach, unter dem Tischtuch, überall, wo ein kleines E-Klon sich seiner Meinung nach verstecken könnte.

»Sucht nur! Die kleine Aurun werdet ihr nicht finden!«, rief Gertran verzückt. »Die ist abgereist! Ist euch verloren gegangen! Hat den Abflug gemacht ...«

Aber Xylon war längst zur Tür raus.

Wieder in seinem Büro griff es sofort zum Telefonhörer.

»Gegrüßt, Xylon Xojor – Leiter des Separationshauses!«, rief es.

»Gegrüßt!«, antwortete eine Stimme.

»Muss Meldung bestätigen! Einwohner Aurun Ebanan ist geflohen! Ich kümmere mich selbst darum. Ende!« Etwas zu hart knallte es den Hörer auf den Telefonapparat, befahl einem anderen X seinen Platz einzunehmen und verließ hastig das Haus.

Ob Elbon überrascht war, konnte Aurun kaum sagen. Elbon sah man seine Regungen, wenn es welche hatte, nie an.

»Aurun! Gegrüßt! Komm rein!« So wurde sie empfangen.

»Gegrüßt, Elbon!« Aurun versuchte ihr neu gelerntes Lachen, aber sie merkte sofort, dass sie damit Elbon nur irritierte.

»Hast du Urlaub?«

»Ausgebrochen! Im Müllwagen!«

»Aha«, sagte Elbon ungerührt, »deswegen stinkst du so. Was bedeutet ›ausgebrochen‹?«

»Abgehauen, Elbon. Dieses Haus ist ein lebenslängliches Gefängnis, ich bin abgehauen.«

»Aber das darfst du doch nicht, oder?«

»Nein«, sagte Aurun und musste nun doch lachen. Nicht aus Freundlichkeit, sondern aus einer verzweifelten Heiterkeit heraus über die gutgläubige Naivität ihres Preklons. »Natürlich darf ich das nicht. Ich gehe jetzt in die Wanne, dann ziehe ich mir andere Kleider an und dann erzähle ich dir alles, okay?«

Im Bad stand ein großer Ankleideschrank. Aurun suchte sich heraus, was sie brauchte, und ließ sich Wasser einlaufen. Die stinkenden Sachen warf sie aus dem Fenster. Sie segelten drei Stockwerke tief hinab und blieben unten im zugemüllten Hinterhof liegen. Sie legte ihr Amulett und die Sanduhr, die sie noch in ihrer Hosentasche gefunden hatte, neben die Wanne, dann stieg sie langsam in das heiße Wasser.

Der Türsummer schreckte sie auf. Sie musste wohl kurz eingenickt sein. Sie hörte Elbon öffnen. Die Wände waren dünn in diesem alten Haus, dünn genug um jedes Wort zu verstehen, das draußen gesprochen wurde.

»Xylon Xojor, gegrüßt!«

»Gegrüßt!«, hörte sie Elbon ein wenig eingeschüchtert antworten.

»Ich bin der verantwortliche Leiter des Separationshauses, in dem ihr Subklon Aurun Ebanan untergebracht ist.«

Elbon sagte nichts.

Wahrscheinlich steht es nur demütig dort, den Blick zu Boden gesenkt, dachte Aurun. Leise stieg sie aus der Wanne und schlüpfte nass, wie sie war, in die bereitgelegten Sachen. Dann hängte sie sich ihr Amulett um den Hals und steckte es unter das Hemd.

»Aurun Ebanan hat gegen die Regeln unseres Hauses verstoßen und das Gebäude verlassen. Wir wissen noch nicht wie, aber wir wissen, dass es den Bus hierher genommen hat. Ist es hier?«

Aurun wusste, was kommen würde. Elbon konnte nicht lügen. Es ging nicht. Lügen war in seinem Gehirn nicht angelegt, wie bei den meisten Klonen. Vielleicht zögert es wenigstens ein bisschen, hoffte sie.

Aber dann hörte sie Elbon ohne Verzug leise mit Ja antworten.

»Und wo?«

»Im Bad!«, sagte Elbon.

Es ging die paar Schritte voran und öffnete dem X-Klon die Tür zum Bad.

Der Raum war leer. Das Wasser in der Wanne schwappte noch, das Fenster stand offen. Auf dem Fensterbrett glitzerte verräterisch deutlich eine Wasserlache. X.X. ging zum Fenster und sah hinunter.

Unten lag Müll und ein paar Klamotten, sonst war nichts und niemand zu sehen.

»Erstaunlich«, murmelte X.X., »drei Stockwerke immerhin. Aber diese jungen Klone sind wirklich außerordentlich zäh.« Und an Elbon gewandt: »Wir werden es einfangen und in Sicherheit bringen, machen Sie sich keine Sorgen, Elbon Ebanan.« An der Tür drehte es sich noch einmal um: »Gegrüßt!«, sagte es und legte zwei Finger an die kalkweiße Glatze.

»Gegrüßt!«, sagte Elbon und schloss die Tür hinter ihm.

Aurun wartete noch zwei Minuten, dann drückte sie die Tür des großen Ankleideschranks auf und kam heraus.

»Hallo, Elbon!«, sagte sie, als sie zurück in den Wohnraum trat.

»Du bist ja doch noch hier«, sagte Elbon ohne Erstaunen, »ich dachte, du wärst zum Fenster hinausgesprungen.«

»Es war ein Trick, Elbon. Um dieses X.X. zu täuschen, verstehst du?«

»Aha, ein Trick. Warum musst du immer so komische Sachen machen, Aurun? Wir müssen es nun wieder rufen und ihm sagen, dass du doch noch hier bist. Es sagt, es ist gegen die Regeln, dass du einfach gegangen bist.«

Aurun sah ihr Preklon an, erwiderte einen Blick, der ihr tatenlos, ohne Freude, ohne Reue am Verrat, ohne Liebe, ohne Mitleid entgegensah. Aurun sah, dass sie nicht darauf hoffen konnte, dass ihr Preklon sich jemals ändern würde. Und zugleich spürte sie ein Gefühl, das sie bis dahin nicht gekannt hatte. Denn sie lernte in diesem Moment das Mitleid kennen, das auch Menschen packt, wenn sie hilflos zusehen müssen, wie ein anderer leidet.

»Ach, Elbon«, sagte sie. »Ich befürchte, du verstehst das alles nicht so recht.«

Elbon zuckte mit den Schultern. »Es ist, wie es ist«, sagte es. »Wenn man es versteht, ist es doch auch nicht anders, oder?«

Aurun wandte sich ab. »Hast du etwas zu essen für mich?«

»In der Küche – aber bekommst du im Heim nicht genug?«

Plötzlich schrie Aurun, plötzlich war es keine Verzweiflung, kein Mitlied mehr, plötzlich war es Zorn. Sie packte Elbon an den Schultern, schüttelte es. »Kannst du nicht aufwachen, Elbon?«, schrie sie. »Ein Mal in deinem langen, unnützen Leben aufwachen? Sie nehmen dir deine Tochter weg, sperren sie ein. Lebenslänglich. Für nichts. Verstehst du das nicht? Rührt dich das nicht? Musst du mich auch noch verraten?«

Elbon machte sich irritiert frei. »Was meinst du mit ›Tochter‹?«, fragte es.

Aurun drehte sich weg. Sie wollte nicht, dass Elbon die Tränen in ihren Augen sah. »Vergiss es!«, sagte sie leise.

Sie ging in die Küche und raffte dort an Essbarem zusammen, was sie finden konnte, stopfte alles in ihre alte Schultasche, die sie im Wohnraum gefunden hatte. Sie musste sich beeilen. Vielleicht reichte ja die Fantasie des X-Klons, um doch irgendwann zu verstehen, dass sie gar nicht aus dem Fenster gesprungen war.

Elbon stand an der Tür. »Ich bin ein wenig ratlos«, sagte es müde. »Wenn dieses X-Klon wiederkommt und fragt, wo du bist, was sage ich denn dann?«

»Aus dem Fenster gesprungen, sagst du.«

»Aber das bist du doch gar nicht!«

»Ach, Elbon.« Aurun schüttelte verzweifelt den Kopf. Mit einem Mal war ihr bewusst geworden, was sie all die Jahre in dieser Wohnung am Leben, am wirklichen Leben, gehindert hatte. Sie griff in ihre Tasche und zog die Sanduhr heraus. »Leb wohl, Elbon«, sagte sie. Und obwohl sie froh war, diese Wohnung für immer verlassen zu können, rollten ihr doch auf einmal wieder die Tränen aus den Augen. Sie hielt Elbon die Sanduhr hin. »Hier! Weißt du noch? Es ist ein schwarzes Körnchen zwischen dem weißen Sand.«

Elbon nickte, nahm das Glas, drehte es suchend. »Hier!«, sagte es überrascht. »Tatsächlich, da ist es. Eines ist anders als die anderen – wie du!«

Aurun strich ihrem Preklon mit der Hand über die kurzen blonden Haare. »Jetzt hast du's doch noch verstanden, Elbon. Ja, eines ist anders – wie ich. Leb wohl – Mama!«

»Leb … Gegrüßt, Aurun!«, sagte Elbon. Dann drückte es die Tür hinter seiner Tochter zu.

So lernte Aurun den Abschied kennen. Diesen Moment, den manche Menschen auch den »kleinen Tod« nennen.

10

Als Aurun wieder auf der Straße stand, wurde ihr klar, dass sie noch immer nicht wusste, wo die verdammte Adresse war, zu der Gertran sie geschickt hatte. Aber wenigstens kannte sie sich hier aus. Sie lief los in Richtung ihrer alten Schule. Dazwischen gab es eine Straße mit vielen Läden, dort könnte sie vielleicht einen Stadtplan finden. Über X.X. machte sie sich kaum Sorgen. Dieser Tölpel. Sie kam sich nach dem vermeintlichen Sprung aus dem Fenster viel größer, stärker und schlauer vor. Jeder Idiot hätte doch vermutet, dass sie im Schrank saß.

Ganz in Gedanken lief sie ihren alten Schulweg ohne aufzupassen, wo sie war oder wo sie hinmusste. Wie lang war das her mit der Schule? Noch keine drei Monate. Klone gingen neben ihr, kamen ihr entgegen, sie beachtete sie kaum. Sie schleppte an ihren Essensvorräten in der Schultasche, wie sie früher an ihren Büchern und Heften geschleppt hatte.

Die leuchtende Glatze des X-Klons sah sie erst, als es schon keine Chance mehr gab, sich zu verstecken. Und obwohl alle Xe für sie nahezu gleich aussahen, war sie sich doch ganz sicher, dass es X.X. war. Es stand mit einem großen Antennen-Chip-Orter auf dem Bürgersteig, keine zehn Meter vor ihr, und scannte die Passanten ab. Blitzschnell fasste Aurun unter ihr Hemd, griff das Amulett und drückte es auf ihr Schlüsselbein. Fliehen wäre sinnlos gewesen, X- waren ja viel schneller und stärker als E-Klone. Aber normalerweise sahen auch junge E-Klone für andere Klone alle zum Verwechseln ähnlich aus. Darauf hoffte sie inständig, ging mit klopfendem Herzen tapfer weiter auf das große weiße Klon zu.

Xylon Xojor hatte sich einige Leute besorgt und sie dazu abgestellt, die Gegend zu durchsuchen. Es selbst hatte sich mit der großen runden Chip-Ortungsantenne mitten auf der belebtesten Straße aufgebaut. Bei jedem E-Klon sah es ganz genau hin, aber es musste sich eingestehen, dass auch sein lexikalisches Gedächtnis ihm hierbei nicht half. Alle diese verdammten kleinen, arroganten E-Klone sahen doch genauso aus.

Wäre es in der Lage gewesen, die Körpersprache der Gefühle zu verstehen, so wäre ihm vielleicht die Angst im Gang und im Blick von Aurun aufgefallen. So aber war dieses E-Klon nur eines von vielen. Der oberste Ordnungshüter des Separationshauses richtete misstrauisch die Antenne auf das kleine Wesen, aber das verdammte Ding gab mal wieder kein Signal. Xylon sah ihm nach, sah die Schultasche. Wahrscheinlich ein Schüler, der verschlafen hat, dachte es.

Diese E-Klone waren wirklich gelegentlich sträflich unzuverlässig.

Aurun ging an dem weißen Riesen vorbei, spürte den misstrauischen Blick, hielt die Luft an vor Angst, der Chip-Orter könnte ansprechen. Aber nichts passierte. An der nächsten Ecke bog sie ab, dann begann sie zu rennen, rannte durch dunkle Straßen, um Ecken und durch Höfe, ziellos, planlos und voller Panik, bis sie sich die Angst weggerannt hatte. Schließlich blieb sie stehen und sah sich abgehetzt um. Zum zweiten Mal während ihres Abenteuers musste sie sich eingestehen, dass sie keine Ahnung mehr hatte, wo sie eigentlich war.

Nach dieser zweiten Begegnung mit Xylon mied sie die großen Straßen, versuchte abseits des Trubels irgendwo jemanden aufzutreiben, der ihr helfen konnte die aufgeschriebene Adresse zu finden. Stundenlang irrte sie umher, immer von der Angst verfolgt, hinter der nächsten Ecke könnte X.X. auf sie warten. In einer dunklen, windigen Gasse fand sie schließlich einen kleinen Laden für Bücher und gebrauchte Möbel.

Mittag war längst vorbei und sie hatte eingesehen, dass sie ihre Angst überwinden musste. Wenn sie sich nicht traute jemanden anzusprechen, würde sie noch tagelang ziellos durch die Stadt irren.

Also betrat sie vorsichtig den Laden.

»Hallo, hallo! Kundschaft, Kundschaft!«, rief eine dünne Stimme hinter dem Verkaufstresen hervor.

»Gegrüßt!«, antwortete Aurun leise. Sie konnte niemanden sehen. Es war einer dieser Läden, die noch aus dem Megaho stammten und nur notdürftig umgebaut waren. Oft hatten die Ladenbesitzer eine kleine Empore hinter dem alten Tresen gezimmert, damit sie von dort über die Theke hinübersehen konnten. Der Besitzer der dünnen Stimme aber fand es anscheinend nicht notwendig, sich seiner Kundschaft zu zeigen.

»Womit kann ich dienen, kleines Blondchen?«

Erst jetzt bemerkte Aurun, dass in diesem Laden alles anders war. Hier wurde nicht über, sondern unter dem Tresen verkauft. Die Vorderseite der Theke war herausgeschnitten und dort, unter der Tischplatte, saß auf einem dreibeinigen Hocker im Schneidersitz ein altes schwarzhaariges A-Klon und sah Aurun schelmisch an.

»So früh am Mittag und schon Hunger auf Lesestoff?«, fragte es.

»Ich habe ein Problem ...«, begann Aurun, aber das andere Klon ließ sie nicht ausreden.

»Probleme, Probleme! Wenn hier jemand hereinkommt und hat Probleme, was ist es? Ein E-Klon! Ein E-Klon! Und wenn hier ein E-Klon reinkommt, was hat es? Ein Problem! Ein Problem!«, plapperte es los.

»Darf ich dann auch mal, ja?«, fragte Aurun genervt.

Das andere Klon machte eine Bewegung, als wollte es mit einem Schlüsselchen seinen Mund verschließen. »Mmmm!«, machte es dann, ohne die Lippen zu öffnen, um zu beweisen, dass es ab jetzt stumm sein wollte.

»Sehr schön!«, sagte Aurun. »Ich habe eigentlich gar kein

Problem. Ich habe eine Adresse und ich weiß nicht, wo sie ist. Haben Sie vielleicht einen Plan von dieser Stadt?« Ihr Herz hämmerte. Irgendetwas sagte ihr, dass sie sich besser vor diesem komischen Zwerg hüten sollte, aber sie hörte nicht darauf.

»Also doch ein Problem!«, rief das kleine A-Klon. »Zeig mir mal deine Adresse, vielleicht ist es ja hier um die Ecke oder ich bin es selbst! Ich selbst!«

Aurun zögerte einen Moment, aber das kleine A streckte ihr auffordernd die Hand entgegen, also griff sie in ihre Tasche und holte den Zettel hervor, den Gertran ihr gegeben hatte. Sie riss den Teil mit der Adresse ab, denn sie wollte nicht, dass der Zwerg die Hinweise von Gertran zu Gesicht bekam.

Das A-Klon setzte sich mühsam eine riesige Lesebrille auf, dann las es den Zettel, las ihn so aufmerksam, als handle es sich nicht um eine Adresse, sondern um eine längere spannende Geschichte. Dazwischen sah es Aurun immer wieder skeptisch über den Rand der Brille hinweg an.

Aurun bemerkte Falten im Gesicht des Klons, bemerkte die gegerbte Haut mit den vielen Leberflecken, die weißen Strähnen im lichten schwarzen Haar. Das ist bestimmt noch älter als Gertran, dachte sie.

Plötzlich hüpfte das alte Zwergenklon vom Hocker. Neben Aurun schien es gar nicht mehr so klein zu sein.

»Ich helfe dir, Blondchen«, sagte es nun plötzlich sehr ernst und nahm Aurun an der Hand. »Ich werd dir schon helfen. Komm mit!«

Es zog sie durch eine kleine Tür im Hinteren des Ladens in einen zweiten Raum, öffnete dort eine weitere Tür, hinter der es dunkel war.

»Du voran!«, sagte es, und bevor sie irgendetwas ahnte oder sich wehren konnte, schob es sie mit einer erstaunlich kräftigen Bewegung vor sich her, knallte die Tür hinter ihr zu und schloss ab.

Aurun schrie vor Wut und Schreck auf, hämmerte mit den Fäusten und den Füßen gegen die Tür, aber es kam keine Reaktion. Ein paar Minuten später, als sie sich ein wenig beruhigt hatte, horchte sie angestrengt. Aber kein Laut war zu hören!

Um sie herum war es bis auf einen kleinen Streifen Licht unter der Tür stockdunkel. Doch noch bevor sich Auruns Augen langsam an das düstere Licht gewöhnt hatten und sie allmählich erkannte, wo das A sie eingesperrt hatte, wurde ihr schon durch den Geruch klar, wo sie gelandet war. Dieses Ekel hatte sie in eine Toilette geschubst. Und noch dazu in eine dieser riesigen Megaho-Toiletten, mit einem weißen Porzellanthron in der Mitte, der so hoch war, dass er ihr bis zu den Schultern reichte. Klone konnten dieses Klo nur über eine hingezimmerte Holztreppe erreichen. Es stank fürchterlich, eine Mischung aus Schimmelpilz, Fäkalien und Kakerlakengift.

Voller Verzweiflung fing sie wieder an zu toben, brüllte alle Schimpfwörter, die sie jemals in ihrem Leben gelernt hatte, und hämmerte so lange mit ihren kleinen Fäusten gegen Wand und Tür, bis ihr jeder einzelne Handknochen wehtat.

Endlich, nachdem sie sich ausgetobt hatte, lehnte sie sich müde gegen eine der Wände, von der weißer Kalk zu Boden rieselte.

Nicht mein Tag, dachte sie. Erst der Müll, dann Elbon, dann X.X. und jetzt dieser Typ. Und meinen Zettel hat er auch behalten. Ich kann also nicht mal fliehen, denn ich hätte keine Ahnung wohin. Sie sah sich um. Nun konnte sie erkennen, dass die Toilette nicht mal ein Fenster hatte. Der Raum war völlig verdreckt, in den Ecken wuselten Kakerlaken, Asseln und Silberfischchen herum und unter der Decke hingen die Spinnweben wie Wolken.

»Lass mich hier raus, du Idiot!«, schrie Aurun in einer erneuten Aufwallung ihrer Wut, trat und schlug noch mal gegen die Tür. Aber es war von draußen kein Laut zu hören. Dieses widerliche alte A-Klon war anscheinend weggegangen und hatte sie in diesem stinkenden Loch allein gelassen.

Mit dem Fuß schob sie den Dreck aus einer Ecke etwas zur Seite, dann setzte sie sich auf den Boden. Sie war so fürchterlich müde. An irgendetwas musste dieses A gemerkt haben, dass sie gesucht wurde. Es würde brav zu den Xen laufen, ihnen erklären, dass es einen Fang gemacht hatte. Man würde sie holen, zurück ins Heim bringen. Alles wie zuvor, dachte sie, nichts gewonnen, nichts verloren. Nur Gertran tat ihr Leid. Und ihr fünfzig Jahre alter Plan, die Welt zu verändern. Pech für dich, Gertran, und Pech für mich.

Aber der Gedanke an Gertran war auch der Gedanke an ihr Amulett. Sie konnte sich zwar nicht vorstellen, wie Gertran ihr vom Separationshaus aus helfen wollte. Trotzdem zog sie den Anhänger unter dem Hemd hervor und drückte einmal, zweimal, immer wieder auf den blauen Stein. Ein leichtes Vibrieren bestätigte ihren Notruf, mehr passierte nicht. Verzweifelt legte sie ihren Kopf auf die angezogenen Knie. Da sie seit Mitternacht auf den Beinen war und all ihre Energie sich in den Misserfolgen dieses Tages aufgezehrt hatte, schlief sie fast augenblicklich tief ein.

Xylon Xojor musste sich gegen Abend eingestehen, dass es die Spur des E-Klons Aurun Ebanan verloren hatte. Missmutig kehrte es in sein Büro im Separationshaus zurück. Routinemäßig hörte es alle Räume durch und stellte fest, dass sich eine ganze Menge Insassen im Zimmer von Gertran Ewinewi versammelt hatten. Und sie waren fröhlich! Schwatzten und lachten, als gäbe es etwas zu feiern! Es wäre eigentlich seine Aufgabe gewesen, nach oben zu fahren und die Insassen auf die Hausordnung hinzuweisen, die nicht vorsah, dass Versammlungen in den Zimmern abgehalten wurden. Aber Xylon spürte ein seltsames Gefühl von Müdigkeit in sich und zum ersten Mal in seinem Leben vernachlässigte es seine Pflicht.

Es schrieb lustlos seinen Tagesbericht, beschrieb den Ausbruch des E-Klons und seine erfolglosen Aktivitäten zur Wiederergreifung des Geflohenen.

Am Morgen darauf erhielt es einen Anruf. Es war bis auf weiteres vom Dienst als Separationshausleiter suspendiert. Seine neue Aufgabe bestand darin, Aurun Ebanan einzufangen. Um Punkt zehn hatte es sich zur Lagebesprechung in einem ihm bisher nicht bekannten Regierungsgebäude einzufinden.

11

Als Aurun wieder erwachte, lag sie in einem Bett. Vorsichtig öffnete sie die Augen. Es war nicht ihr Bett im Heim und es war nicht ihr Bett bei Elbon. Es war ein riesengroßes Doppelbett aus dem Megaho, so groß, dass zehn Klone ihrer Größe darin Platz gefunden hätten. Sie drehte den Kopf, um zu sehen, wo sie war.

Dort, am Ende des Zimmers, gab es ein Fenster. Und in einem riesigen, antiken Ledersessel neben diesem Fenster saß das alte, ekelige A-Klon und grinste sie breit an.

»Ausgeschlafen, Aurun Ebanan?«, fragte es.

Aurun schwieg.

»Ich muss mich ganz fürchterlich entschuldigen«, sagte das A-Klon und dann zog es langsam und mit einem Grinsen das glänzende Amulett unter seinem Hemd hervor.

»Verdammter Dieb!«, schrie Aurun und griff erschrocken an ihre Brust. Aber dort war noch ein Amulett, ihres. Es summte, weil es die Anwesenheit eines zweiten spürte.

»Ich wusste nicht, Aurun Ebanan, dass du eine von uns bist. Muss mich fürchterlich entschuldigen, entschuldigen«, sagte das A. »Du hast mir diese Adresse gezeigt. Diese Adresse. Sie ist geheim. Ist geheim! Ich dachte, du wärst ein Spion, wollte Hilfe herbeischaffen. War schon unterwegs, schon unterwegs. Da bekomme ich plötzlich einen Notruf. Einer von uns in Gefahr! In Gefahr! Ich orte den Ruf, folge ihm und komme wieder zu Hause an. Da hatte doch jemand auf meinem Klo einen von uns eingesperrt. Eingesperrt. Hässlich. Sehr, sehr hässlich.«

»Sollte das die Entschuldigung sein?«, fragte Aurun.

»Sozusagen. Sozusagen. Die Entschuldigung, ja.«

Aurun sprang aus dem Bett. Vielleicht hätte sie ja so etwas

wie Sympathie für das Alte empfinden müssen, war es doch eines von »ihnen«. Aber sie war ihm immer noch ziemlich böse, fand seine Art, zu sprechen, lächerlich, seine Entschuldigung halbherzig, seine Erscheinung ekelhaft.

»Wenn Sie die Adresse so gut kennen, können Sie mir sicher auch sagen, wie ich hinkomme, oder?«

»Könnte ich, Blondchen, ja, könnte ich. Werde ich aber nicht. Vergiss nicht, da draußen wird vielleicht nach dir gesucht. Scharfe Augen, Chip-Orter. Und so weiter. Und so weiter. Das alte Leos lässt ein kleines Blondchen in sein Unglück laufen, heißt es dann. Bekommt einen Notruf. Ja, einen Notruf und schickt es trotzdem wieder los. Ohne Hilfe. Ganz ohne Hilfe.« Es stand von seinem viel zu großen, alten Sessel auf. »Komm mit, Aurun!«, sagte es. »Ich bringe dich ein Stück. Du hast ja schon bewiesen, dass Spinnen und Asseln dich nicht schrecken können, dann werden wohl auch Ratten kein Problem für dich sein, oder?«

»Ratten?!«, fragte Aurun entsetzt. Ratten reichten kleinen Klonen bis zum Knie. Aurun hatte schon welche in den alten Häusern gesehen. Ratten waren ein Grund, auszuziehen. Wann immer Ratten kamen, flohen die kleinen Klone, so schnell es ging. Trotzdem folgte sie dem alten A-Klon, denn was blieb ihr schon übrig?

Sie fand ihre Schultasche mit den Vorräten neben dem Bett. Das A führte sie zu einer Kellertreppe. Dort drückte es Aurun einen schweren Holzknüppel in die Hand. »Manchmal werden sie ungemütlich«, murmelte es. Unten im Keller angekommen griff es nach einer großen Petroleumlampe, die dort bereitlag.

»Ah, Moment«, sagte es. »Ich werde nicht den ganzen Weg mit dir gehen können, das ist zu weit für mich. Ich werde dir eine eigene Lampe holen. Du gibst sie Geldos, er soll sie mir bei Gelegenheit zurückbringen lassen.«

»Natürlich!«, sagte Aurun und versuchte zu verbergen, wie sehr sie erschrocken war. Wollte dieses Leos sie wirklich zu diesem Geldos führen? Sie atmete tief durch. Und wenn! Wer immer auch Geldos war, sie würde ihm eben, falls sie ihn traf, die Lampe geben.

Das alte A-Klon kam nach einer Weile mit einer zweiten Lampe zurück.

»So, los jetzt!«, sagte es. »Und keine Angst vor den Rattchen. Sie sind groß, böse und schlau, aber ansonsten ungefährlich. Ganz ungefährlich.« Bei diesen Worten griff es nach einem zweiten Holzknüppel und schwang ihn einigermaßen bedrohlich im Kreis.

Sie stiegen eine zweite Treppe hinab, liefen einen kleinen Gang entlang, stießen eine Tür auf, krochen durch einen Stollen, der so niedrig war, dass selbst die kleinen Klone darin nicht stehen konnten.

»Vorsicht hier, Blondchen!«, rief Leos von vorne. »Vorsicht! Es geht ein Stück runter!«

Der enge Stollen mündete in einer riesigen Röhre. Aurun sah Leos hinunterspringen, krabbelte nach vorne.

»Pass auf die Lampe auf, Blondchen! Wenn sie dir hinunterfällt, zerbricht sie und alles steht in Flammen! Reich sie mir lieber vorsichtig runter – ja, gut so! «

Sie sah hinunter. Es war nicht sehr tief, ohne Probleme sprang sie.

Das Licht der beiden Lampen erhellte eine aus geschwärzten Ziegeln gemauerte Röhre so hoch, dass ein ganzes Haus hineinpassen würde. Nach links und rechts schien sie kein Ende zu haben, jedenfalls keines, was man im schwankenden Licht der beiden Lampen erkennen konnte. Unten war die Röhre flach und auf dem mit Schotter bedeckten Boden waren eiserne Schienen verlegt. Es roch nach Elektrizität, modrigem Wasser und Abfall.

Dann sah Aurun die ersten Ratten. Sie huschten zwischen den Schienen und den Schwellen hin und her, offensichtlich fühlten sie sich durch die ungebetenen Besucher gestört. Immer wieder richteten sie sich auf, schnupperten, verschwanden, um irgendwo anders wieder schattenhaft aufzutauchen. Diese Viecher waren fast halb so groß wie sie selbst. Aurun packte ihren Knüppel fester.

»Keine Angst!«, sagte Leos mit etwas wackeliger Stimme.

»Ich habe nie Angst!«, antwortete Aurun. »Weiß du nicht – Klone kennen keine Angst!«

»Da hast du genau Recht, Blondchen. So ein normales Klon, das lässt sich wahrscheinlich von den Ratten anfressen und denkt noch, es müsste so sein.« Es kicherte. »Aber vergiss nicht, wir sind anders! Wir sind anders!«

Sie begannen an den Schienen entlang nach rechts zu laufen, liefen und liefen und es war doch immer dasselbe Bild: Vor ihnen tauchten immer mehr schwarze Ziegelsteine im zuckenden Licht auf und hinter ihnen verschwanden sie. Oft sahen sie Ratten weglaufen, übermäßiges Interesse an ihnen hatten die Tierchen aber zum Glück nicht.

»Wo sind wir?«, fragte Aurun nach einer Weile.

»Sie hatten eine Bahn hier, die Großen, die Megas. Die fuhr unter der ganzen Stadt entlang auf diesen Schienen. Man kommt fast überall in der Stadt hin, wenn man nur weiß, wo man wieder nach oben muss.«

»Und wo kommt man wieder nach oben?«

»Geduld!«, sagte das alte Klon. »Geduld, Geduld!«

Aber ihre Geduld wurde noch auf eine sehr harte Probe gestellt. Erst nachdem sie bald eine Stunde durch die immer gleiche Röhre gelaufen waren, änderte sich endlich das Bild. Der Stollen mündete in einen riesigen Raum, dessen Wände von oben bis unten weiß gefliest waren. Von den Schienen aus kletterten sie mühsam auf eine Plattform, von der Türen und Treppen abgingen.

»Von den Plattformen aus bestiegen sie die Züge«, sagte Leos. »Hier kommt man meistens nach oben – wenn nicht alles verschüttet ist.«

Aurun atmete auf. Erleichtert glaubte sie, endlich wieder ans Licht zu kommen, aber sie irrte.

»Ich werde dich hier verlassen, Blondchen. Verlassen. Du hast noch einen weiten Weg. Du läufst weiter die Röhre entlang und zählst noch fünf solcher Stationen. Zähle gut mit, sonst kommst du völlig verkehrt ans Licht. Wenn überhaupt, wenn überhaupt. In der fünften Station läufst du die Treppe hoch – hier, ich habe dir auf deinem Zettel aufgezeichnet, wie du dann gehen musst.« Es gab Aurun den Zettel zurück, auf dem Gertran die Adresse vermerkt hatte. Darunter war nun eine Skizze. »Wir zählen auf dich, Blondchen. Zählen auf dich!«

»Moment mal!«, rief Aurun und versuchte der Panik Herr zu werden, die sie ergriff. »Fünf Stationen! Da bin ich ja ewig …« Sie sah sich um. Das alte A-Klon war verschwunden, zurück in die Röhre, aus der sie gekommen waren. Nur der Schein seiner flackernden Laterne war noch zu sehen, dann wurde es wieder dunkel.

Aurun stand völlig allein in der verlassenen U-Bahn-Station. Um sie herum raschelte und zischelte es, man hörte die Ratten, aber sie ließen sich jetzt nicht mehr sehen. Aus der Richtung, in der das alte Klon verschwunden war, hallte noch leise das »Schlapp-Schlapp« seiner müden Füße.

»Du kannst mich doch hier nicht allein stehen lassen, verdammt noch mal!«, brüllte Aurun hinter ihm her.

Aber als Antwort kam nur das Echo ihrer eigenen Worte, vieltausendmal gebrochen, zu ihr zurück.

Wahrscheinlich hätte ich mich bei diesem Leos noch für seine Hilfe bedanken sollen, dachte Aurun. Aber ihr war jede Lust auf Dank vergangen.

Eine Weile stand sie hilflos da, dann nahm sie ihren Mut zusammen. Los, spornte sie sich an, geh los! Du willst nicht, gut! Du hast Angst, gut! Du bist müde, gut! Aber all das nützt dir nichts. Geh jetzt los, Aurun Ebanan! Geh!

Sie hängte sich entschlossen den Riemen ihrer Tasche über die Schulter, sprang wieder hinunter zwischen die Schienen und begann müde an ihnen entlang in die Röhre zu trotten.

Bis zur nächsten Station war der Weg zum Glück viel kürzer als der, den sie mit Leos gegangen war, das gab ihr Mut. Ohne anzuhalten, denn sie befürchtete, dann würde sie nie mehr weitergehen, durchquerte sie die nächste Haltestelle. Sie zählte eins, machte eine Faust und streckte nur den Daumen heraus und lief weiter.

An der zweiten Station nahm sie ihren Zeigefinger dazu, an der nächsten ihren Mittelfinger.

Nirgendwo machte sie Halt, sie sah nicht nach den Ratten oder nach den Schatten, die bedrohlich und riesig an den dunklen Wänden um sie herum zappelten. Sie lief und lief wie ein Automat, dachte an nichts anderes, als dass sie die nächste Station noch erreichen musste, den nächsten Schritt noch tun musste. Der nächste geht immer noch, dachte sie. Der nächste und der nächste und der nächste.

Doch als sie wieder an einer Station ankam, wusste sie plötzlich nicht mehr, ob sie ihren Ringfinger schon gezählt hatte oder noch nicht. War das die Nummer vier oder die Nummer fünf? Ich bin zu dumm um bis fünf zu zählen, dachte sie wütend.

Das lange Laufen hatte sie schrecklich müde gemacht, hatte ihre Gedanken verwirrt, hatte sie abgelenkt, ihr Trug- und Traumbilder geschickt.

Sie kletterte auf die Plattform, ging die Treppe hoch, aber da oben fand sie nur einen zugemauerten Gang.

Also ist es erst die Nummer vier, dachte sie. Natürlich. Wenn etwas mühsam ist, will man immer, dass es möglichst schnell vorbei ist. Also noch eine Station. Eine ist nicht viel. Vielleicht ist sie ja wieder nah.

Sie drehte sich um, wollte die Treppe wieder hinuntergehen, aber dort saß plötzlich eine ganze Meute Ratten und sah zu ihr hinauf.

»Weg mit euch!«, rief sie, doch diese Tiere ließen sich nicht verscheuchen wie alle anderen zuvor. Sie wedelte ein wenig mit ihrer Lampe herum – es nützte nichts. Also ging sie vorsichtig hinunter auf die Tiere zu. Sie wollte einfach langsam an ihnen vorbeigehen. Sie hatten sie bisher in Ruhe gelassen, warum sollte sich das jetzt ändern? Stufe um Stufe schlich sie auf das Rattenrudel zu, rote Augen leuchteten ihr entgegen, und wenn sie die Lampe hin und her schwenkte, tanzten diabolische Schatten an den weißen Fliesen der Wände.

Wenn ich die Vorderste, die große, mit dem Knüppel ein wenig scheuche, hauen die anderen mit ab, dachte sie.

»Tsch!«, machte sie und fuchtelte mit ihrem Knüppel herum. Und tatsächlich kam plötzlich Bewegung in die Tiere. Aber sie flohen nicht, sie liefen nur aufgeregt hin und her und dann begannen die ersten die Stufen zu ihr hinaufzusteigen.

»Weg! Macht, dass ihr wegkommt!« Sie schrie, schwenkte die Lampe und den Knüppel, aber die Tiere waren aufgescheucht, gestört. Waren böse mit ihr, wollten sie die Treppe hinauf und hinaustreiben.

»Ich will da nicht raus!«, schrie sie, »Lasst mich runter, ich muss weiter!«

Eine dicke, fette Ratte nahm plötzlich die drei letzten Stufen im Sprung, stand ihr für einen Augenblick mit riesigen roten Augen gegenüber, fiepte und fauchte sie böse an.

Aurun schrie, hob den Knüppel und schlug ihn mit aller Gewalt auf den Kopf des Tieres. Es gab ein hässliches, krachendes Geräusch, ein ohrenbetäubendes Kreischen, Blut spritzte. Aurun sah die fette Ratte blutend die Stufen hinunterspringen, dann torkelte das Vieh, fiel und blieb wild zuckend liegen. Die anderen stoben jetzt panisch umher, immer wieder rannten sie zu ihrem erschlagenen, noch immer zuckenden Anführer, schnüffelten, liefen ängstlich weg, aber nur um im nächsten Augenblick wieder aufzutauchen.

»Kommt ruhig her, die Nächste bitte!«, schrie Aurun und schwenkte ihren Knüppel. Und sie kamen. Aber nicht eine, sie kamen alle. Langsam kletterten sie Stufe um Stufe empor. Aurun wich zurück, immer weiter die Treppe hoch. Der Knüppel schreckte die Tiere nicht, nur das flackernde Licht der Lampe ließ sie noch zögern für Momente nur, dann rückten sie weiter vor.

Plötzlich spürte Aurun hinter sich die gemauerte Wand. Im Halbkreis huschten nun die Tiere vor ihr herum, immer vorsichtig, außerhalb der Reichweite ihres Knüppels.

In ihrer Verzweiflung hatte Aurun eine Idee. Für ein paar Sekunden stand sie ganz still, dann rannte sie schreiend auf die Tiere los, die in einer wilden Hatz die Treppe hinunter vor ihr flohen. Sie holte aus und warf ihre Lampe mitten in die fliehende Gruppe.

Es gab ein Splittern, einen dumpfen Knall, einen Feuerball. Die meisten der Ratten standen in Flammen, rasten als lebende Fackeln die Treppe hinunter, verschwanden wie Irrlichter in den Röhren und Nischen. Auch auf den Stufen vor ihr brannte lichterloh das ausgelaufene Petroleum. Plötzlich war es taghell in dem riesigen Saal. Sie konnte gesprühte Bilder an den Wänden erkennen und Schriftzeichen, die mit schwarzen Kacheln in die weißen Wände geschrieben waren.

Erst als die Flammen allmählich kleiner wurden, als die letzten kreischenden Feuerbälle sich zwischen den Schienen verkrochen hatten um zu sterben, als langsam die Dunkelheit wieder in den uralten U-Bahnhof kroch, begriff sie plötzlich, was sie getan hatte.

Die Ratten waren zwar erst mal weg, aber sie hatte kein Licht mehr. Unten, am Fuß der Treppe, züngelten in den Splittern des zerbrochenen Glaskolbens und im verbogenen Blech der Lampe noch ein paar kleine blaue Flammen.

Das ist das letzte Licht, das ich in meinem Leben sehe, schoss ihr durch den Kopf. Wenn es dunkel wird, werden sie zurückkommen.

Dann ging mit einem letzten Zucken das Feuer aus.

So lernte Aurun die Todesangst kennen. Und mit ihr das letzte Aufwallen, die letzte Kampfesenergie, die Menschen spüren, bevor es vielleicht ganz still wird, für immer und ewig.

In der absoluten Schwärze tief unter dem Pflaster der Stadt

waren nur noch Geräusche, Gerüche und verzweifelte Gedanken. Aurun tastete sich die Treppe wieder nach oben, fand die gemauerte Wand. Sie stellte sich mit dem Rücken zu ihr und wartete. Es roch nach Petroleum, nach Feuer, nach verbranntem Fell und Blut. Aber sie wollte noch nicht aufgeben, sie war bereit zu kämpfen, um ihr Leben zu kämpfen. Die Lampe war weg, aber noch hatte sie ihren Knüppel. Sie horchte in die Dunkelheit und versuchte wieder einen klaren Gedanken zu fassen. Das mit der Lampe war nicht besonders clever gewesen, das wurde ihr jetzt klar. Aber es war nicht mehr rückgängig zu machen.

Es gibt nur eine Chance, dachte sie. Ich muss mich hinuntertasten zur Röhre, muss mich blind an den Schienen entlangbewegen, muss am Luftzug und am Echo meiner Schritte erraten, wann ich die nächste Station erreicht habe, und dort versuchen die Treppe zu finden. Das Risiko wird dadurch nicht größer. Wenn sie mich hier fressen, können sie mich genauso gut auch dort unten fressen, oder? Oder mit Glück vielleicht gar nicht.

Sie gab sich einen Ruck, wollte schon losgehen, als sie mit einem Mal von links einen ganz feinen Lichtschein wahrnahm. Es war nicht mehr als ein Hauch von Licht, aber jetzt, wo ihre Augen sich an die völlige Dunkelheit gewöhnt hatten, sah sie ihn. Mit vorsichtigen Schritten bewegte sie sich darauf zu. Sie tastete sich um ein paar Ecken, dann eine kurze Treppe empor. Oben angelangt stellte sie fest, dass vor ihr ein dünner Lichtstreifen auf den Boden fiel. Noch näher gekommen wurde ihr klar, dass dort Licht durch einen Türspalt kroch. Sie tastete, fand weit oben eine Klinke, die sich, als sie ihr ganzes Gewicht daran hängte, schließlich bewegte.

Dann quietschte es, die Tür schwang auf und sie stand vor einer schmalen Treppe, die nach oben ins Licht führte. Mit klopfendem Herzen stieg sie hoch, kletterte durch das zerbrochene Glas einer Seitentür und stand plötzlich im Abendlicht unter freiem Himmel.

Am Knüppel in ihrer Hand sah sie, wie sie zitterte. Sprach sich hundertmal vor, es ist vorbei, vorbei, vorbei – aber das Zittern wollte lange nicht aufhören.

Schließlich zog sie ihren Zettel aus der Tasche, besah sich die Skizze. »Platz mit großem Torbogen«, hatte Leos dort hingeschrieben. Sie sah sich um und stellte fest, dass sie direkt unter einem riesigen Bauwerk stand, einem Triumphbogen. Also hatte ich doch den Ringfinger schon mitgezählt, dachte sie. Und die Ratten haben mich an der richtigen Stelle hinausgetrieben, als hätten sie gewusst, wo ich hingehen muss. Und fast tat es ihr Leid, dass sie so viele von ihnen getötet hatte.

12

Sie fand die Straße eine Viertelstunde später. Leos, das alte Klon aus der Buchhandlung, hatte sie mit seiner Skizze direkt hingeführt.

Die Stadt sah hier anders aus. Hier standen keine hohen Gebäude, sondern kleine Häuschen mit Gärten davor. Aber wie im Stadtzentrum schienen auch diese Häuser weitgehend unbewohnt. Ihre Fenster waren erblindet, in den Gärten wucherte Unkraut. Dachziegel lagen zersprungen auf den Einfahrten, der Wind hatte Kamine umgestürzt, von Balkonen hingen Schlingpflanzen und Wicken, die wie zum Beweis, dass Leben nicht immer menschliches Leben sein muss, in allen Farben blühten.

Aurun bahnte sich einen Weg dort entlang, wo einst eine Straße gewesen war. Jetzt war sie überwuchert von Dornenhecken und anderen Pflanzen. Sie sah in alle Richtungen und staunte. Nichts war hier so, wie sie es gewohnt war, und trotz der Verwahrlosung war alles viel sauberer. Es gab keinen Müll, keine herumliegenden, verrosteten Stahlträger, keine von oben heruntergestürzten und zerborstenen Betonplatten, aus denen die Armierungseisen wie Gerippe herausstanden. Dieser Vorort war auch in seiner Verlassenheit noch idyllisch. Er war nicht zerstört wie die große Stadt, er sah vielmehr aus wie vor langer, langer Zeit friedlich eingeschlafen.

Seit Leos sie in dem alten U-Bahn-Schacht allein gelassen hatte, und das kam ihr vor wie eine Ewigkeit, hatte sie kein anderes Klon mehr gesehen.

Schließlich fand sie mit Hilfe ihrer Skizze das angegebene Haus und sah, dass hier die Fenster nicht blind waren. Der Weg vor dem Haus war vom Unkraut befreit und aus dem intakten Kamin stieg ein dünner Faden Rauch. Sie ging bis zur

Haustür, dort zog sie an einem Seil, das als Verlängerung an einem viel zu hoch hängenden Klingelzug angeknotet war. Innen drin bimmelte ein Glöckchen. Es dauerte eine Weile, dann hörte sie Schritte auf dem Gang. Aurun trat einen Schritt zurück. Für ein paar Sekunden spürte sie eine Aufregung in ihrem Körper. Irgendetwas Neues würde gleich beginnen und sie war ängstlich und neugierig zugleich, was es sein würde.

Dann öffnete ein im Alter schwer einzuschätzendes Klon die Tür einen Spaltbreit.

»Sonnenaufgang! Gegrüßt!«, sagte Aurun, genau wie Gertran sie angewiesen hatte.

»Gegrüßt!«, sagte das andere Klon, wahrscheinlich ein E, obwohl man das bei diesem Wesen nicht genau sagen konnte. Zwar waren die Haare blond, aber seine Augen eher grau als blau, wie sie normalerweise bei E-Klonen waren. Die Haut seines Gesichtes wirkte matt und unbewegt, fast wie Wachs, und auch die Augen schienen starr in ihren Höhlen zu sitzen. Langsam öffnete es die Tür weiter.

»Aurun Ebanan!«, stellte Aurun sich ein wenig verunsichert vor.

Das andere Klon nickte. »Wir haben schon auf dich gewartet!«, sagte es. »War es schwer, uns zu finden?« Aber bevor Aurun antworten konnte, fügte es hinzu: »Entschuldige, dass ich meinen Namen nicht nenne, aber hinter dieser Tür verlieren Namen ihre Bedeutung. Wir werden das Nötige gleich veranlassen. Bist du hungrig, durstig?«

Aurun zeigte auf ihre Schultasche. »Hatte alles dabei!«, sagte sie.

»Gut, bitte hier hinein!«

Sie wurde in einen verdunkelten Raum geführt, in dem die Jalousien heruntergelassen waren.

»Du musst hier einen Augenblick warten, der Doktor kümmert sich gleich um dich.«

War das nun Geldos, dieses unscheinbare grauäugige Etwas? Und wer war der Doktor? Und was hieß kümmern? Aurun hatte so viele Fragen, aber die Tür wurde geschlossen, schon war sie wieder allein.

Es roch nach Desinfektionsmittel und Alkohol. Sie blieb stehen, bis sich ihre Augen an das dämmerige Licht gewöhnt hatten. Dann bemerkte sie im hinteren Teil des Raumes, direkt neben dem Fenster, eine Liege. Und auf dieser Liege lag ein Klon. Es lag ganz still auf dem Rücken, war nur mit einem dünnen Laken bedeckt. Es schien zu schlafen, aber man hörte kein Atmen, keine Bewegung des Brustkorbes war zu sehen. Vorsichtig trat Aurun näher. Ohne Zweifel war es ein A-Klon, größer als sie und mit dunklen Haaren. Aber kein solches wie Leos, Hunderte von Jahren alt. Dies war ein ganz junges A-Klon. Es hatte ebenmäßige Gesichtszüge, nicht sehr kurze Haare, einen großen, leicht offen stehenden Mund, die Augen waren friedlich geschlossen. Aurun konnte ihren Blick nicht abwenden. Sie spürte, wie etwas in ihr immer mehr und mehr von diesem Gesicht sehen und erforschen wollte, und erst als sie schon fast ihrem Impuls folgen und das schlafende Klon sanft mit dem Finger berühren wollte, durchfuhr sie plötzlich die Erkenntnis: Dieses Klon war tot!

Der Gedanke an den Tod war in der Gesellschaft der Kleinen Leute nicht wirklich vorhanden. Klone wurden so alt, dass man nur sehr selten erlebte, dass eines starb. Man hörte gelegentlich von Unfällen, denen Klone zum Opfer gefallen waren. Meistens waren es Häuser- oder Brückeneinstürze, doch das war eher selten und meist weit entfernt. Aurun aber hatte noch nie in ihrem Leben den Tod persönlich kennen gelernt.

Und so überkam sie plötzlich ein tiefer Schrecken, eine unendliche Hilflosigkeit. Sie merkte, wie ihr die Tränen in die Augen schossen. Wie konnte ein so junges Klon sterben?

Der lange Weg durch den Tunnel, der fehlende Schlaf, ihr Abenteuer mit den Ratten und jetzt dieses tote Wesen. Mit einem Mal wurde ihr alles zu viel. Sie spürte, wie sie innerlich zusammenstürzte, nichts gab ihr mehr Halt. Kein Leitsatz, kein Gedanke, keine Erinnerung halfen ihr mehr, sich aufrecht zu halten. Sie stürzte hinab wie ein Stein, hinunter in ein dunkles Loch. Sie begann zu zittern, fror plötzlich, heulte, schluchzte.

Es dauerte einige Minuten, bis der andere Teil von ihr wieder erwachte. Ihre Stärke, ihre Ruhe, ihre Kühle kehrten zurück. Und ihre Fähigkeit, sich selbst von außen zu betrachten.

Sie konnte sich beobachten, konnte eine fremde Aurun vor sich sehen, die angesichts eines toten Klons willenlos in Panik verfallen war. Mit einem Ruck, den sie sich selbst gab, hörte sie auf zu weinen, streckte schließlich sogar ihre Hand aus und berührte das bleiche Gesicht an der Wange. Es fühlte sich sehr kühl an.

Da wurde die Tür geöffnet. »Aurun, kommst du bitte!« Es war das namenlose Klon von vorhin.

»Warum ist das junge A tot?«, fragte Aurun kühl, während sie dem Klon in einen anderen Raum folgte. Sie versuchte zu verbergen, dass sie geweint hatte. »Woran ist es gestorben?«

»Gestorben? Wir wollen nicht hoffen, dass es gestorben ist. Das ist Mexan. Es ist nur betäubt. Es ist auch gerade umgechipt worden.«

»Betäubt? Umgechipt?«, fragte Aurun.

»Ja! Hat Gertran dir nicht erzählt, was wir hier machen? Warum hat sie dich sonst hierher geschickt?«

»Sie hat gesagt, ich solle zu dieser Adresse gehen. Sie wollte nicht sagen warum. Sie meinte, ich rede zu viel!«

»Also, dann in aller Kürze, denn der Doktor wartet schon. Wir werden dich betäuben wie Mexan hier. Wir werden dir deinen Identifizierungschip aus dem Schlüsselbeinknochen entfernen und dir einen anderen Chip einsetzen. Du wirst ab jetzt für jeden Scanner jemand anderes sein, beim Einkauf, bei jeder Ortung, jeder Erkennung wird immer der andere Name auftauchen – so, und nun mach deinen Oberkörper frei und leg dich dort hin. Ich werde dir eine Spritze geben, dann schläfst du ein.«

Das E-Klon hatte die Spritze schon aufgezogen, drückte Aurun den Arm auf die Liege.

»Wie lange werde ich schlafen?«, fragte Aurun, dachte noch, vielleicht für immer, und hörte dann in der süßen Abenddämmerung der Narkose auf zu denken.

Als sie aufwachte, kam es ihr vor, als hätte sie nur für ein paar Minuten die Augen geschlossen gehalten. Ohne den Kopf zu bewegen sah sie sich um und stellte fest, dass sie sich wieder in dem düsteren Zimmer mit den geschlossenen Jalousien befand. Sie lag auf einer Liege, bedeckt von einem Leinentuch.

»Kuckuck!«, sagte eine Stimme.

Sie versuchte sich aufzurichten, aber da schoss ein stechender Schmerz durch ihre linke Schulter.

»Nicht bewegen!«, sagte eine ziemlich tiefe Stimme. »Wenn man sich bewegt, tut es weh. Sprechen kann man, nur lachen nicht.«

»Wo bist du?«, fragte Aurun langsam, lallte, weil sie ihren Mund noch nicht richtig unter Kontrolle hatte.

»Hier, links neben dir.«

Vorsichtig wandte sie den Kopf. Dort war niemand.

»Äh, sorry ... Vielleicht doch rechts, verwechsle ich immer!«

Sie drehte den Kopf langsam zur anderen Seite und sah mit einem Mal mitten in das Gesicht des jungen A-Klons. Nein, tot war es nicht! Es war äußerst lebendig und lachte sie freundlich an. Aurun lachte zurück. Es war ganz einfach. Es war nicht ein Lachen, das man sich vornehmen musste, als Beruhigung für ein Gegenüber oder als Signal der Freundschaft. Sie lachte dieses A-Klon einfach so an. Einfach so, weil es da war, weil es am Leben war und nicht tot, wie sie gedacht hatte.

Das Lachen stach ein wenig im Schlüsselbein, Aurun zuckte.

»Ich hab dir ja gesagt, es schmerzt, wenn man lacht!«

»Klone kennen keinen Schmerz, weißt du das nicht?«, lallte Aurun und lachte weiter. Lächelte zumindest, denn das tat nicht weh. Dann fiel sie wieder zurück in den Schlaf.

Als sie das zweite Mal aufwachte, hatte sie wundervolle Sachen erlebt. Verrückte Sachen, an die sie sich nicht mehr genau erinnern konnte, als ihr Kopf wieder klarer wurde. Sachen, die in ihr aber das Gefühl von unbestimmter Glückseligkeit hinterlassen hatten. Schade, dachte sie, dass ich mir dieses schöne, nette A-Klon auch nur eingebildet habe.

Sie öffnete die Augen wieder, aber da lag es noch immer neben ihr und schlief. Nicht tot, nicht phantasiert, nein – lebendig und wirklich.

Was hatte es vorhin gesagt? Kuckuck?

»Kuckuck!«, versuchte es auch Aurun nun.

Das A schlug die Augen auf. Als es sie erkannte, begann es wieder zu lächeln.

»Bist du Mexan?«

»Sagen wir, ich war Mexan. Mexan Alnavi. Wer warst du?«

»Ich war ... bin Aurun Ebanan. Bekommen wir wirklich neue Namen?«

»Wir haben sie schon!«, sagte Mexan, »Hier drin!« Er zeigte vorsichtig mit einem Finger auf den Verband um seine linke Schulter.

»Und wie heißt du jetzt?«

»Keine Ahnung!«, sagte Mexan.

»›Keine Ahnung‹ ist aber ein komischer Name!«

Mexan lachte erst laut auf, dann schrie es vor Schmerz. »Aua! Willst du mich quälen? Du bist das erste E-Klon, dem ich begegne, das Witze macht.«

Sie waren beide zu müde und schlapp, um sich weiter zu unterhalten. Also lagen sie still nebeneinander und sahen sich an. Ab und zu fielen ihnen die Augen zu, doch wenn sie sie wieder öffneten, war der andere immer noch da, schaute immer noch, lächelte immer noch.

Und oft später, wenn Aurun an Mexan dachte, wenn sie

böse mit ihm war oder wenn er ihr fehlte, musste sie an diese ersten Stunden denken, als sie beide, narkosetrunken und glücklich, in Gedanken versunken, lächelnd nebeneinander zum ersten Mal in ihrem Leben der Verliebtheit begegnet waren.

Erst am nächsten Morgen war die Wirkung der Betäubung abgeflaut, die beiden erwachten mit den ersten Sonnenstrahlen, die sich an der geschlossenen Jalousie vorbeidrückten. Mühsam richteten sie sich ein wenig in ihren Betten auf, dann nutzen sie die Gelegenheit, sich ungestört zu unterhalten.

Mexan war tatsächlich sehr jung. Erst sieben Jahre alt, genau wie Aurun. Und er hatte eine Lebensgeschichte hinter sich, die der von Aurun glich. Aufgewachsen bei seinem Preklon hatte er schon seit der Schulzeit das Gefühl, dass er anders war als seine Freunde. Neugieriger, frecher, ängstlicher, witziger und vor allem schlechter in der Schule. Er konnte sich einfach nichts merken, war selbst unter den ohnehin als vergesslich geltenden A-Klonen die negative Ausnahme. Mit dem Ende der Schulzeit kam die gleiche Abschlussuntersuchung, bei der auch Auruns Mutation aufgefallen war. Man steckte auch ihn in ein Separationshaus, allerdings eines, in dem fast ausschließlich A-Klone saßen.

In diesem Haus verbrachte Mexan eine sehr viel längere Zeit als Aurun. Fast ein ganzes Jahr dauerte es, bis er seinen Entschluss, zu fliehen, in die Tat umsetzen konnte. Und dann war es sein eigenes Preklon gewesen, das ihn darüber aufklärte, dass er durch eine Genmutation von einem Neutrum zu einem Mann heranwuchs. Anders als Elbon hatte Mexans Preklon ihn monatelang versteckt, hatte mit Mut und Fantasie den immer wieder erfolgten Kontrollen durch die X-Klone getrotzt, bis es schließlich unmöglich geworden war, ihn weiter zu verbergen. Sein Preklon war es auch, das eine Verbindung zu der Organisation »Sonnenaufgang« hergestellt hatte.

Aurun erzählte von Gertran, erzählte von deren Suche

nach der Vergangenheit, vom Geheimnis »Bottom«, von dem auch Mexan gehört hatte.

Weil sie merkte, wie schwer es ihr fiel, hatte sie ihr Preklon nur kurz erwähnt. Aber Mexan hatte es dennoch gespürt, hatte den Arm von seiner Liege hinüber zu ihr ausgestreckt und ihre Hand gestreichelt.

»Nicht traurig sein, Aurun«, sagte er. »Es kann nichts dafür. Du weißt doch, ein reguläres E hat keine Empfindung für Liebe oder Hass, für Trauer oder Freude – wie wir.

Aurun nickte und fragte sich, woran er wohl gemerkt hatte, dass sie – wie nannte er es – »traurig« war. So hatte sie sich schon oft gefühlt: so hilflos, so leer, so verzweifelt, so allein. Aber nun lernte sie von Mexan das Wort dafür: traurig. Traurig, wie es die Menschen sind, wenn ihnen das Glück abhanden gekommen ist und die Farben der Zukunft mit sich genommen hat.

»Warum war dein Preklon so anders als meines?«, fragte sie.

»Ich weiß nicht. Es sagte immer, A-Klone seien anders, denn A-Klone seien die ersten gewesen – die menschenähnlichsten. Es war immer davon überzeugt, dass wir aus Megahomo-Zellen geklont sind, vor allem wir A. Es sagte immer, dass, wenn wir herausfinden könnten, woher wir stammen, sich wahrscheinlich viele Probleme lösen ließen.«

Aurun war ein wenig beleidigt. Das klang ja fast so, als sollten auf einmal die A-Klone die besseren Klone sein. Dabei war es jedem ziemlich klar, dass E-Klone unter allen Klonfamilien eine herausragende Stellung einnahmen. Sie waren doch die, die überall die Fäden in den Händen hielten, wenn man mal von den herrschsüchtigen X-Klonen absah. E-Klone hatten das bessere Gedächtnis, die höhere Intelligenz und die größere Ruhe in Krisensituationen.

»Ja genau!«, sagte Mexan. »Deswegen schmeißen sie ihre einzige Lampe auf die Ratten und stehen dann allein im Dunkeln. Sehr intelligent, sehr überlegt und vor allem sehr ruhig!«

Aurun ärgerte sich, dass sie ihm das zuvor überhaupt erzählt hatte.

»Aber glaube mir«, sagte er dann versöhnlich, weil er ihre Verstimmung sofort bemerkt hatte, »ich wäre vor lauter Angst vor diesen riesigen Viechern in diese verdammte Röhre überhaupt erst gar nicht hineingestiegen.«

»Typisch A!«, sagte Aurun. Aber insgeheim bewunderte sie ihn für seinen Mut. Den Mut, so etwas einfach zuzugeben.

»Hast du denn schon einmal B-Klone kennen gelernt?«, fragte Mexan später. »Oder Cs?«

Aurun schüttelte den Kopf.

»Auch so ein Geheimnis. Mein Preklon behauptet, es hätte einige Bs gegeben, aber sie seien völlig misslungen. Sie hätten eine große Schuld auf sich geladen und daher habe man ihre weitere Reproduktion untersagt. Angeblich hätten einige von ihnen noch bis vor ein paar Jahren gelebt, irgendwo interniert. Vielleicht leben ja heute noch welche, meinte es.«

So tauschten sie ihre Erfahrungen aus, erzählten sich gegenseitig aus ihren kurzen Leben, teilten ihre Geschichten und ihre Empfindungen. Und sie stellten fest, dass hinter alldem weit mehr Geheimnisse steckten, als sie sich jemals vorgestellt hatten.

Auch Mexan hatte eine Art Auftrag erhalten. Sein eigenes Preklon hatte ihn aufgefordert, nach den Ursprüngen der A-Klone zu suchen.

»Und ich bin sicher«, sagte Mexan, »wenn wir den Ursprung der A-Klone finden, finden wir auch Antwort auf die Fragen, die *du* lösen sollst. Bottom und so weiter, du weißt schon.« Er sah sie an und lächelte. »Wir könnten also zusammen gehen, oder?«

Aurun lächelte zurück. Schon die ganze Zeit hatte sie gehofft, dass er so etwas vorschlagen würde. Wenn sie ehrlich war, hatte dieser Gedanke, mit dem jungen, hübschen Mexan zusammen den Auftrag auszuführen, wie ein herrlicher Dämon von ihr Besitz ergriffen, seit sie aus der Narkose aufgewacht war.

»Ich denke, so ist es vorgesehen!«, antwortete sie leise. »Wir beide sollen wohl zusammen losziehen.« Und ihr Herz klopfte und hüpfte, während sie das sagte, so laut, dass sie schon fürchtete, er würde es merken.

Drei Tage verbrachten sie in dem düsteren Zimmer in dem Haus mit Garten, irgendwo in einem Vorort der großen Stadt. Das E-Klon, das Aurun geöffnet hatte, brachte ihnen zu essen und wechselte die Verbände, seinen Namen sagte es nie. Einmal brachte es für jeden der beiden jungen Klone ein beschriebenes Blatt Papier.

»Eure neuen Daten«, sagte es. Aurun las: *Altran Nolen*, das sollte ihr neuer Name sein, dazu ein Geburtsdatum, das nicht weit von dem ihren entfernt lag.

Auch Mexan hatte einen neuen Namen bekommen: *Peltor Nolen*.

»Unmöglich!«, regte er sich auf. »Zwei N-Klone aus derselben Familie. Das nimmt uns doch niemand ab. Ich weiß überhaupt nicht, was N-Klone sein sollen. Gibt's die überhaupt?«

Aurun zuckte kurz mit den Schultern, bereute das aber sofort, weil die Wunde auch nach ein paar Tagen noch immer höllisch wehtat, wenn sie die Schulter bewegte. »Glaubst du, es ändert etwas, wenn du dich aufregst? Du hast den Chip mit dem Namen jetzt im Knochen. Willst du dich beschweren? Sollen sie dir noch einmal den Knochen aufmeißeln? Irgendjemand wird sich schon was dabei gedacht haben!«

»Kommt drauf an!«, sagte Mexan, der jetzt Peltor heißen sollte, beleidigt.

»Worauf?«

»Ob es ein E- oder ein A-Klon war.«

Aurun schluckte. Musste Mexan ständig an den E-Klonen herummeckern? Als ob er was Besseres wäre.

Sie beschloss so zu tun, als hätte sie seine Anspielung nicht verstanden, und fragte: »Weißt du, woher die neuen Chips stammen?«

»Keine Ahnung – Altran!«

»Vielleicht sollten wir unser seltsames Pflegeklon fragen.«

»Ha!«, meinte Mexan. »Es ist wahrscheinlich ein E, vergiss das nicht! Wenn du ein E etwas fragst, bekommst du keine Antwort, sondern ein Problem – hat mein Preklon immer gesagt.«

»Idiot!«, rief Aurun zornig, die jetzt nicht mehr an sich halten konnte.

»Wer?«

»Ihr beide. Du und dein Pre!«

Aber als dieses Pflegeklon das nächste Mal auftauchte, wagte es Aurun und fragte, woher die Chips stammten.

Das Alte sah sie erstaunt an. »Von toten Klonen«, sagte sie. »Wusstet ihr das nicht?«

»Tot?«

»Hauseinstürze meistens. Bevor sie in der Registrierung gestrichen und verbrannt werden, gibt es dort jemanden, der für uns heimlich die Chips sichert. Dann werden stattdessen eure Kennungen gestrichen, ihr seid offiziell tot.«

Offiziell tot! Das Pflegeklon erzählte das ohne Regung, aber Aurun und Mexan waren so erschrocken, dass sie kein Wort mehr herausbekamen. Erst als das Alte gegangen war, begannen sie sich wieder leise zu unterhalten.

»Mein Pre glaubt bestimmt nicht, wenn sie ihm mitteilen, dass ich tot bin. Vielleicht wusste es, was sie hier mit uns machen. Ich hoffe es. Es wäre sehr traurig, wenn es an meinen Tod glauben müsste.«

»Elbon wird nicht traurig sein!«, sagte Aurun kalt. »Lange habe ich gedacht, es zeigt nicht, was in ihm vorgeht. Aber das Problem liegt woanders – es geht nichts in ihm vor. ›Wenn es so ist, dann ist es so!‹ Das wird es sagen, wenn es hört, dass sie mich gelöscht haben. Und sich eine Tasse Tee kochen.«

Dann schwiegen sie, waren mit ihren Gedanken woanders, daheim, im Früher.

»Ich wäre gerne dieselbe geblieben, weißt du das?«, sagte sie schließlich.

Er nickte. »Ich auch«, sagte er. »Aber wir brauchen die neuen Chips ja nur, damit wir das System der Gemeinschaft der Kleinen Leute benutzen und betrügen können. Damit wir Nahrung bekommen, Bus fahren und uns ausweisen können. Niemand kann von uns verlangen, dass wir uns selber so nennen. Für mich bleibst du die Aurun, die ich seit drei Tagen kenne und mag, fertig.«

»Und für mich bleibst du Mexan!«, sagte sie und ganz leise, sodass er es fast nicht hören konnte, setzte sie hinzu: »Und ich mag dich auch – meistens.«

13

Im Laufe der Zeit konnten sie sich bereits wieder nahezu ohne Einschränkung bewegen, konnten umherlaufen, die Arme benutzen. Nur gelegentlich erinnerte sie ein dumpfer Schmerz im Schlüsselbein daran, dass mit einem neuem Chip ein neuer Name zu ihnen gekommen war, ja angeblich ein neues Leben begonnen haben sollte.

Sie wurden ungeduldig. Was sollten sie hier, eingepfercht in diesem einen Raum? Sie begannen darüber zu meckern, dass sie nicht mal in den Garten durften, beschwerten sich über das Essen, über die Langeweile und stritten immer öfter miteinander, ob E- oder A-Klone die besseren seien, wer von ihnen der Klügere sei und ob das Fenster nachts besser geöffnet oder geschlossen bleiben sollte.

Doch kurz bevor ihr Unmut in offene Meuterei umschlug, wurde ihnen plötzlich mitgeteilt, dieser Klon namens Geldos habe sie zu sich bestellt.

Geldos! Der Name wurde meist nur leise und ehrfürchtig genannt, wenn überhaupt. Sie hatten sich während der vergangenen Tage über diesen Geldos unterhalten. Aurun wusste nicht viel von ihm. Einmal hatte Gertran von ihm erzählt. Und dann Leos' Wunsch vor ihrem Gewaltmarsch durch den U-Bahn-Tunnel, dass sie diesem Geldos später Leos' zweite Lampe zurückgäbe.

Mexan wusste ein paar Details mehr. Geldos, so hatte ihm sein Preklon ehrfürchtig erzählt, galt seit dem Machtwechsel als verschollen, viele hielten ihn für tot. In Wahrheit aber hatte er eine geheime Organisation aufgebaut. Nach einem ersten missglückten Versuch, wieder an die Regierung zu gelangen, wurde Geldos festgenommen und in einem Gefangenenlager interniert. Seine Organisation wurde völlig zerschlagen.

Niemand wagte je wieder einen Versuch, die neuen Machthaber der Gemeinschaft der Kleinen Leute anzugreifen. Geldos blieb inhaftiert, bis die X-Klone auftauchten. Dann aber verschwand er plötzlich unter nie geklärten Umständen aus dem Lager. Manche dachten, er hätte mit den Xen zusammengearbeitet, manche hielten ihn für tot. Nur ein paar Klone wussten, dass und wo Geldos lebte. Und dass er seine Organisation unter neuem Namen wieder aufbaute: *Sonnenaufgang*.

So zitterten Mexan vor Respekt und Aufregung ein wenig die Hände, als sie schließlich einige Stunden später von dem namenlosen Pflegeklon in einen Raum im Obergeschoss des Hauses geführt wurden, der fast völlig abgedunkelt war.

Hier saß in einem riesigen Sessel ein in sich zusammengefallenes Klon, faltig und mit zittrigen Händen.

Aurun war ganz ruhig. Was soll schon passieren, dachte sie. Wenn ich aufgeregt bin, ändert es auch nichts, oder?

»Setzt euch!«, sagte Geldos matt und die beiden jungen Klone folgten.

»Ich freue mich euch endlich kennen zu lernen, nachdem ich schon so viel über euch gelesen und gehört habe. Du bist Aurun, nicht wahr, das pfiffige kleine Mädchen, von dem Gertran so viel schreibt. Und du Mexan. Was für ein Glück, dass schon dein Preklon einer von uns war. Er hat uns immer von seinem prächtigen Jungen erzählt.«

Geldos redete langsam, mühevoll langsam. Schon nach ein paar Minuten wandelte sich Auruns Ehrfurcht in Ungeduld. Die Ausführungen des Alten zogen und zogen sich. Er redete und redete, manchmal ein wenig wirr, mühte sich hin und her in seinen Erinnerungen, bis es Aurun schließlich nicht mehr aushielt.

»Entschuldigen Sie, Geldos!«, unterbrach Aurun ihn schließlich. Mexan hielt erschrocken die Luft an. »Entschuldigen Sie, aber wir hören nun schon stundenlang zu, haben fast alles über die erste und zweite Regierung erfahren, über Organisationen und Weggefährten – wahrscheinlich mehr, als sich zumindest ein A-Klon merken kann. Was wir aber nun gerne wissen würden: Was haben wir beide eigentlich mit der ganzen Sache zu tun? Sie haben uns neue Identitäten verschafft, damit wir nicht wieder in die Separationshäuser müssen, vielen Dank! Können wir dann bitte gehen?«

Mexan war ganz bleich geworden: »So darfst du doch nicht mit Geldos reden!«, zischte er entsetzt.

Es entstand eine lange Pause. Anscheinend hatte sie tatsächlich den großen Geldos verärgert. Doch plötzlich lachte er.

»Du bist wirklich frech, Mädchen!«, sagte er. »Das ist gut. Auch wenn ich dir sagen muss, dass ich einen solchen Ton seit 200 Jahren nicht mehr gehört habe. Aber du hast Recht, Kleines. Es gibt eine Aufgabe für euch und das ganze Drumherum werdet ihr sicher noch erfahren, wenn ihr erfolgreich zurückkehrt.«

»Und wenn wir nicht zurückkehren, ist es sowieso egal, oder?«

Geldos lachte wieder. »Ich wünschte, kleine Aurun, ich hätte manchmal mehr von deiner Art gehabt, das Leben zu sehen. Aber nun hört: Ich bin in diesem Jahr 236 Jahre alt geworden, wahrscheinlich bin ich das älteste Klon überhaupt. Ich habe nicht mehr lange zu leben, die Alterung hat bei mir in den letzten Jahren sehr heftig eingesetzt. Ihr wisst vielleicht, wir Klone sind sehr kurz jung und sehr kurz alt, nur die Zeit dazwischen ist lang – zu lang vielleicht. Ich wurde geklont im Jahr acht, so jedenfalls nennt man das heute in der neuen Zeitrechnung, welche die Gemeinschaft der Kleinen Leute eingeführt hat. Man rechnete früher anders, alles war früher anders, so hatte man zum Beispiel … Ach, ich schweife schon wieder ab. Also, ich meine mich zu erinnern, dass das Jahr meines Klonursprungs damals als 2018 gezählt wurde. Das ist leider das Problem: Ich habe an diese ersten Jahre nur eine sehr schwache Erinnerung behalten und genau darum geht es. Ich glaube mich zu erinnern, dass manche von uns in Käfigen lebten. Wir waren in einem riesigen Raum, der nur schwach beleuchtet war, Fenster gab es nicht. Die Sonne habe ich zum ersten Mal nach unserer Flucht gesehen. Plötzlich waren wir im Freien, die Luft war anders, sie floss wie ein milder Wind in die Lungen, Dunkelheit war überall um uns, wir lernten den Wind kennen, den Regen, später Schnee und Kälte. Über uns, unendlich weit entfernt, ein Himmel mit Sternen. Tausende, Millionen ... Aber was erzähle ich, ihr kennt das ja alles. Wir jedenfalls liefen und liefen und irgendwann ging hinter einem dieser Hügel die Sonne auf. Ich habe in meinem ganzen Leben diesen Anblick nicht vergessen. Den Anblick meines ersten Sonnenaufgangs. Leider aber das meiste andere.« Er ließ sich im Sessel zurückfallen und schwieg.

»Und unsere Aufgabe?«, fragte Aurun ungeduldig.

»Ach ja!«, sagte Geldos müde. »Wovon habe ich gerade erzählt?«

»Vom Sonnenaufgang, dem wunderbaren, dem ersten. Und dem Raum mit den Käfigen.«

»Ja, richtig. Es gab nur wenige Klone, damals. Alpha- und Beta-Klone wurden sie genannt. Die Betas waren groß und bleich, mit ihnen kam man wohl nur schwer zurecht. Sie galten als aggressiv, stark und gewalttätig, aber genau sie waren es dann anscheinend, die uns die Flucht ermöglicht haben. Einige der Menschen verloren damals ihr Leben. Ich erinnere mich an einen Tunnel, an dessen Ende sie uns erwarteten.«

»Sie haben Menschen gesehen, Geldos, richtige Menschen? Megahomos?«

»O ja! Viele! Es lebten damals ungeheuer viele von ihnen. Wir haben sogar ihre Sprache übernommen. Sie redeten mit uns und wir redeten mit ihnen. Bottom, dieses Wort ist mir in Erinnerung geblieben. Ihr habt es sicher schon gehört. Sie tun heute so, als sei es etwas Heiliges, aber ich denke, vielleicht war es nur der Ort, an dem sie uns festhielten.

Als wir flohen, durch diesen Tunnel flohen, waren wir Alphas und die Betas sich noch einig. Einige von uns, die heute längst tot sind, haben mir aus dieser ersten Zeit erzählt. Aber es ist wenig, woran ich mich noch erinnern kann.

Viele wären wir nicht gewesen, ein paar hundert vielleicht. Aber schon kurz nach der Flucht sei es zum Streit gekommen. Erst hätten die Betas gegen uns gekämpft, dann doch wieder wir alle gemeinsam gegen die Menschen. Ich war damals ein Kind, ein Winzling, ich habe das alles erlebt, ohne es zu verstehen. Diese ganze furchtbare Zeit, es sind mir nur Fetzen geblieben.

Die Betas brachten schließlich alles in ihre Gewalt. Sie hatten kein Gewissen und keine Moral. Es waren kranke Gehirne, denen es nur um Macht ging, und jedes Mittel war ihnen recht. Aber als die Kriege plötzlich zu Ende waren, hatten sie ein Problem. Sie konnten sich nicht reproduzieren, sie beherrschten die Technik des Klonens nicht. Wir Alphas konnten das – also brauchten sie uns. Sie zwangen uns sie zu klonen, aber wir haben sie betrogen. Ihre Nachkommen waren gar keine Betas, unsere Wissenschaftler haben die Zellkulturen vertauscht. Es waren Alphas oder A-Klone, wie sie dann später genannt wurden. Mischformen, neue Formen. Bis sie es richtig merkten, war es zu spät. Die Betas wurden glücklicherweise nicht alt. Sie starben früh, vermutlich ohne ihre Gene weitergegeben zu haben – zum Glück.

Und uns anderen, den Alphas und den neuen Nachkommen, uns gehörte plötzlich diese Welt, denn die Menschen waren verschwunden. Wir versuchten unsere kleine Gemeinschaft zu ordnen, zu organisieren. Aber heute denke ich, es ist uns nicht gelungen. Vielleicht fehlen uns die Fähigkeiten dazu, vielleicht eine Vergangenheit. Wenn man nichts von dem weiß, was vorher war, worauf soll man dann aufbauen? Was wir brauchen, ist eine ehrliche Vergangenheit, eine, die uns nichts verschweigt. Nicht das Gute und nicht das Schlechte.« Er sah die beiden jungen Klone an, legte die Hände in den Schoß und schwieg.

Aurun war ungeduldig auf ihrem Sitz hin und her gerutscht und wollte gerade die Gelegenheit nutzen, Geldos ein wenig an das zu erinnern, was er eigentlich erzählen wollte, da warf Mexan ihr einen warnenden Blick zu.

Geldos sah es und lachte: »Und dies, Aurun, bevor du mich wieder ermahnst nicht abzuschweifen, dies ist eure Aufgabe. Das, wofür wir euch ausgewählt haben, denn es ist endlich Zeit dafür. Ihr zwei sollt versuchen Bottom zu finden, den Ursprung unseres Lebens. Was oder wo immer es ist, findet es und bringt uns das Wissen darüber hierher. Wir kamen damals von Norden die Küste heruntergezogen, fanden diese leere Stadt und blieben hier. Geht den umgekehrten Weg und erforscht, was euch begegnet.«

»Ganz toll!«, rief Aurun. »Und wie sollen wir das machen? Wonach sollen wir ausschauen? Woran erkennen wir, was wir suchen? Wann können wir umdrehen? Wie kommen wir zurück? Hat sich darüber auch mal jemand Gedanken gemacht, he?«

»Wie Gertran sagte!«, meinte Geldos lächelnd. »Du bist so spontan, dass es manchmal nur so aus dir heraussprudelt. Und so neugierig, dass jeder zweite Satz eine Frage ist. Versteh doch, Aurun: Wenn wir dies alles wüssten, bräuchten wir euch nicht loszuschicken. Wir wissen praktisch nichts!«

»Und warum hat sich in den letzten zweihundertfünfzig Jahren noch nie jemand getraut mal ein bisschen nachzuforschen? Warum müssen wir das nun machen? Ja – warum eigentlich ausgerechnet wir?«

Geldos nickte müde. »Du hast Recht, ganz sicher, ja. Aber sieh: Wann immer wir versucht haben jemanden zu finden, kamen dieselben Einwände. Warum wir? Warum jetzt? Und die Zeit verging und verging und nichts geschah. Ich werde dieses Jahr nicht mehr überleben. Mit mir stirbt die letzte, wenn auch schwache Erinnerung an Bottom. Und vielleicht wird es dann niemanden mehr geben, der ...« Weiter sprach er nicht. Er sah nur Aurun lange an, dann Mexan. Der wurde sofort unruhig, als er Geldos' fragenden Blick auf sich spürte.

»Also, ich gehe!«, sagte er übereifrig. »Etwas Besseres als den Tod finde ich überall!«

Geldos sah wieder auf Aurun.

»Dann muss ich ja wohl auch!«, sagte Aurun. »Ich kann doch diesen Kindskopf nicht alleine ziehen lassen.«

Geldos lächelte zufrieden.

»Hier!«, sagte er zu Mexan und zog eines dieser spiegelnden Amulette hervor. »Das ist für dich, du hast bisher noch keines gebraucht.«

Mexan nahm es, dann blickte er fragend zu Aurun.

Sie zog das ihre unter ihrem Hemd heraus, hatte es die ganzen Tage zuvor vor ihm verborgen gehalten. »Hab schon eins!«, sagte sie, und nachdem sie seinen fragenden Blick erkannt hatte, fügte sie wissend hinzu: »Notruf, Strahlenabwehr, Messer, Waffe – ich werd's dir schon beibringen!«

Geldos reichte ihnen die Hand. Sie war kalt und wachsartig und zitterte ein wenig. »Lebt wohl, ihr zwei. Viel Glück!«, sagte er leise.

14

Zurück in ihrem Zimmer machte Aurun Mexan Vorwürfe. »Erst sagst du da oben kein Wort und dann das. Du bist mir ja ein Held!«

»Ich hab nicht behauptet, dass ich ein Held bin.«

»Tust aber so, als wolltest du unbedingt einer sein: ›Etwas besseres als den Tod finde ich überall!‹ So ein Quatsch!«

Mexan blickte verschämt zu Boden. »Das ist mir gerade so eingefallen. Es ist aus irgendeiner Geschichte. Mein Preklon hat es öfters zitiert.«

Aurun drehte die Augen zum Himmel und atmete tief durch. »Also, nichts wie raus hier! Lass uns unsere paar Sachen zusammenpacken«, sagte sie dann. »Es gibt sowieso kein Zurück mehr. Und wahrscheinlich hast du ja wirklich Recht. Etwas Besseres, als wir bisher hatten, finden wir überall.«

Voller Zuversicht und Tatendrang raffte sie ihre paar Sachen zusammen, aber als schließlich das namenlose Pflegeklon zum letzten Mal die Tür des Hauses hinter ihnen geschlossen hatte, als sie mit Mexan ganz auf sich gestellt draußen auf der Straße stand, da krallte sich plötzlich wieder die Angst in Auruns Nacken. Die Angst, ganz allein auf der Welt zu sein, ganz alleine und verlassen. Denn diesen Mexan empfand sie nicht gerade als große Hilfe und Beistand.

Eine hübsche Nase ist eben nicht alles, dachte sie. Bisher hatte er sich ja nicht gerade durch besondere Eigenschaften ausgezeichnet, wenn man einmal davon absah, dass er sie fast immer und überall zum Lachen bringen konnte.

»Einfach nach Norden sollen wir gehen! Toll! Und? Wo ist jetzt eigentlich Norden?«, fragte sie trotzig. Nicht weil sie es wirklich wissen wollte, sondern weil der forsche Klang ihrer eigenen Stimme ihr ein wenig Selbstvertrauen zurückgab und damit etwas von ihrer Angst nahm.

Mexan sah sich um. »Dort!«, sagte er dann und zeigte in eine Richtung die Straße hinab.

»Und woher willst du das wissen?«, fragte sie.

»Ich kann es spüren!«, sagte er.

Sie glaubte ihm lange nicht. Nicht dass er, wie er behauptete, die Himmelsrichtung spüren konnte, nicht dass er das Meer riechen konnte, und schon gar nicht dass er sich noch nie in seinem Leben verlaufen habe. Erst als sie nach einigen Stunden Fußmarsch plötzlich zur Rechten das Meer auftauchen sahen, verlor sie langsam ihre Zweifel.

Vielleicht hatten diese lustigen A-Klone doch mehr zu bieten als hübsche Nasen.

Mexan rief, er sei noch nie zuvor am Meer gewesen. Fast im Laufschritt legte er die restliche Strecke bis zum Strand zurück, dann stand er mit blanken Füßen im seichten Wasser, spritzte und lachte, beobachtete die heranrollenden Schaumberge, lief auf der Flucht vor dem Nass davon und dann wieder zurück, der ablaufenden Welle hinterher.

Er tauchte einen Finger ins Wasser, rannte zurück zu Aurun, hielt ihr den Finger hin. »Leck mal – salzig!«, sagte er.

»Ich weiß«, meinte Aurun gelassen. Sie wollte ihm nicht zeigen, wie sehr auch sie wieder vom Meer beeindruckt war, hatte sie ihm doch vorher erzählt, dass sie schon oft zum Hafen gelaufen sei, auch wenn es in Wirklichkeit nur ein einziges Mal gewesen war.

»Wissen und schmecken ist was ganz anderes!«, rief er. Noch immer hielt er ihr den nassen Finger hin. Also schleckte sie ihn ab. Es schmeckte furchtbar salzig. Er grinste.

Sie hatten sich entschieden am Strand weiterzulaufen, aber es war mühsamer, als sie gedacht hatten. Längst gab es kaum mehr Zeichen von Zivilisation, und wenn, dann waren es Zeichen einer Welt, die längst vergangen war.

Ein paar eingestürzte Häuser sahen sie, die, als sei die Erde noch nicht ganz damit fertig, sie für immer zu verschlucken, mit einem halben Stockwerk oder nur noch dem Dach aus Sanddünen oder überwucherten Erdhaufen herausragten. Hier und da gab es am Strand halb zugewehte Betonmauern, manchmal den rostigen Rest eines Schildes oder eines Geländers.

Sie liefen ohne Unterlass. Zur Rechten das Meer, zur Linken eine wie undurchdringlich wirkende Wand aus verdrehten Kiefern, Schlingpflanzen, Dornengestrüpp und abgestorbenen Bäumen.

»Ich habe ein komisches Gefühl!«, sagte Aurun einmal.

»Ach du und deine Gefühle!«, antwortete er.

»Wir haben nur für zwei Tage zu essen und zu trinken – höchstens!«

»Na und! Im nächsten Laden, auf den wir stoßen, füllen wir unsere Vorräte auf. Mit unseren neuen Identifikationschips können wir überall als N-Klone einkaufen.«

»Ja toll, Mexan! Schau mal nach vorn. Siehst du irgendwo einen Laden? Hast du eine Ahnung, wo wir sind?«

»Ahnung? Ich weiß es ganz genau: Zehn Stunden Fußmarsch von der großen Stadt entfernt, im Norden am Meer!«, sagte er stolz.

»Ja und? Weißt du, wann die nächste Ansiedlung kommt? Weißt du, ob überhaupt noch mal eine Siedlung kommt?«

Aber Mexan ließ sich nicht beirren, er behielt seine gute Laune bis zum nächsten Tag. Bis sie den letzten Schluck aus ihrer letzten Wasserflasche tranken. Das erschreckte dann auch ihn. Meerwasser konnte man nicht trinken, das hatte er probiert und schließlich sogar spuckend und fluchend eingesehen.

Es war nicht damit zu rechnen, dass sie am Meer auf Süßwasser stießen, also suchten sie sich eine Lücke im Gestrüpp und drangen mühsam ins Landesinnere vor. Nach etwa einer Stunde stießen sie auf einen kleinen Bach, an dem sie ihre Flaschen auffüllten.

Wasser hatten sie nun wieder, aber das Vorankommen war hier noch viel mühsamer als im Sand unten am Meer. Mexan, der stärker und etwas größer war als Aurun, ging voran, schlug mit Leos' rattenblutverschmiertem Knüppel, den ihm Aurun vermacht hatte, Äste und Gestrüpp zur Seite und schwang ihn gelegentlich bedrohlich, wenn sie vor merkwürdigen Geräuschen aus dem Urwald erschraken.

Schreie kamen da aus dem Unterholz, Pfeifen und Jaulen, manchmal nur leises Knacken, das gerade deswegen so unheimlich war, weil man es kaum hörte.

Aurun bibberte zum Teil vor Angst, aber Mexan schien hier draußen vor nichts, was er nicht unmittelbar sah, wirklich Angst zu haben. Diese beunruhigenden Gedanken, die Aurun quälten, sei es um gefährliche Tiere, Unfälle oder schlichtweg darum, was sie die nächsten Tage essen sollten, konnte er nicht nachvollziehen. Jetzt, wo sie wieder Wasser zum Trinken hatten, war er zuversichtlich, auch alle anderen Probleme würden sich auf irgendeine geheimnisvolle Art von alleine lösen. Nur gelegentlich, wenn Aurun mal wieder ihre Szenarien des Scheiterns ausbreitete, verfiel er kurz in Panik, schrie sie an: »Hör doch auf, dann können wir ja gleich umkehren!«, um im nächsten Augenblick schon wieder von Optimismus zu erglühen. Und seine Zuversicht war meist so groß, dass er Aurun ein wenig damit ansteckte.

Am Abend des zweiten Tages suchten sie sich wieder eine geschützte Stelle zum Übernachten, breiteten eine ihrer mitgebrachten Decken aus, legten sich darauf und deckten sich mit der anderen zu.

Die Zeit unter der Decke, nahe bei Mexan, genoss Aurun. Sie rollte sich zusammen, spürte ihn in ihrem Rücken, seine Wärme, seinen schweren Arm, den er über sie legte. In ihrem Nacken fühlte sie leicht seinen Atem, gleichmäßig und beruhigend. Sie war doch nicht allein. Er war da, alles hatte sich geändert, seit sie ihr Krankenzimmer in dem Häuschen verlassen hatten. Er schien alles von ihr fern zu halten. Dieses

Knirschen und Quaken, Knistern und Knacken, das Ächzen und Jaulen und Schreien, was der dichte grüne Wald um sie herum zu ihr sandte, um ihren Schlaf zu stören, um ihre Gedanken zu beunruhigen, dies alles prallte nachts an der Mauer seiner Zuversicht ab. Selbst der Hunger, der in ihr bohrte, verlor an Einfluss. Mit seiner warmen Hand auf ihrem Bauch fühlte sie sich satt und sicher, selbst wenn sie wusste, dass ihre letzten Vorräte am nächsten Morgen aufgebraucht sein würden.

Am nächsten Tag aber sah sie wieder den anderen Mexan. Den, der ständig zwischen naivem Übermut und zunehmend panischem Entsetzen schwankte, dem sie keine Verantwortung zutraute, weil sie einfach Angst hatte, er würde im Zweifelsfall garantiert das Falsche tun.

»Wie? Das war unsere letzte Mahlzeit?«, schrie er. Entsetzt sprang er auf, wühlte erst seine Tasche durch, dann ihre. »Und was machen wir jetzt?«

»Wir suchen uns einen Laden und gehen einkaufen, ich freue mich schon darauf!«, sagte sie bitter.

»Ja siehst du vielleicht irgendwo einen Laden?«, schrie er und merkte erst dann, dass sie ihn nur verspottet hatte. Er setzte sich wieder. »Aber ich hab so Hunger«, sagt er. »Vielleicht kann man irgendwas von diesen Sachen hier essen.«

Daran hatte Aurun auch schon gedacht. An vielen der Sträucher und Bäume wuchsen Beeren und Obst, sie waren an Pilzen vorbeigestolpert und hatten Früchte gesehen, die wie gestachelte Äpfel aussahen. Nur sie zu versuchen, das hatten sie nicht gewagt.

»Wir müssen nachdenken – so schnell verhungert man nicht«, sagte sie so ruhig, wie es ihr möglich war. »Wir sind losgerannt wie kleine rote Waldameisen, verstehst du. Befehl erhalten, los geht's. Ich glaube, unsere Chance, Bottom zu finden, ist nicht sehr groß, selbst wenn es dort hinten um die nächste Ecke liegt.«

»Aber wir haben einen Auftrag!«, wandte er ein.

»Welchen? Uns umzubringen? Unser Auftrag ist, mit Fantasie, Überraschung und Kreativität die Welt zu retten – dafür darf man sich ja wohl ein bisschen Zeit nehmen, oder?«

»Und was willst du tun?«

Aurun wusste, was sie tun wollte. Das alles besser planen, Proviant sammeln, Karten besorgen. Sie wollte umkehren. Und zwar nicht irgendwann, sondern auf der Stelle. Rüber zum Meer, zurück in Richtung Süden, bis sie wieder an der großen Stadt waren.

Mexan stimmte dem Umkehren schließlich zu, wollte aber zuvor noch ein Stück ins Landesinnere, um einen Überblick zu bekommen. Schauen, ob sie irgendwo eine erhöhte Stelle finden könnten, und sei es nur ein erkletterbarer hoher Baum.

Das klang ausnahmsweise vernünftig.

Sie einigten sich darauf, noch ein Stück weiterzugehen und erst dann umzukehren.

Schon nach einigen Minuten stießen sie auf einzelne Felsbrocken, dann ging es einen Hügel hinauf. Von dort oben konnte man immerhin das Meer sehen. Es war viel näher, als sie vermutet hatten. Weit waren sie an diesem Tag im Urwald nicht gekommen. Aber sie sahen noch etwas anderes. In der Ferne ragten undeutlich im Dunst die Hochhäuser der großen Stadt in den Himmel und Aurun meinte sogar, das Separationshaus zu erkennen, aus dem sie geflohen war. Trotzdem gab ihnen dieser Anblick der nahen Stadt das Gefühl, noch nicht völlig verloren zu sein.

Und dann erkannten sie, dass sich eine breite, gleichmäßige Bahn von der Stadt bis in ihre Nähe zog. Das Grün der Pflanzen auf ihr war anders, die Bäume des Urwaldes nicht so hoch. Sie beschlossen einen Versuch zu wagen und sich bis zu dieser vermeintlichen Schneise durchzuschlagen.

15

Mexan gab die Richtung an. Aurun bewunderte ihn, wie er sie, als sei er in diesem grünen Labyrinth zu Hause, zielsicher quer durch den Urwald führte.

Es war Mittag, bis sie plötzlich aus dem dunklen, schattigen Unterholz ins Licht traten. Jetzt erst wurde ihnen klar, was sie gesehen hatten. Es war eine in beide Richtungen bis an den Horizont reichende breite Straße aus Beton. Mexan maß zweiundsiebzig Schritte, die man brauchte um sie zu überqueren.

Noch nie hatten sie etwas Derartiges gesehen. Der ursprüngliche Belag der Straße war an vielen Stellen von herangewehter oder angeschwemmter Erde überdeckt. Dort hatten sich Pflanzen ausgebreitet. Wurzeln brachen die Betondecke auf und an einigen Stellen hatten Wasserläufe breite Schneisen in die Straße gefräst. Längs der Straße verliefen an den Seiten und in der Mitte Reste verrosteter Eisenplanken, die von Unkraut und Dornengestrüpp überwuchert waren. Aber sosehr der Urwald auch jahrhundertelang versucht hatte, dieses grandiose Bauwerk zu zerstören und aufzufressen, es hatte doch im Wesentlichen standgehalten.

Die beiden jedenfalls konnten erleichtert aufatmen. Der Rückweg zur Stadt sollte auf dieser ehemals befestigten Straße kein großes Problem mehr sein.

»Wenn wir uns ranhalten, sind wir bis heute Abend zurück«, meinte Aurun voller neuer Energie.

Mexan sah sie flehentlich an. »Aber ich habe Hunger!«, sagte er.

»Du kannst an meinem Finger lecken, wenn dir das was hilft!«, antwortete sie.

Er lachte.

Hungrig und müde, aber doch sehr erleichtert den richtigen Weg gefunden zu haben, liefen sie los.

Klone sind zäh, sagte sich Aurun, besonders E-Klone.

Keiner wollte dem anderen eingestehen, dass er nicht mehr konnte. So liefen sie weiter, Schritt um Schritt, und erreichten, völlig ausgepumpt und halb verhungert, aber am Leben, gegen Ende des dritten Tages ihres Abenteuers wieder die ersten bewohnten Häuser der großen Stadt.

Sie fanden direkt an der breiten Straße einen Laden, in dem tatsächlich ihre neuen Chips funktionierten, in dem sie aber nicht viel mehr bekamen als Brot und Panapan. Zum ersten Mal in ihrem Leben aß Aurun das klebrige braune Zeug mit Genuss.

Es ging auf Mitternacht, als sie beschlossen, irgendwo ein Stück weiter einen Schlafplatz für den Rest der Nacht zu suchen. Aber eine primitive Barriere mitten auf der breiten Straße, die sie im Dunkeln erst im letzten Augenblick erkannten, versperrte plötzlich ihren Weg. Noch bevor sie überlegen konnten, was nun zu tun sei, sprach sie die strenge, harte Stimme eines X-Klons aus der Dunkelheit an: »Gegrüßt! Woher kommt ihr?«

»Gegrüßt!«, antwortete Aurun tapfer. »Wir kommen von da draußen!«

»Und wohin wollt ihr?«

»Da rein!«

»Bitte mitkommen!«, sagte das X.

Ein kleines Türchen neben der Barriere wurde geöffnet und sie folgten dem Wärter in ein Haus, wo er sie durch ein paar Gänge führte und dann in einem schwach beleuchteten Raum alleine ließ. Man konnte sehen, dass Mexan in Panik geriet. Seine Knie zitterten, die Beine wippten in einem fort auf und nieder.

»Was machen wir jetzt?«, fragte er nervös.

»Abwarten!«, sagte Aurun. Sie war selber erstaunt, wie ruhig sie war. Eben typisch E, dachte sie, durch nichts aus der Ruhe zu bringen. Mexans A-Füßchen aber wippten weiter.

Ein paar Minuten später kam das X-Klon mit einem Chip-Scanner zurück, scannte ihre Schlüsselbeinchips und verschwand wieder.

Kaum war es draußen, sprang Mexan auf. »So ein Mist. Schon haben sie uns. Klasse Idee, Aurun, zurück in die Stadt zu gehen!«

»Wir haben uns nichts vorzuwerfen, Peltor Nolen!«, sagte Aurun laut und legte als Warnung einen Finger über ihre Lippen.

Mexan verstand. Er flüsterte: »Aber wenn sie merken, dass diese beiden Nolen tot sind? Wenn sie unsere frischen Narben sehen? Glaubst du nicht, sie erkennen uns?«

»Psst!«, machte Aurun noch einmal ganz sachte, aber Mexan war nicht zu beruhigen. Er schlich zur Tür, drückte leise die Klinke herunter, die Tür war nicht versperrt.

»Wir hauen ab!«, gab er Aurun zu verstehen.

Aurun schüttelte den Kopf.

Da zuckte er mit den Schultern, schob sich durch den Türspalt und war verschwunden.

Ein paar Minuten später kam das X-Klon zurück.

»In Ordnung!«, sagte es. »Ihr könnt in die Stadt. Wo ist das andere?«

»Musste mal«, antwortete Aurun so gelassen wie möglich. »Hat 'ne schwache Blase.«

Das X ging wieder.

Aurun suchte auf dem Gang und hinter ein paar angelehnten Türen nach Mexan, aber der blieb verschwunden. Also trat sie alleine auf die dunkle Straße. Sie lief einen Block weit, dann spürte sie, dass ihr Amulett unter dem Hemd deutlich summte. Mexan hatte einen Notruf abgegeben. Sie zog es hervor und drehte es so lange, bis sie die Richtung erkannt hatte, aus der die Signale des anderen Anhängers kamen.

Sie fand ihn hinter ein paar Müllcontainern, zitternd vor Angst.

»Idiot!«, schalt sie. »Was glaubst du, was passiert, wenn sie unsere Chips identifizieren, und wir hauen danach ab, he? Sie schreiben uns zur Fahndung aus, und zwar mit unseren neuen Namen – ist dir das nicht klar? Willst du unbedingt noch mal das Schlüsselbein aufgemeißelt bekommen?« Sie nahm ihn bei der Hand und half ihm aus seinem Versteck heraus. Er lächelte beschämt. »Ist ja schon gut!«, sagte sie versöhnlich. »Kannst auch nicht aus deiner Haut. Bist eben nur ein A!«

Den Rest der Nacht verbrachten sie in einem ungemütlichen, dunklen Kellerloch. Müde von der langen Wanderung sanken sie sofort in tiefen Schlaf. Aber schon mit der ersten Morgendämmerung wurden sie von ihrer inneren Unruhe wieder aufgeschreckt. Sie brauchten einen Plan, jetzt sofort. Zumindest darin waren sie sich einig.

Nur wie es genau weitergehen sollte, das wussten sie nicht.

Mexan hätte sich am liebsten mit ein paar Nahrungsmitteln eingedeckt und wäre sofort wieder aufgebrochen. Er hatte sich in der Natur draußen wohler gefühlt als hier, in der stinkenden Stadt mit den allgegenwärtigen X-Klonen. Aber Aurun wollte es diesmal besonnener angehen.

So beschlossen sie schließlich, sich zunächst einen Raum zu suchen, irgendwo ein bisschen weiter in Richtung Stadtmitte. Wollten die Zeit nutzen zum Planen und Ausrüsten, sodass sie bei ihrem nächsten Aufbruch besser vorbereitet wären. Zwei Wochen, so schätzten sie, sollten dafür genügen.

16

Sechs Wochen später hatten sie die Stadt immer noch nicht wieder verlassen. Ihr Leben war mit einem Mal so leicht, so süß geworden. Im Hinterhaus eines schon halb zusammengestürzten Gebäudes hatten sie eine wunderbare, riesige Wohnung entdeckt, in der noch alte Möbel aus dem Megaho standen. Durch den Einsturz des Vorderhauses war der normale Eingang verschüttet, man musste sich durch den stockdunklen Keller tasten und dann ein Treppenhaus benutzen, das von hinten zu den Zimmern führte. Dann aber, nach dem Eintreten durch eine schwere, übergroße, mit Schnitzereien verzierte Eichenholztür, gelangte man in einen eigentümlichen, fremdartigen Kosmos. Wer immer in alten Zeiten hier gewohnt haben mochte, er musste die ganze Welt in diese zwei Räume hineingesammelt haben. Schwere Teppiche mit seltsamen Mustern in dunkelrot, blau und purpurn, die Aurun sofort an Gertrans Zimmer im Separationshaus erinnerten, lagen auf dem Boden. Die Möbel waren aus dunklem Holz, das fast schwarz zu glänzen begann, als sie es mit einem feuchten Tuch abwischten. Es gab einen riesengroßen Tisch, den sie durch Absägen der Beine an ihre Körpergrößen anpassten. Auch die dazugehörigen vier Stühle wurden gekürzt, nur zwei davon jedoch benutzt, denn sie bekamen nie Besuch. In dem Raum mit dem Tisch stand noch eine hohe Kommode. Die unteren Türen konnten sie erreichen und fanden dort Besteck und Porzellan, das sie reinigten, aber dann doch nur ein Mal zum Essen benutzen und dabei feststellten, dass es für sie zu groß und zu schwer war.

Mit einer Leiter, die sie im Gerümpel des Hinterhofes gefunden hatten, erklommen sie schließlich auch die oberen beiden Türen, fanden dort aber außer einem großen schwarzen Hut mit breiter Krempe nur halb zerfallene Stoffe und Tücher.

Mexan klopfte den Hut ab, dann setzte er ihn sich auf den Kopf. Er rutschte ihm über beide Ohren, seine Augen lugten nur noch knapp unterhalb der Krempe hervor.

»Wie seh ich aus?«

Aurun sah ihn an und begann zu lachen. »Wie einer, der ganz besonders schlau und wichtig ist!«, sagte sie.

Er rückte sich den Hut ein wenig hin und her, rannte dann in das Badezimmer, in dem es einen Spiegel gab. »Du hast Recht!«, rief er von dort. »Man ist gleich ein anderes Klon mit einem solchen Hut! Ich werde ihn behalten.«

»Aber man wird dich für ein wenig verrückt halten.«

»Für besonders schlau und wichtig, Aurun. Man wird mich genau für das halten, was ich bin: besonders schlau und wichtig!«

Aurun schüttelte lachend den Kopf.

Doch der Hut ließ Mexan nicht los. Zuerst trug er ihn nur in der Wohnung, später setzte er ihn tatsächlich jedes Mal auf, wenn sie auf die Straße gingen. Andere Klone sahen sich dann um und schüttelten die Köpfe. Aber Mexan trug unbeirrbar diesen schwarzen Hut, der ihm viel zu groß war, der ihn aber, wie er fest glaubte, besonders schlau und wichtig erscheinen ließ.

Sie verbrachten weiter ihre Zeit damit, sich ihre neue Bleibe wohnlich zu machen, längst ging es nicht mehr nur darum, Proviant zu sammeln oder auf andere Art ihre Reise vorzubereiten. Sie begannen Spaß an ihrem neuen Leben zu finden.

Im zweiten Raum stand ein riesiges Bett aus Eisen, mit goldenen Verzierungen, die sie durch Polieren zum Glänzen brachten. Die Matratze war so von Motten und Schimmel zerstört, dass sie sie mit einer gewaltigen Anstrengung gemeinsam zum Fenster wuchteten und dort hinauswarfen. Eine passende andere fanden sie nicht und so legten sie allerlei Kissen und Decken in das Bettgestell, bis eine halbwegs weiche und ebene Fläche entstanden war. Hier schliefen sie. So, wie sie es sich in den drei Nächten, in denen sie unterwegs gewesen waren, angewöhnt hatten. Eng aneinander gekuschelt und Mexans Arm schützend über die kleinere Aurun gelegt.

Manchmal, wenn sein Körper so nah bei ihrem lag, meinte sie ein Beben in sich zu spüren. Wie ein Sog zog es sie dann immer näher zu ihm. Ihre Hände wollten ihn fassen, ihre Beine ihn umschlingen. Sie meinte seine nackte Haut berühren zu müssen, wollte ihn an sich und in sich ziehen. Aber nie tat sie mehr, als still in seinem Arm liegen zu bleiben und verwundert diesem Gefühl nachzulauschen, das ihr so fremd, fast ein wenig beängstigend vorkam. Wie ein großes Geheimnis, vor dem sie stand, das sie aber nicht zu erkunden wagte.

In diesen Nächten lernte Aurun, ohne es zu wissen, das Begehren kennen, das das Schicksal der Menschen über Jahrtausende bestimmt hat. Das sie zu Krieg und Frieden geführt hat und das ihr Hirn über Jahrmillionen so anwachsen ließ, dass sie begannen die Welt zu beherrschen. Das Begehren, von dem viele Menschen glaubten, dass es die Wurzel allen Glücks und allen Unheils zugleich sei.

Aurun aber ahnte nie, was sie da umtrieb. So, wie sie nicht ahnte, dass auch Mexan immer wieder von diesem Gefühl befallen wurde. Dass er manchmal nachts, wenn seine Hand auf ihr ruhte, vorsichtig, um sie ja nicht zu wecken, über ihre kleine Brust strich und dabei spürte, wie sein Herz wild zu hämmern begann. Aber schon mit dieser heimlichen Berührung fürchtete er alle Grenzen überschritten zu haben. Klone fassten sich im Allgemeinen nicht an und so ging er, sosehr er es sich auch wünschte, in seiner Annäherung nie weiter als bis zu der kleinen, schlafenden Brust.

Nach ein paar Tagen hatten sie festgestellt, dass noch andere Wohnungen in dem Gebäude benutzt wurden. Im Keller des zusammengestürzten Vorderhauses wohnte ein älteres A-Klon, das sie zunächst misstrauisch beobachtete, später aber einfach ignorierte. Man sah es nicht oft, und wenn, dann lief es wie gehetzt irgendwo zwischen den Müllbergen umher und suchte nach etwas, zerrte ab und zu Dinge ins Haus, von denen man sich nur schwer vorstellen konnte, wozu sie nützlich sein sollten.

Ebenfalls im Vorderhaus, irgendwo zwischen den Trümmern, lebte eine ganze Gruppe rothaariger D-Klone. Mexan machte sich oft über sie lustig, wenn sie morgens alle gemeinsam zur Arbeit zogen, aber Aurun waren sie eher unheimlich in ihrer dumpfen, unterwürfigen Art.

Sie hatten sich nun offiziell als Altran und Peltor Nolen bei der Verwaltung zurückgemeldet. Man hatte ihnen nach einer Weile mitgeteilt, dass man demnächst eine Beschäftigung für sie finden würde, aber beiden war klar, dass man das nur erzählte, um den Vorschriften zu entsprechen. Die D-Klone erledigten alle Arbeiten, die nötig waren, um die Gemeinschaft der Kleinen Leute am Leben zu halten. Und wer von den anderen Klon-Familien nicht von sich aus ein kleines Geschäft unterhielt, Dinge sammelte und verkaufte oder auf irgendeinem freien Stück Land ein wenig Gemüse anpflanzte, der bekam nie eine Arbeit zugeteilt, wenn er nicht wollte.

Das Recht auf Grundnahrung stand jedem Klon ab der Geburt zu. Man ging in die entsprechenden Läden, nahm, was man brauchte, und ließ es auf seine gechipte Registrierung eintragen. Und viel mehr als etwas zu essen und sich selbst brauchten Aurun und Mexan in dieser Zeit nicht.

Aurun war noch nie einem anderen Klon so nahe gewesen. Ihr Preklon Elbon hatte sie gefüttert und gewaschen, gepflegt und erzogen, wie es Vorschrift war für alle, denen man die Aufzucht einer Reproduktion anvertraut hatte. Aber diese Nähe, dieses Berührtwerden von Händen und Worten, von Blicken, Lachen und Gegenwart, das hatte sie noch nie erfahren. Und sie genoss es. Sie schliefen zusammen, aßen zusammen, streunten tagsüber zusammen durch die verfallenen Häuser und Höfe, um das Notwendige für ihre Reise zu sammeln. Sie redeten, lachten und stritten miteinander. Und jedes Mal wenn ihr Temperament mit ihr durchgegangen war und sie Mexan angeschrien hatte, weil er durch irgendeine Dummheit etwas vermasselt hatte, sah er sie mit seinen großen grünen Augen an und sagte leise: »Tut mir Leid« oder etwas Ähnliches, was ihren Ärger jedenfalls sofort verfliegen ließ.

Sie hatten das Glück, dass in ihrer Wohnung das Wasser lief, und so benutzen sie die riesige Wanne, die sie im Bad vorgefunden hatten, ausgiebig und gemeinsam.

Aber nicht nur ihre Einstellung zum Leben, auch ihre Körper hatten sich verändert. Beiden waren unter den Armen und zwischen den Beinen Haare gewachsen, ein untrügliches Zeichen dafür, dass ihre diagnostizierte Mutation kein Hirngespinst irgendwelcher Ärzte und Staatsbehüter war. Aus Mexans schwarzen, krausen Schamhaaren schaute ein kleines Schwänzchen hervor, für das er sich so schämte, dass er immer versuchte es sogar vor Aurun zu verstecken.

»Versteck es von mir aus vor allen anderen«, sagte sie, »denn die würden dich dafür sofort wieder einsperren und es dir abschneiden. Ich jedenfalls finde es nett!«

Der Sommer verging, verrann zwischen Nächten, in denen sie auf dem flachen Dach des alten Hauses in der Wärme lagen, um morgens von der aufgehenden Sonne geweckt zu werden, und Tagen, an denen sie in immer weiteren Kreisen die Umgebung nach Verwertbarem absuchten. Mexan hatte tatsächlich einen unerschütterlichen Orientierungssinn. Wo er einmal gewesen war, da erkannte er jeden Pfad und jedes Haus wieder. Von überall her fand er ohne Probleme zurück, fand Abkürzungen und neue Wege, die manchmal abenteuerlich durch fremde Hinterhöfe, Keller oder fast vollständig verschüttete Straßenzüge führten.

Aurun lernte allmählich, ihm zu vertrauen, wenn er ihr immer wieder mal sein großmäuliges »Hier lang – ganz sicher!« entgegenrief. Sie protestierte nicht mehr, sondern folgte ihm, wie er ihr folgte, wenn sie bestimmte, was sie als Nächstes unternehmen, was sie aufsammeln und was sie liegen lassen sollten.

In diesen Wochen sahen und erlebten sie viel. Sie waren immer wieder amüsiert und entsetzt von diesen Arbeitsklonen, die, anscheinend völlig unfrei in ihrem eigenen Denken, nur ihren Anordnungen folgten. Jeden Morgen brachen sie in großen Gruppen auf, drängten sich in überfüllte Busse und auf riesige Lastwagen, um quer durch die Stadt zu ihren Einsatzstellen gefahren zu werden. Entsetzt aber auch von Klonen anderer Familien, die in irgendwelchen Löchern vor sich hin vegetierten, tranken, aßen und die Tage verrinnen ließen, völlig ohne eigenen Antrieb und ohne Sinn im Leben. Bei diesen Klonen war Alkohol, der immer wieder in größeren Mengen aufgefunden und dann gehandelt wurde, ein Problem. Auch Aurun und Mexan tauschten eines Tages zwei Kerzenständer aus goldfarbenem Metall, die sie auf einem ihrer Beutezüge gefunden hatten, gegen eine alte, riesige Flasche mit einem hellbraunen, stark und gut riechenden Getränk. Aufgeregt setzten sie sich am Abend aufs Dach und tranken jeder vorsichtig einen Schluck. Es brannte in der Kehle.

»Es macht den Kopf schwer!«, sagte Aurun und grinste.

»Nein, es macht die Füße schwer!«, widersprach Mexan und lugte merkwürdig unter seinem schwarzen Hut hervor.

Sie stritten ein wenig, mehr zum Spaß als ernsthaft.

»Auf jeden Fall ist es nicht giftig, wir leben noch«, sagte Aurun und trank noch ein paar Schlucke. Sie stand auf und gab ihm die Flasche. »Du hast Recht«, sagte sie dann. »Es macht die Füße schwer.«

Auch er trank noch einmal: »Nein, *du* hast Recht, jetzt macht es den Kopf schwer!« Sie balgten herum, versuchten sich gegenseitig die Flasche zu entwenden. Wer immer sie erobern konnte, setzte sie an den Mund und nahm schnell einen Schluck.

Später begann Mexan das Echo zwischen den Häuserwänden auszuprobieren, grölte Worte in alle Richtungen und lauschte, ob und wie oft sie zurückgeworfen wurden. Aurun schrie: »Hallo Wee-elt! Hallo X.X.! Hallo Elbon!« und begann dann plötzlich zu weinen.

Mexan kam schnell hinzu, steckte ihr zum Trost die Flasche in den Mund und ließ sie noch einmal trinken. Zur Aufheiterung erzählte er ihr komische Geschichten, und als sie nicht lachen wollte, nahm er seinen Hut und ließ ihn hinunter in den Hinterhof segeln.

»HU-UT!«, rief er ihm hinterher. »Komm wieder hoch zu mir!« Aber der Hut landete weit dort unten auf einem Haufen Müll und dachte nicht daran, wieder von alleine zu seinem Besitzer zurückzukehren.

Aurun lachte noch immer nicht, sondern sah nur entsetzt Mexans geliebter Kopfbedeckung hinterher.

Als sie wieder aufsah, stand Mexan auf einem Bein direkt an der Kante des Daches: »AU-RUN! SCHA-AU!«, rief er.

Sie schrie, er solle zurückkommen; er lachte, bis er so schwankte, dass sie zu ihm hinlief und ihn von der Kante zurückriss.

Beide fielen sie übereinander. Das war nicht schlimm, sie waren hart im Nehmen, nur die gläserne Flasche zerbrach dabei. Sie sahen dem kleinen Rest des köstlichen Saftes nach, wie er über das Dach rann und hinein in einen Regenablauf. Dann schlossen sie die Augen und schliefen ein, wie sie gerade lagen.

Aurun erwachte, weil sie sich übergeben musste. Sie suchte nach Mexan, fand ihn jammernd an die Mauer eines Kamins gelehnt.

»Es war doch giftig!«, stöhnte sie.

Er nickte und übergab sich.

»Ich spüre, dass ich sterben muss!«, rief sie verzweifelt und begann wieder zu weinen.

Am nächsten Tag, als sich ihre Mägen, ihre Köpfe und ihr Kreislauf einigermaßen beruhigt hatten und sogar der davongesegelte schwarze Hut wieder aufgetaucht war, gelobten sie feierlich, nie wieder Alkohol einzutauschen. Nie wieder!

Aber all dies, das Beobachten der anderen, das Ausprobieren von Neuem, Gefährlichem und Fremdem, das Genießen und Erdulden, das Reden und Schweigen, das Bewegen und Ruhen, all dies stärkte sie und ließ sie lernen, was es hieß, zu leben – richtig zu leben, wie sie nun meinten.

Dieser Auftrag – ihr Auftrag –, er schien so weit entfernt. Die Ecke im Zimmer, in der sie schon seit einigen Wochen zwei eingetauschte Rucksäcke mit allerlei Nützlichem stehen hatten, rückte aus ihrem Blickfeld. Manchmal sprachen sie über ihre bevorstehende Reise, aber sie hielten sie mit Sätzen wie: »Ich weiß nicht, ob es geschickt ist, noch in diesem Herbst aufzubrechen.«, oder »Sobald wir sicher wissen, wo wir hinmüssen, brechen wir ja auf!«, weit auf Abstand.

Dann kam jener Tag im Spätsommer, an dem sie, auf der Suche nach etwas Brauchbarem für ihre Expedition – zumindest gaben sie vor, auf einer solchen Suche zu sein, in Wahrheit hatten sie Gefallen daran gefunden, die verlassenen Stadtteile ziellos zu durchstreifen –, plötzlich vor dem Buchgeschäft von Leos standen.

Aurun erkannte den Laden sofort wieder. »Hier bin ich schon gewesen!«, sagte sie zu Mexan und leise, verschwörerisch: »Es ist einer von uns!«

Mexan zögerte nicht, sofort hineinzugehen. Er stieß die große Tür auf und wurde, wie damals Aurun, von der unsichtbaren Stimme begrüßt, die unter der hohen Ladentheke hervorkam.

»Gegrüßt! Haben Sie ein Buch über Sonnenaufgänge?«, fragte Mexan.

Leos kam unter der Theke hervor. »Bitte?«, fragte es verwundert, dann sah es Aurun. »Mein kleines Blondchen! Mein Blondchen – du bist das doch, du bist das doch, oder?«, rief es erfreut. »Ihr seid das also! Dass ihr das alte Leos besuchen kommt!« Aber dann verdunkelten sich seine Züge. »Geldos hat von euch erzählt, Kinder. Es fielen hässliche Worte wie *unzuverlässig* und *undankbar.* Getäuscht habe er sich in euch, meinte er. Ihr seiet wie die anderen, nähmet nur und gäbet nicht. Was hält euch auf? Was hält euch auf? Oder habt ihr Bottom schon gefunden?«

Die beiden sahen sich an, sie brauchten nicht zu reden, jeder spürte, was im anderen vorging. Dieses süße Leben war ja nur deswegen möglich, weil die Organisation ihre Chips getauscht hatte. Undankbar war das richtige Wort. Sie suchten nach Ausflüchten, auch wenn sie wussten, dass es keine gab.

»Wir waren ja unterwegs«, entschuldigte Aurun, »aber wir wären fast verhungert. Wir mussten erst zurück um uns auszurüsten.«

»Man stellt sich das so leicht vor!«, versuchte Mexan einen sanften Vorwurf. »Bottom suchen! Da gibt es keinen Anhaltspunkt, nichts. Geht nach Norden! Mehr nicht.«

»Ich muss mit euch reden, kommt mit, kommt mit!«, sagte Leos und führte sie in das hintere Zimmer, das Aurun schon von ihrem erstem Aufenthalt bei dem alten A-Klon kannte. »Möchtet ihr etwas essen, trinken – gar nichts? Auch gut.«

Es zog ein riesiges Buch der Megahomos aus einem Regal, legte es vor sie und schlug es auf. Es war gefüllt mit unlesbaren Zeichen, unlesbar zumindest für Aurun und Mexan, die nur die Schrift der Klone lesen konnten.

»Ich möchte euch etwas erzählen, Kinder. Ja, etwas erzählen. Als wir aus den Käfigen der Menschen geflohen waren, da ...«

»Sie waren dabei?«, unterbrach ihn Aurun. »Sind sie auch so alt wie Geldos?«

»Nein, nein, Blondchen. Ich war nicht dabei. *Wir,* sage ich, und meine die Klone, *wir Klone*. Als wir geflohen waren, stellten wir fest, dass die meisten von uns die Schrift der Menschen nicht lesen konnten. Das war kein Zufall, kein Zufall, nein, es war Absicht. Man hatte uns zwar ihre Sprache gelehrt, nicht aber ihre Schrift. Wahrscheinlich wollte man verhindern, dass wir uns selbstständig das Wissen der Menschen aneignen konnten. In der dunklen Zeit der Herrschaft der Beta-Klone hätte es vielleicht noch welche gegeben, die uns das Lesen hätten zeigen können, doch niemand war damals an Geschriebenem interessiert. Dann aber, als sie verschwunden waren, gab es keinen mehr, der uns helfen konnte. In den Zeiten des Aufbruchs, als Geldos regierte, wurden auf sein Geheiß immer mehr alte Bücher und Schriftstücke zusammengetragen, aber es gab keinen, der sie lesen konnte. Das ganze Wissen der Megas, das ganze Wissen dieser Welt, all ihre Geheimnisse und Geschichten waren mit ihnen untergegangen, so schien es. Untergegangen!

Ich war damals ein junges Klon, ehrgeizig, weil mutiert wie ihr, auch wenn man das damals noch anders nannte und nicht so streng verfolgte. Mir vertraute man die Verwaltung des Schriftschatzes an und mir gab man eine Aufgabe. Ja, eine Aufgabe. Ich sollte versuchen die Schrift der Menschen zu entziffern.

Einige von uns hatten schon lange eine eigene Schrift entwickelt und auch unsere Sprache hatte sich gewandelt. Viele Wörter waren verloren gegangen, viele neue hinzugekommen. Alles wurde, vermutlich den Naturgesetzen unseres kleineren Kehlkopfes folgend, anders ausgesprochen.

Ich brauchte Jahre, bis ich die ersten Worte herausfinden konnte, Jahre, hört ihr! Ich orientierte mich an einem Buch über die Natur. Das erschien mir das Einfachste, denn in diesem Buch waren viele Tier- und Pflanzenarten abgebildet. Von diesen Bildern ausgehend versuchte ich die richtigen Worte zu finden, versuchte die Schrift wiederzufinden, die man uns verweigert hatte. Verweigert hatte.«

Es sah Aurun und Mexan erwartungsvoll an. Sie nickten anerkennend, wussten aber nicht, worauf es hinauswollte.

Plötzlich sprang es auf, seine Stimme donnerte. Viel zu laut schien sie mit einem Mal für diesen kleinen, alten Körper: »Auch ihr habt eine Aufgabe, versteht ihr? Es steht euch nicht zu, zu beurteilen, ob sie langwierig, schwierig oder unmöglich ist. Geldos will, dass ihr Bottom findet, also schert euch raus und sucht es! Geldos will es!«

»Aber ...«, sagte Mexan.

»Aber! Aber! Aber! Es gibt kein Aber! Hat jemals etwas Wichtiges und Richtiges auf dieser Erde mit ›aber‹ begonnen?«, schrie Leos ihn an.

Mexan zuckte zusammen, sah erschrocken und schuldbewusst zu Boden.

»Sachte, sachte, alter Mann«, schob sich Aurun dazwischen. »Wir sind eurem Club verpflichtet, das wissen wir, aber wir sind keine Selbstmörder! Wir haben umgedreht, weil es ohne Wissen und Ausrüstung da draußen kein Überleben gibt. Wir brauchen zumindest eine Karte und eine Vorstellung, wovon wir leben sollen, sonst ziehen wir nicht los.«

Leos hatte sich, erstaunt über ihre Widerrede, wieder hingesetzt. »Blondchen, Blondchen, allerhand! Jetzt verstehe ich die Meinung von Geldos und den anderen über dich!«, sagte er bewundernd. »Du trägst dein Herz auf dem rechten Fleck und dein Verstand, so scheint es, ist scharf, mein Kind.«

»Hä?«, sagte Mexan.

»Nicht wichtig, junger Mann, nicht wichtig. Solche magischen Worte schrieben die großen Menschen, aber ich will euch damit nicht belästigen, es gibt Wichtigeres zu tun ... eine Karte, natürlich. Kommt zu Leos, wenn ihr etwas braucht. Etwas braucht.« Er lief in seinen Laden und kam mit einem riesigen, uralten Buch der Megahomos zurück. Es war voller Karten, selbst den Mond konnte man auf den letzten Seiten finden und ein Bild von einem anderen schönen blauen Mond, der wohl inzwischen vom Himmel verschwunden war.

Leos schlug eine Karte am Anfang des Buches auf. »Seht ihr«, sagte er. »Hier! Ich vermute, dass wir hier leben, in dieser Stadt. Das, was auf dieser halben Insel rot ist, ist vermutlich unsere Stadt, denn das Blaue außen herum ist unzweifelhaft das Meer. Folgt man der Küste hinauf nach Norden, dann …«

»Stopp!«, sagte Mexan. »Ich erkenne es. Sicher! Das ist die Stadt, das die Küste. Diese Linie hier ist der breite Weg, den wir gefunden haben, auf dem wir so schnell zurückkehren konnten.«

»Aber sieh doch! Wenn das rote tatsächlich alles Städte sind«, sagte Aurun, »wie viele Menschen gab es denn dann hier? Es müssen ja viele Tausende gewesen sein!«

»Millionen vielleicht! Millionen!«, sagte Leos. »Aber es hat sich nie jemand von uns dafür interessiert. Niemand seit Geldos, jedenfalls. Ich konnte die Schrift der Menschen schließlich nahezu entziffern, aber niemand will es mehr wissen, niemand will es wissen. Seht her!«

Er zog ein dickes Bündel Blätter aus dem Regal, die in der Schrift der Klone beschrieben waren.

Peterson Feld Führer – Tiere und Pflanzen der Ostküste stand auf dem ersten Blatt.

»Was bedeutet ›Peterson Feld Führer‹?«, fragte Aurun.

Leos wurde ein wenig verlegen. »Das, um ehrlich zu sein, verstehe ich auch noch nicht. Aber schaut doch!«

Er hatte alle Tier- und Pflanzenbilder aus dem Menschenbuch herausgeschnitten und sie in seine Blätter geklebt. Zusammen mit seinen Übersetzungen der Texte aus dem Buch.

Mexan blätterte den Stapel irgendwo auf.

Blau gekehlter Summvogel stand da zum Beispiel. Dazu eine Beschreibung des Vogels. Weiter hinten fanden sie auch Pflanzen, die zusammen mit ihren Blüten und Früchten abgebildet waren.

»Könnte man darin zum Beispiel lesen, ob man etwas essen kann oder nicht?«, fragte Aurun und sah Mexan an, der dieselbe Idee gehabt hatte wie sie.

»Man kann alles darin lesen!«, sagte Leos stolz. »Es ist mein Lebenswerk. Ich habe fast einhundert Jahre daran gearbeitet. Einhundert Jahre!«

»Wir müssen es mitnehmen«, sagte Aurun bestimmt.

Doch Leos griff blitzschnell nach den Blättern. »Nie!«, rief er und zog das Bündel weg. »Ihr könnt es von mir aus abschreiben oder auswendig lernen, aber niemals mitnehmen!«

»Die Blätter mit ›Peterson Feld Führer‹ und das Buch mit den Karten, alle beide!«, befahl sie, als hätte sie ihn nicht gehört.

Leos schüttelte den Kopf wie ein ängstliches Kind. »Nein, nein. Bitte nicht, bitte nicht!«

»Wie du willst!«, sagte Aurun ungerührt. »Mexan, komm. Wir werden Geldos berichten, dass man uns die notwendigen Unterlagen nicht aushändigen will, dass wir also leider unsere Expedition nicht beginnen können. Komm!«

Leos saß starr da, hielt sein Manuskript gegen die Brust gepresst. Aus seinen Augen flossen kleine Tränen die faltigen Backen hinunter.

Aurun fixierte ihn mit bösen Augen.

Mühsam löste der alte Klon schließlich die Arme, reichte die Blätter ganz langsam zu ihr hinüber. »Ihr werdet sie mir wiederbringen. Wiederbringen, ja?«

»Natürlich!«, sagte Aurun, »du kennst mich doch!« Und sie war froh, dass er sich nicht an seine Petroleumlampe erinnerte, die jetzt bei den Ratten lag und die er nie mehr zurückbekommen würde.

»Ihr werdet Geldos berichten, dass mein Werk euch geführt und geholfen hat. Geführt und geholfen, ja?«

»Natürlich!«, sagte Aurun.

»Und ihr werdet mir erzählen, welche Tiere und Pflanzen ihr gefunden habt. Gefunden, ja?«

»Natürlich!«, sagte Aurun zum dritten Mal.

Sie nahm die Blätter und den Atlas an sich. »Leb wohl,

Leos!«, rief sie. »Wir werden Bottom finden, mit deiner Hilfe, bestimmt!«

»Bestimmt!«, rief der alte Klon, aber in seiner jetzt müden Stimme klang mehr Zweifel und Verzweiflung als Zutrauen.

Als sie außer Hörweite waren, sagte Mexan grinsend. »Du bist ein alter Klonquäler, Aurun!«

»Was meinst du?«, fragte sie grinsend zurück. »Bin ich alt und quäle Klone oder quäle ich alte Klone?«

»Du weißt genau, was ich meine, Aurun Ebanan!«, sagte er.

»Ich trage mein Herz auf dem rechten Fleck und mein Verstand, so scheint es, ist scharf!«, sagte sie lächelnd. »Das ist alles! Aber das genügt.«

17

Es war noch einmal heiß geworden an diesem Tag. Das waren die letzten schönen Tage des schwindenden Sommers und so gingen sie am Abend auf das Dach ihres Hauses und schmiedeten dort ihre Pläne. Sie saßen die halbe Nacht bei Vollmond und Lampenschein über Leos Papieren mit den Vögeln, Pflanzen und Tieren und blätterten in den Karten.

»Ich kann mir nicht vorstellen«, sagte sie, »dass die Welt der Megas so ausgesehen hat. Ich denke, es sind nur Wunschkarten, Fantasien. Gertran erzählte, sie hätten ganze Welten aus ihren Fantasien geboren.«

»Warte es ab, blondköpfiger Summvogel!«, sagte er. Er hatte begonnen sie Summvogel zu nennen, weil er glaubte, bei einer Spezies dieser Art mit hellem Schopf und blauen Augen Ähnlichkeiten zu Aurun entdeckt zu haben.

Auf einer der Karten in dem großen Atlas fanden sie neben dem roten Fleck einer Stadt einen handschriftlichen Eintrag von Leos. *Boston = Bottom?* stand dort. Es war eine Stadt, die im Norden an der Küste lag. Die Linie, von der Mexan überzeugt war, dass sie für den breiten Weg stand, den sie kannten, führte direkt dorthin.

Mitternacht war vorbei, als sie sich endlich auf ihren mitgebrachten Kissen und Decken zusammenrollten. Mexan schob sich gegen das weiße Licht des Mondes seinen Hut über die Augen, dann nahm er Aurun um den Bauch und drückte sie an sich. Es bedurfte keiner großen Worte mehr. Sie beide wussten, dass die Zeit gekommen war. Sie selbst lagen noch auf dem Dach dieses Hauses, das für ein paar Wochen ihr Zuhause gewesen war, aber ihre Gedanken waren schon unterwegs.

»Morgen also!«, sagte Aurun schließlich und sie spürte, wie Mexan wortlos nickte.

Morgen also.

In dieser Nacht erwachte Aurun von einem ungewohnten Geräusch. Nie hatte jemand sie in diesen Wochen in ihrem Zimmer besucht, nie war auch nur jemand diese verborgene Treppe hochgekommen. Aber jetzt, mitten in der Nacht, da bestand kein Zweifel, kam jemand mit schwerem Schritt die Stufen empor. Sie stand leise auf, um Mexan nicht zu wecken, und lief schnell zu einem Lichtschacht, von dem aus man durch die zerbrochenen Scheiben in das Treppenhaus sehen konnte. Da – der Lichtschein einer Lampe zuckte die Treppe empor, für einen Augenblick sah sie ein Gesicht. Einen Wimpernschlag lang nur, aber lange genug um zu erkennen, dass es ein X war. Aurun war sich sogar sicher, X.X. erkannt zu haben, das gerade dabei war, ein Stockwerk tiefer in ihre Wohnung einzudringen. Sie hörte ein Klopfen, dann das Splittern von Holz.

Erschrocken weckte sie Mexan, hielt ihm die Hand auf den Mund, damit er keinen Laut von sich gab.

»Wir müssen weg, X.X. ist in der Wohnung!«, zischt sie.

»Woher kennt es die Wohnung?«, flüsterte Mexan panisch.

Aurun zuckte ratlos die Schultern. Anscheinend funktionierte die Überwachung durch die X-Klone doch besser, als sie vermutet hatten.

Leise liefen sie über das Dach zu einem Kamin und versteckten sich dahinter. Dann berieten sie, was zu tun sei. Von unten war nichts mehr zu hören. Offensichtlich wartete X.X. in der Wohnung auf sie. Das konnte ihnen egal sein, sie wollten sowieso am Morgen aufbrechen. Über die Dächer der Nachbarhäuser zu fliehen wäre nicht schwierig gewesen. Nur lagen in der Wohnung die beiden Rucksäcke bereit und darin all das, was sie für ihre Reise mühsam angesammelt hatten.

Jetzt zu fliehen bedeutete, dies alles zurückzulassen und wieder von vorne zu beginnen.

»Unsere Chance ist der Weg der Emotion, der Überraschung und der Kreativität«, flüsterte Aurun. »Lassen wir uns was einfallen!«

Der Plan war riskant. Er baute auf die Hoffnung, dass X.X. von Mexan nichts wusste. Dass es annahm, Aurun lebe allein in diesem Zimmer. Klone lebten normalerweise nicht zusammen und »normalerweise« beschrieb genau die Grenzen eines X-Klon-Denkvermögens.

Man konnte über das Dach zu einem Nachbarhaus gelangen, dort gab es ein zweites Treppenhaus, das hinunter in denselben Hinterhof führte. Sie nahmen diesen Weg, schlichen sich ohne Licht so leise wie nur möglich hinunter. Schließlich standen sie auf der Straße. Nun mussten sie bis zum Morgen warten und dieses Warten war das Schlimmste. Sie hatten die Hoffnung, dass X.X. herauskommen würde, aber den Gefallen tat es ihnen nicht.

»Wollen wir nicht doch lieber ohne das Zeug abhauen?«, fragte Mexan, denn ihr Plan war speziell für ihn gefährlich.

»Wir hätten keine Chance. Wir könnten nicht fliehen, weil wir unsere Ausrüstung nicht dabeihaben, und wir könnten nicht bleiben, weil er bestimmt längst meinen neuen Namen hat.«

Mexan nickte. »Gut, ich mach's!«, sagte er. »Aber ich habe furchtbare Angst!«

Sie nickte, streichelte ihm über die dunklen Haare. »Bis gleich!«, sagte sie.

»Bis gleich, mein Summvogel!« Er holte tief Luft und lief los.

Durch den Vordereingang betrat er das Haus, lief den jetzt anscheinend nicht mehr geheimen Weg durch den Keller. Dann ging er ohne sich die Mühe zu machen, leise aufzutreten, die Treppen hoch.

Vor der Wohnungstür krampfte sich sein Bauch so zusammen, dass er dachte, er müsste sich übergeben. Aber dann rückte er seinen Hut noch einmal auf dem Kopf zurecht. Ich bin besonders schlau und wichtig, sagte er sich und der große schwarze Hut gab ihm ein wenig Vertrauen.

»Altran Nolen, Gegrüßt! Wo stecken Sie?«, rief er, als suche er Aurun. Er drückte die aufgebrochene und angelehnte Tür auf, und wie sie es erwartet hatten, trat X.X. ihm entgegen.

»Oh!«, tat Mexan erschrocken, »Gegrüßt! Sowo Autron!«

Den Namen hatte Aurun für ihn erfunden. Er sollte weder seinen neuen noch seinen alten eigenen Namen preisgeben.

»Gegrüßt! Xylon Xojor! Sie suchen Aurun Ebanan?«

»Wen? Nein. Ich suche Altran Nolen! Es soll hier wohnen.«

»Ja, ja – Nolen«, sagte X.X. »Wohnt hier, ist aber nicht da!«

»Ach!«, sagte Mexan und er versuchte so gleichgültig zu klingen, wie sein hämmerndes Herz es nur zuließ. »Dann ist es bestimmt auf dem Dach. Es sagte mir, dass es bei der Hitze gerne auf dem Dach schläft.«

Er drehte sich um, als wollte er zum Treppenhaus zurück und hoch aufs Dach gehen. Aber X.X. drängte ihn ab, stürmte an ihm vorbei die Treppen hoch. Mexan wartete, bis das X einen Stock höher war, dann trat er in die Wohnung und griff sich die beiden Rucksäcke. Mit einem letzten Blick verabschiedete er sich von allem, was sie ansonsten angesammelt und besessen hatten. Den Möbeln, dem alten Porzellan, den silbernen und bronzefarbenen Leuchtern und Statuen, dem goldglänzendem Bett, den Teppichen und Vorhängen und nicht zuletzt von dem Glück, das mit ihnen in diesem Zimmer gewohnt hatte.

So leise wie möglich verschwand er, lief die Treppen wieder hinunter, durch den Keller ins Vorderhaus und hinaus auf die Straße.

Aurun wartete um die nächste Ecke auf ihn. Sie zeigte hinauf zum Dach. Dort rannte X.X. und suchte hinter Kaminen und Mauervorsprüngen nach ihr.

»Gegrüßt, X.X.!«, schrie Aurun übermütig nach oben.

Und tatsächlich hörte das X-Klon sie, drehte sich um und entdeckte die beiden.

»Jetzt aber los!«, schrie Mexan.

Sie kannten die Gegend gut, liefen die halb verschüttete Straße hinunter bis zur nächsten größeren, dann ein Stück dort entlang, durch eine Stahltür und hinunter zu den U-Bahn-Gleisen.

Sie hatten Lampen, sie hatten Knüppel und sie hatten aus dem alten Buch einen Plan der Bahngleise. Mexan fürchtete die Ratten, aber Aurun ging mutig voran.

»Du darfst sie nicht ärgern!«, sagte sie, »dann lassen sie dich in Ruhe!«

Nach über zwei Stunden Fußmarsch durch die riesigen gemauerten Röhren erreichten sie die letzte Haltestelle. Dort gingen sie ans Tageslicht. Von nun an, immer weiter in Richtung Norden, würde Mexan sie wieder anführen.

»Du wirst sehen! Schon heute Abend sind wir auf dem breiten Weg zurück an der Stelle, wo wir das letzte Mal auf ihn gestoßen sind«, sagte er selbstüberzeugt.

Aurun nickte.

Tatsächlich fand er genau die Stelle abseits des Weges unter einem Gebüsch wieder. Sie erkannten sie an einem Stückchen weggeworfenem Silberpapier, in das ihr letztes Stück Panapan eingewickelt gewesen war.

Der Weg dorthin war lang gewesen. Die Füße taten ihnen weh und sie waren so müde, dass sie ihre Decken ausrollten und fast sofort einschliefen. Glücklich einschliefen.

Glücklich und überzeugt davon, dass jetzt, nachdem sie X.X. wieder so leicht ausgetrickst hatten, nichts mehr schief gehen konnte.

Das X-Klon Xylon Xojor dort oben auf dem Dach kochte vor Wut, eine Empfindung, die es verwirrte, weil es sie noch nie erlebt hatte.

Aber was zu viel war, war zu viel. Man hatte es degradiert, hatte es von der Leitung des Separationshauses zurück zu seiner alten Einheit versetzt. Nun war es wieder für die Instandsetzung und Erhaltung alter militärischer Flug- und Fahrgeräte zuständig. Musste wie früher jeden Tag eine Schar von dummen D-Klonen hin und her kommandieren, die nichts anderes taten als zu versuchen, aus Tausenden von funktionsunfähigen Schrottgeräten, die auf einigen Plätzen rund um die Stadt standen, ein paar halbwegs funktionierende Maschinen zu basteln.

Selbst den Auftrag, das flüchtige Klon Aurun Ebanan zu jagen, hatte man ihm nach ein paar erfolglosen Wochen entzogen. Doch der Jagdtrieb in dem großen X-Klon war entfacht. Koste es, was es wolle, es würde dieses freche Aurun dorthin zurückbringen, wo es hingehörte. Wochenlang hatte es die Stadt abgesucht, wieder und wieder den Preklon des Entflohenen aufgesucht, aber keine Spur von diesem Aurun gefunden. Schließlich half ihm der Zufall weiter. Ein X-Klon aus der Registratur, das früher mit Xylon zusammen Schrott verbastelt hatte, meldete ihm die Anmeldung zweier N-Klone, die ein paar Wochen zuvor bei einem Häusereinsturz verschwunden waren. Zunächst kein sehr ungewöhnlicher Vorgang, oft tauchten Vermisste erst nach ein paar Wochen wieder auf. Doch in diesem Fall gab es zwei Merkwürdigkeiten. Zum einen hatten sich die beiden N-Klone zusammen in einer Wohnung angemeldet und zum anderen waren sie beide noch nicht einmal acht Jahre alt – außergewöhnlich früh für eine selbstständige Lebensweise. Altran und Peltor Nolen, so die Namen. Xylon hatte die Spur aufgenommen wie ein schnüffelnder Hund. Dreimal hatte es nach der Adresse gesucht, hatte sie schließlich gefunden, war wieder umgekehrt, nachdem es sich davon überzeugt hatte, dass es an der angegebene Stelle kein intaktes Haus mehr gab. Erst ein altes A-Klon, das es beim vierten Mal in den Trümmern des Hauses aufgestöbert hatte, hatte ihm den Weg durch den Keller gezeigt und bestätigt, dass seit einiger Zeit zwei merkwürdige junge Klone im hinteren Teil des Gebäudes hausen würden. Xylon erinnerte sich noch lebhaft an den Trick, mit dem Aurun das letzte Mal einen Narren aus ihm gemacht hatte. Längst hatte es von dem Preklon Elbon erfahren, dass es nur die Schranktür hätte öffnen müssen. Diesmal würde es Aurun keine Chance lassen, zu flüchten oder sich zu verstecken, würde es im Schlaf überraschen. Also hatte es beschlossen nachts wiederzukommen. Doch die Wohnung war leer gewesen. Xylon hatte lange überlegt und sich dann entschlossen zu warten.

Aber dann war dieses unbekannte A-Klon mit dem riesigen schwarzen Hut an der Tür aufgetaucht, hatte es mit einem Trick aufs Dach gelockt und sich mit den beiden Rucksäcken aus dem Staub gemacht.

Und nun tobte Xylon wie ein Wahnsinniger auf dem Dach, denn da unten lief dieser schwarze Hut und dieses Aurun Ebanan und schrien Schmähworte zu ihm herauf. Fast wäre Xylon vor Wut hinuntergesprungen, aber dann beruhigte es sich plötzlich. Es sah die beiden großen Rucksäcke, die es schon zuvor in der Wohnung bemerkt hatte, und es machte sich seine eigenen Gedanken.

Aurun und Mexan hatten die erste Nacht ihrer neuen Wanderschaft friedlich, warm und still erlebt. Doch am Morgen weckte sie ein lautes Geräusch, das sich rasch näherte. Weder Aurun noch Mexan hatten jemals etwas Ähnliches gehört. Sie rannten aus dem Gebüsch zur Straße, sahen sich ängstlich um und mussten erschrocken feststellen, dass sie so etwas auch noch nie gesehen hatten. Es war eine riesige Flugmaschine, die, mit ohrenbetäubendem Knattern den breiten Weg entlangschwebend, direkt auf sie zukam. Die beiden sprangen zurück in die Deckung, drückten sich tief unter das Gestrüpp.

Mit schrecklichem Gedröhne flog ein uralter Armeehubschrauber im langsamen Tiefflug über sie.

Die beiden pressten die Hände auf die Ohren, kauerten sich zusammengerollt aneinander. Sie hatten das Gefühl, als würde die Welt untergehen. Dann wurde das Geräusch wieder leiser, anscheinend waren sie nicht entdeckt worden. Das Ungetüm mit dem riesigen Rotor verschwand der Straße folgend in Richtung Norden. Sie sahen ihm lange nach, verloren es schließlich aus den Augen. Nach einer Weile hörten sie es auch nicht mehr.

Aufgeregt packten sie ihre Sachen zusammen und liefen auf der breiten Straße weiter. Aber weil ihr Weg genau dorthin führte, wohin das unheimliche Fluggerät verschwunden war, blieb ihnen nun die Angst. Immer hielten sie sich bereit, notfalls innerhalb von Sekunden wieder im Urwald zu verschwinden.

Ihnen war klar: Wenn jemand so eine Maschine besaß und benutzen konnte, dann nur Mitglieder der neuen »Truppe zum Schutz der Gemeinschaft der Kleine Leute«, X-Klone also. Aber sie hatten noch nie davon gehört, dass es überhaupt noch funktionsfähige Flugmaschinen gab, geschweige denn jemals eine gesehen.

Einen halben Tag später, nach einem anstrengenden Fußmarsch, sahen sie das Ungetüm zum zweiten Mal. Dort, wo die Landschaft mit dem Himmel verschmolz, weit hinten am Horizont, stand es direkt auf dem breiten Weg. Die Neugier war groß, es sich aus der Nähe anzusehen, aber das Bedürfnis, doch lieber möglichst viel Abstand zu halten, siegte.

»Ich wette, es ist X.X. selber!«, sagte Aurun. »Auch Gertran war der Meinung, dass es erstaunlich helle für ein X ist. Wahrscheinlich hat es überlegt, wie weit wir an einem Tag kommen, und nun versucht es uns dort den Weg abzuschneiden.«

»Aber selbst X.X. kann doch wohl nicht glauben, dass wir jetzt weiter direkt auf es zulaufen, oder?«, fragte Mexan.

Aurun zuckte mit den Achseln. »Wer weiß. Vielleicht kennt es die Gegend aus der Luft besser und weiß, dass es für uns keinen anderen Weg gibt.«

»Aber es gibt einen anderen Weg!«, widersprach Mexan und zog eine der Karten hervor, die sie aus Leos' Atlas getrennt hatten. »Am Meer entlang.«

18

Also schlugen sie sich, wie schon einmal bei ihrer ersten Reise, durch das Dickicht in Richtung Osten. Sie brauchten über einen Tag für eine Strecke, die auf ihrer Karte nicht mal einen Finger breit war. Unterholz, Dornenhecken, Felsbrocken und Flussläufe hielten sie immer wieder auf. Müde, zerkratzt und verstochen erreichten Sie schließlich am nächsten Nachmittag den Strand. Dort verlief das Meer weiter in Richtung Nordosten.

Zunächst war ihre Freude nicht sehr groß, wieder am Meer zu sein. Schon bei ihrem ersten Ausflug hatten sie erleben müssen, wie mühsam das Wandern an der Küste entlang war. Einfacher zwar, als die Durchdringung des Urwalds, aber viel kraftraubender als das schnelle Wandern auf der alten Straße. Entweder ihre Schuhe sanken im weichen Sand ein oder sie mussten von Fels zu Fels springen, Buchten umlaufen und Landzungen mit dichtem Urwald überqueren.

Doch als sie sich erholt hatten und wieder so weit zu Atem gekommen waren, dass sie sich ein wenig umsehen konnten, vergalt ihnen der Anblick der Natur all ihre Mühen. Nie zuvor war Aurun oder Mexan aufgefallen, in wie viel Millionen Fassetten sich das Leben auf dieser Erde abspielte. Und war ihnen bei ihrem ersten Abenteuer noch jedes Geräusch oder jedes Huschen und Flüchten vor ihren Schritten unheimlich und gefährlich vorgekommen, so begannen sie jetzt anhand der Aufzeichnungen von Leos die Tiere und Pflanzen zu bestimmen und beim Namen zu nennen.

Schnell lernten sie die verschiedenen Bäume zu unterscheiden. Lernten, welche Früchte man essen konnte und welche man besser hängen ließ. Nie zuvor hatten sie solche Geschmäcke auf der Zunge gespürt.

Das tägliche Essen der Klone bestand normalerweise aus grobem Brot und Panapan, einem braunen, klebrigen Stoff, der angeblich all das Eiweiß enthalten sollte, das der Körper zum Leben brauchte. Manchmal gab es dazu Gemüse, manchmal eine Art Lauchbrei oder Spinat, öfter Linsen oder Bohnen, selten Kartoffeln.

Dort im grünen Urwald, der sich am Strand entlangzog, fanden sie im ausklingenden Sommer alle Früchte und Beeren, die das fruchtbare Land hervorbrachte. Äpfel und Birnen von verwilderten Kulturbäumen, Aprikosen, Pfirsiche und Pflaumen. Manchmal standen fruchtschwere Bäume in langen Reihen neben ihrem Weg. Dazu gab es eine Menge Preiselbeeren, die an fast jeder Stelle des Unterholzes im Überfluss zu finden waren. Auf einigen Lichtungen wuchsen riesige Maispflanzen. Gemeinsam knickten sie die hohen Stängel um. Von den beiden sonnengelben Kolben, die jede der Stauden gewöhnlich trug, konnten sie sich einen ganzen Tag lang ernähren.

Einmal grub Mexan an einer baumlosen Stelle Kartoffeln aus. Die Knolle war ihnen als genießbar bekannt, aber nachdem sie die Blätter der Pflanze mit Hilfe von Leos' Buch bestimmt hatten, wussten sie zunächst nicht, wo sie den essbaren Teil suchen sollten. Erst als sie das Kraut mit einem Ruck aus der dunklen Erde zogen, rollten ihnen die Kartoffeln entgegen. Für ihre Ernährung war also gesorgt.

Tiere zu jagen und zu verspeisen, auf diese Idee kamen sie nicht, auch wenn sie eine Menge von ihnen sahen. Am häufigsten waren die Streifenhörnchen. Ständig turnten sie in den Bäumen neben ihnen herum. Manche waren sogar so zutraulich, dass sie sich mit Resten ihrer Mahlzeiten füttern ließen. Eine andere Spezies, die sich ihnen oft näherte, waren die Waschbären. Auch die fütterten sie gelegentlich, bis Mexan einmal böse Bekanntschaft mit einer ihrer Krallen machte, weil er versuchte einem der Tiere eine gestohlene Birne wieder abzujagen.

»Du bist leichtsinnig!«, schimpfte ihn Aurun. »Die Viecher sind fast so groß wie wir, wie kannst du glauben, sie hätten Angst vor uns!« Aber Mexan lachte nur. So furchtsam er in der Stadt oft gewesen war, hier draußen in der Natur verlor er wieder alle Scheu und Angst, als habe er sein ganzes Leben nichts anderes gemacht, als zwischen Rehen und Reihern gelebt.

Manchmal, wenn sie müde waren vom Laufen im weichen Sand, suchten sie sich schon am frühen Nachmittag eine Lagerstelle. Sie entfachten mit Hilfe eines Feuerzeuges aus ihrer Sammlung nützlicher Gegenstände aus der Stadt ein Feuer, kochten Suppe oder Kartoffeln und beobachteten Möwen, Pelikane und Albatrosse, wie sie dicht über das Meer hinwegglitten. Im flachen Licht der Abendsonne sah man Fische aus dem Wasser springen und einmal beobachteten sie an der Mündung eines kleinen Baches einen Otter, der dort spielte und nach Fischen und Krebsen Ausschau hielt. Jede unbekannte Pflanze, jedes neue Wesen sahen sie in Leos' Übersetzung des *Peterson Feld Führer* nach, bestimmten deren Namen und lasen sich seine Eigenheiten gegenseitig vor. Nur ein Tier sahen sie zu Mexans Bedauern nie: einen echten Summvogel.

Als es später im Herbst wurde, zogen am Horizont große Schwärme von Vögeln in Richtung Süden. Majestätisch langsam bewegten sie ihre Flügel, die Hälse weit vorgestreckt schienen sie ihr Ziel genau im Auge zu behalten. Sie flogen in langen Linien und gaben ein dauerndes *Honk-honk* von sich, das Aurun und Mexan manchmal schon am frühen Morgen weckte.

»Graugänse«, las Mexan vor. »Sie ziehen im Herbst nach Süden und kehren erst im Frühling wieder in den Norden zurück, denn sie fürchten die eisige Kälte des nordischen Winters!«

Aurun nickte still. Auch sie hatte Angst vor dem heranziehenden Winter.

Bei allen Tieren, die sie beobachtet hatten, vermerkten sie, wann und wo und wie viele sie davon gesehen hatten. Leos, den sie so kühl beraubt hatten, sollte wenigstens am Ende ihrer Reise mit all diesen Geschichten und Beobachtungen versöhnt werden.

Morgens, wenn sie feucht vom Tau und durchgefroren beim ersten Licht erwachten, waren es die Vögel, die Aurun und Mexan von dieser anderen Welt erzählten, die sie bisher noch kaum wahrgenommen hatten. In den Bäumen rund um sie saßen Hunderte von ihnen in allen Farben und Arten und schmetterten ihre Lieder ins Morgenlicht. Manchmal lagen die beiden Klone lange still, bewegten sich nicht und sprachen nicht, nur um die Vögel nicht zu verscheuchen, um noch ein wenig länger ihrem Gesang zuhören zu können. Einmal gelang es Mexan, mit gespitzten Lippen ein Pfeifen zu erzeugen. Seit diesem Moment war er den ganzen Tag damit beschäftigt, dieses Pfeifen immer mehr zu vervollkommnen. Er hatte es sich in den Kopf gesetzt, sich irgendwann mit den Vögeln, die sie jeden Morgen weckten, unterhalten zu können.

Von X.X. oder der Flugmaschine hörten und sahen sie nichts mehr. Sie waren sich sicher, dass sie so weit im Norden auf niemanden mehr stoßen würden, immerhin waren sie nun schon über zwei Wochen unterwegs.

Zwei durchwanderte Tage später bemerkten sie hinter einer Landzunge aufsteigenden Rauch. Vorsichtig schlichen sie einen kleinen Hügel hinauf. Sie wollten auf keinen Fall gesehen werden. Dann erblickten sie inmitten eines gerodeten Bereiches unterhalb des Hanges ein Dorf.

»Bestimmt Menschen«, sagte Mexan aufgeregt.

»Megahomos?!« Aurun konnte vor Aufregung kaum mehr sprechen.

Sie robbten flach über den Boden so weit nach vorne, bis sie gut sehen konnten, und beobachteten das Dorf eine Weile. Doch dann merkten sie schnell, dass hier keine Megas lebten.

Die Siedlung bestand nicht aus großen Steinhäusern, sondern aus kleinen hölzernen Hütten und war von Klonen bewohnt. Um das Dorf herum hatte man einen Zaun aus dicht nebeneinander in die Erde gerammten, oben angespitzten Ästen mit dazwischengeflochtenen Zweigen errichtet. Es gab nur ein Tor und das war geschlossen. Rund um den Zaun lagen bewirtschaftete Felder, auf denen Mais und Kartoffeln wuchsen. Immer nach Deckung suchend schlichen die beiden näher. Sie wollten kein Risiko eingehen.

Schließlich waren sie nahe genug, um die Klone beobachten zu können. Soweit sie erkennen konnten, waren es nur E-Klone, was Aurun mit einer gewissen freudigen Unruhe erfüllte.

»Meine Familie!«, sagte sie leise. »Ich hätte keine Bedenken, einfach hinzugehen. E-Klone sind nie bösartig.«

»Bösartig nicht«, sagte Mexan, »aber denk an dein Preklon.«

Aurun nickte. Er hatte ja Recht. Wenn das dort Klone vom Schlage ihres Preklons Elbon wären, würden sie sie einfach einsperren und ein paar Xe zum Abtransport herbestellen. Nicht weil sie böse waren, sondern einfach weil sie den Unterschied zwischen richtig und falsch nicht verstehen konnten. Deswegen blieben die beiden lieber noch einen halben Tag in ihrer Deckung und beobachteten das Dorf.

Die Bewohner waren alle ausgewachsen, Kinder oder Jugendliche gab es nicht. Sie schienen guter Dinge, schwatzten und lachten sogar miteinander, berührten sich beim Sprechen oder gingen eingehakt umher und waren nicht so dumpf wie manche andere, die sie in der Stadt beobachtet hatten. Entscheidend aber war, dass Aurun bemerkte, dass fast alle dieser Es recht dick waren und kleine Brüste hatten.

»Das sind alles Mutierte, Mexan!«, sagte Aurun. »Sie sehen alle ein wenig aus wie Gertran Ewinewi.«

Er nickte: »Also alles Frauen! Ich denke, wir sollten es wagen, oder?«

Sicherheitshalber versteckten sie ihre Sachen im Gestrüpp, dann liefen sie ohne Deckung auf das Dorf zu.

Es entstand einige Aufregung, offensichtlich war man an Besuch nicht gewöhnt. Zunächst verschwanden die meisten, die beiden spürten nur die Blicke, die durch die Fensteröffnungen und die Lücken im Zaun auf sie gerichtet waren. Dann kamen drei Ältere langsam an das Tor.

»Gegrüßt! Altran und Peltor Nolen!«, rief Mexan.

»Willkommen, Fremde!«, rief jemand zurück. »Woher kommt ihr?«

Sie sprachen merkwürdig. Es war die Sprache der Klone, aber sie wurde in einer Art ausgesprochen, die Aurun und Mexan noch nie gehört hatten.

»Wir kommen aus der großen Stadt«, sagte Aurun. »Wir haben den Auftrag, Tiere und Pflanzen zu beobachten.«

Misstrauisch wurde das Tor geöffnet, Fragen gingen hin und her und es wurde den beiden rasch klar, dass von den Bewohnern dieses Dorfes tatsächlich keine Gefahr ausging. Schließlich wurden sie aufgefordert die Nacht in einer der Hütten zu verbringen. Für den Abend lud man sie zu einem großen Essen mit der Dorfgemeinschaft ein. Hier erfuhren sie die ganze Geschichte der kleinen Ansiedlung.

Rund fünfzig Jahre zuvor war bei nahezu allen Mitgliedern einer Familie die Mutation aufgetreten. Damals reagierte die Gemeinschaft nicht sofort mit kompletter Separation, man wusste ja noch nicht genau, was eigentlich passierte. Nur einige Mitglieder der Familie wurden in Gewahrsam genommen und immer wieder untersucht. Da sie über lange Jahre nicht zurückkehrten, bekam der Rest der Familie Angst. Gerüchte machten die Runde, dass das Übergewicht und die Brüste schuld an den Verhaftungen seien. Und als die Zahl der verschwundenen Familienmitglieder immer größer wurde, trafen die verbliebenen jüngeren Klone eine Entscheidung. Man beschloss, heimlich die Stadt zu verlassen und sich einen anderen Ort zum Leben zu suchen. Es waren rund hundert Klone, die damals bei Nacht und Nebel der großen Stadt für immer den Rücken kehrten. Die Landzunge, auf der sie jetzt seit fast fünfzig Jahren lebten, fanden sie nach ein paar Wochen Wanderschaft. In der Nähe gab es ein verlassenes Dorf der Megahomos, aus dem man sich mit Baumaterial versorgen konnte und in dem man die nötigsten Gerätschaften zur Landwirtschaft fand. Die Anfänge waren mühevoll, aber schließlich kam die kleine Gemeinschaft ganz gut zurecht.

»Unser einziges Problem ist«, so erzählte eine der Älteren, »dass wir uns nicht klonen können. Wir werden also alle immer älter, irgendwann sterben wir wohl aus. Zumal wir immer wieder mal einen von uns durch Unfälle oder wilde Tiere verlieren.«

»Wilde Tiere?«, fragte Mexan erstaunt. Er hatte im Lauf der letzten Wochen seinen Respekt vor der Natur fast völlig verloren, hatte sogar einmal eine Schlange mit der Hand gefangen und sich dann über Auruns Geschrei gewundert, weil die im Naturführer gelesen hatte, dass diese Art Schlangen tödlich giftig sei.

Die Alte nickte. »Hunde vor allem! Es gibt hier einige Rudel wilder Hunde! Sie stammen wohl noch von dem alten Dorf da drüben. Die größten dieser Hunde sind viel größer als wir und manchmal versuchen sie uns anzugreifen. Deshalb der Zaun – aber man kann nicht immer hinter dem Zaun bleiben.« Sie lächelte ein wenig traurig in sich hinein, ein Gesichtsausdruck, den Aurun zuvor so nur bei Gertran gesehen hatte. »Trotzdem!«, sagte die Alte dann und raffte sich auf. »Es geht immer wieder irgendwie weiter. Und wir hier in Ewinewi glauben, dass wir auf jeden Fall ein besseres Leben haben, als wir es in der Stadt gehabt hätten.«

»Ewinewi?«, rief Aurun. »Heißt euer Dorf Ewinewi?«

»So heißt unsere Familie, haben wir uns nicht vorgestellt? Rona Ewinewi, das ist mein Name. Wir sind hier alle Ewinewis. Und du, Kleine, siehst mir im Vertrauen gesagt auch eher wie ein E-Klon aus.«

Aurun hatte die Hände vors Gesicht geschlagen, so sehr war sie erschrocken, als der Name der Familie gefallen war.

»Ich kenne eine Ewinewi!« rief sie dann. »Ich kenne sie sehr gut. Gertran Ewinewi, sagt Ihnen das was?«

Die Alte nickte aufgeregt. »Gertran, ja natürlich kennen wir sie. Sie war eine der Ersten, die verschwand. Lebt sie noch? Sie muss schon sehr alt sein, oder? Wo ist sie? Woher kennst du sie?«

Aurun erzählte alles – fast alles. Sie erzählte vom Separationshaus und dass die Ewinewis Recht gehabt hatten mit ihrer Vermutung, dass sie auf Dauer alle separiert worden wären. Sie erzählte von Gertrans Gedanken und Erinnerungen und die Alte nickte und stimmte zu und murmelte »Gertran war schon immer sehr intelligent, sehr anders.«

Von der Organisation Sonnenaufgang erzählte Aurun nichts. Sie erwähnte den Namen Geldos, aber er war nur einer der Alten bekannt und auch die konnte damit kaum mehr etwas verbinden. Also ließ sie auch diese Geschichte weg, erzählte nichts vom Chipwechsel und nichts von ihrer Flucht, behauptete weiter, sie seien nur zum Blumensammeln losgeschickt worden.

Nach einem langen, wunderbaren Essen und vielen Geschichten von beiden Seiten lag sie schließlich mit Mexan in der Hütte, die man ihnen zugewiesen hatte. Ihre Freundin Gertran ging ihr nicht aus dem Kopf. Gertran würde alles dafür geben, zu wissen, dass es hier ein ganzes Dorf mit Ewinewis gab. Vielleicht wäre das ein Grund für sie, endlich selber zu fliehen. Vielleicht würde sie es dann wagen.

»Glaubst du«, fragte sie Mexan, »dass der Ruf unserer Amulette bis zurück in die große Stadt reicht?«

»Keine Ahnung!«, sagte er. »Warum willst du das wissen?«

»Ich frage mich, ob wir Gertran rufen können. Wenn sie sich aufrafft uns zu suchen, findet sie stattdessen ihre Familie! Wir könnten ihr beide gemeinsam einen langen Notruf schicken.«

Und so drückten sie beide auf ihren Amuletten den blauen Stein, erst gemeinsam, dann abwechselnd, immer wieder, die halbe Nacht lang.

Aurun wusste nicht, ob Gertran das verstehen würde. Aber sie hoffte es. Sie hoffte, Gertran würde eines Tages hier auftauchen, und sie hoffte, sie könnte Gertran irgendwann hier bei den Ewinewis wiedersehen.

19

Am Morgen fühlten sie sich so sicher, dass sie ihre Rucksäcke aus dem Versteck holten und beschlossen die nächsten paar Tage im Dorf zu bleiben.

Nach der langen Zeit unter freiem Himmel genossen sie das Dach über sich. Sie waren nach den anstrengenden Fußmärschen erschöpft, viel erschöpfter, als sie es sich eingestanden hätten. Sie hatten nie den Eindruck gehabt, dass sie müde seien. Normalerweise hatten sie vom Sonnenuntergang bis zum ersten Morgengrauen geschlafen. Aber dazwischen waren sie oft aufgewacht, aufgeschreckt von fremden Geräuschen, geweckt vom kühlen Tau, der durch die Decken kroch, wach gehalten von der Unruhe, was der nächste Tag bringen würde.

Jetzt, wohl behütet unter einem festen Dach, verschliefen sie plötzlich ganze Vormittage. Diese Pause tat ihnen gut. Nur mussten sie sich immer wieder sagen, dass es lediglich eine Pause sein würde. Ihr Ziel war nach wie vor diese Stadt auf der Karte, neben der Leos vermerkt hatte »Boston = Bottom?«. Das wollten sie nicht aus den Augen verlieren.

Aurun fand schnell Kontakt zu den übrigen Frauen im Dorf. In jeder sah sie irgendeine Eigenart, die sie an Gertran erinnerte. Die Art, zu lachen, die Art, am Ende eines Satzes wegzuschauen, selbst ein Schweigen hatte bei Gertran und einigen hier im Dorf seine ganz spezielle, ähnliche Art.

Auch Mexan verstand sich gut mit den anderen. Er wurde umsorgt und bewundert, längst war herausgekommen, dass er ein A-Klon war. Das Auftreten von Mutationen zu männlichen Wesen war den Ewinewis unbekannt, aber so genossen sie es nun umso mehr, dass sie einen von ihnen bei sich hatten. Überall wurde über ihn geredet. Wie überaus ungewöhnlich schön er sei, wie witzig und charmant. Alle Ewinewis sprachen plötzlich von Mexan. Aurun konnte es bald nicht mehr hören.

»Hast du schon mitbekommen, was Mexan erzählt hat?«

»Hast du gesehen, wie mutig er die Katze zurück über den Zaun gescheucht hat?«

»Es ist doch auffällig, wie groß er ist, oder?«

»Und dieser Hut, mit welchem Stolz er diesen Hut trägt!«

»Seine Haare glänzen wie schwarzes Holz.«

»Und seine Augen, seine Augen ...!«

Aurun versuchte an etwas anderes zu denken, wenn sie solche Sätze hörte.

Dann in einer Nacht aber, unter dem festen Dach der kleinen Hütte, erwachte Aurun, weil ihr etwas fehlte. Müde tastete sie herum und stellte fest, dass Mexan nicht hinter ihr lag.

»Zu viel getrunken, schwache Blase!«, dachte sie und schlief wieder ein. Aber im Morgengrauen war er immer noch nicht zurück. Sie wartete, und mit jedem Gedanken, den ihr das Warten schickte, wurde sie wütender.

Als er schließlich auftauchte – es war schon so spät am Morgen, dass im Dorf mit den Eimern am Brunnen herumgeklappert wurde – fuhr sie ihn viel böser an, als sie das eigentlich gewollt hatte: »Wo warst du?«

Er zuckte mit den Schultern. »Ich habe bei Lys geschlafen!«, sagte er.

Aurun kannte Lys. Sie war eine der Jüngsten hier, eine, bei der die kleinen Äuglein im dicken Gesicht ständig in Bewegung waren, um ja nichts zu verpassen. Eine, die überall mitredete und die immer vorne dran gewesen war, wenn es darum ging, Mexan zu umsorgen und zu verwöhnen.

»Ah, bei Lys geschlafen!«, sagte Aurun. »Einfach so, ja?«

»Ja! Ich bin am Abend noch einmal aufgewacht und nach draußen gegangen und da habe ich sie getroffen. Wir sind zu ihr in die Hütte, haben geredet und dann ...« Er zögerte ein wenig. »... geschlafen.«

»Geschlafen, ja? Findest du nicht, dass du hier bei mir schlafen solltest?«, fragte Aurun noch ganz gefasst. Aber da war etwas in ihr. Da drängte etwas hoch aus ihrem Brustkorb. Etwas, das ihr zuschrie: Mach sie kaputt! Mach ihn kaputt! Sie musste sich alle Mühe geben, nicht loszuschreien, zu heulen, zu kreischen. Er machte sie wahnsinnig, der Kerl. Sie würde diese Lys ... irgendwas – da würde ihr schon was einfallen.

Mexan setzte sich aufs Bett. Er hatte so einen merkwürdigen Zug im Gesicht, als müsste er grinsen und bemühte sich zu verhindern, dass sie es sah.

»Was hat sie mit dir gemacht?«

Plötzlich grinste er wirklich. »Ach nichts!«, sagte er. »Gespielt.«

»Gespielt, ja?«, sagte Aurun. Jetzt wurde sie immer lauter.

»Ja, ein bisschen angefasst. Ich sie und sie mich. Sie sagt, das ist ein Spiel. Ein bisschen gestreichelt. Es fühlt sich witzig an. Es ist wie Feuer und Eis unter der Haut. Sie hat mir Küsse auf den Mund gegeben und ...«

»Und?«, schrie Aurun.

»Und auf die Brust«, sagte er verwundert, weil er noch nie erlebt hatte, dass Aurun so die Fassung verlor.

Sie schluckte, Tränen quollen aus den Augen.

So lernte sie in dieser bitteren Nacht die Eifersucht kennen, die Menschen immer begleitet, wenn sie wirklich lieben. Aber die Lektion, die sie zu lernen hatte, war noch nicht vorbei. Es wurde mehr, als sie vertragen konnte.

»Sie dir und du ihr, oder?«, fragte sie auf einmal wieder ganz leise.

»Ja, und ich ihr«, sagte er und sah sie groß an. »Warum weinst du?«

Sie nahm sich noch einmal zusammen. »Und?«, fragte sie mit erstickender Stimme.

»Und dann ...«, sagte er, aber plötzlich drehte Aurun durch. Sie schrie und kreischte: »Hör auf, hör auf, ich will nichts mehr hören! Nichts! Geh weg! Hau ab! Geh doch zu Lys und spiel noch ein bisschen! Geh! Geh!« Sie warf sich aufs Bett, drückte das Gesicht in die Matratze, schrie ihren Zorn ins Stroh, biss in das Tuch.

Und während sie so wütete, sah sie sich selber, wunderte sich, was sie so in Rage brachte. Was ist nur los mit dir, Aurun Ebanan, fragte sie sich wie schon so oft in den letzten Monaten. Er darf doch schlafen, wo er will. Wo er will! Überall, sogar bei Lys. Aber da kam etwas über sie, das konnte sie nicht mehr steuern. Als ob der wilde Atem ihrer aufgestauten Leidenschaft und Begierde immer heftiger in ihre glühende Wut blies und einen Feuersturm entfachte, wie sie ihn bisher noch nie erlebt hatte.

Sie richtete sich auf, er stand noch da, grinste erschrocken und erstaunt. Sie sah in sein dummes Grinsen und da konnte sie sich nicht mehr halten. Sie fing an auf ihn einzuschlagen. Er war viel stärker, hielt ihr die Handgelenke fest. Aber sie wand sich und schrie und zappelte. Mit einem Mal ließ er sie los. Da schlug sie zu, so fest sie konnte. Einmal, zweimal, dreimal, immer ins Gesicht. Er hielt ganz still, sah sie nur verwundert an. Und dann fing er an zu weinen. Sein Weinen stoppte ihre Raserei. Plötzlich verpuffte all der Zorn, nur noch Schrecken spürte sie.

Mexan weinte. Seine Backen waren feuerrot, striemig von ihren Fingern. Ihre Hände taten weh, so fest hatte sie zugeschlagen.

Klone fassten sich selten an. Es gab kein Händeschütteln, kein Küssen, kaum Umarmungen. Selbst zwischen Pre- und Subklon gab es kaum Berührungen, aber schlagen, den anderen wissentlich und willentlich verletzen, das kannten Klone nicht, Schläge gab es nie.

Entsetzt über sich selbst wich sie ein Stück von ihm zurück. Sie starrten sich an, auch ihr liefen nun die Tränen übers Gesicht.

»Ich … Ich wollte das nicht«, stammelte Aurun schließlich.

»Es ist irgendetwas mit mir passiert, ich weiß nicht, was es war.«

Er nickte.

»Ich ertrage es nicht, dass du bei Lys schläfst und mit ihr spielst«, sagte sie weinend.

Wieder nickte er. »Aber es ist schön«, sagte er vorsichtig.

»Und wenn! Dann spiel mit mir!«, schrie sie.

Er beobachtete sie verwundert. Sie hatte aufgehört zu weinen und sah ihn jetzt mit großen Augen an. Ein wenig zitterte sie noch. Dann kam sie zu ihm herüber, legte ihm vorsichtig die Fingerspitzen auf die wunden Backen.

Er zuckte zusammen.

»Tut es weh?«

Er schüttelte den Kopf.

Sie legte ihm die Hände um den Hals, ließ sich zurück auf die Matratze fallen und zog ihn auf sich. Dann drückte sie ihre Lippen auf die seinen. Feuer und Eis brannten plötzlich auch in ihrem Gesicht, ganz so, als sei sie es gewesen, die geschlagen worden war. Unter ihrer Haut kribbelte es wie Ameisen und Brennnessel und der ganze Körper war entflammt von Hitze und Kälte. Als sie keine Luft mehr bekam, ließ sie ihn los.

»So?«, fragte sie.

Er nickte.

Sie zog ihn wieder zu sich und küsste ihn noch einmal. Plötzlich spürte sie seine Hände unter ihrem Hemd. Sie berührten, griffen zu und streichelten, und überall dort, wo sie hinlangten, stand ihr Körper in Flammen. Immer weiter tastete er sich vor, bis zu Stellen, an denen sie noch nie ein anderer berührt hatte. Und sie tat es ihm gleich. Fasste und knetete ihn, zog ihm schließlich das Hemd über den Kopf, küsste, kratzte und biss ihn und fühlte und genoss, wie auch sein kleiner Körper von der Lust geschüttelt wurde.

So lernten Aurun und Mexan die Lust und die Liebe kennen, für die Menschen nie einen Lehrmeister brauchen, weil sie in einem Teil von ihnen ankert, der viel älter ist als das Denken, das Lernen und das Verstehen.

Erst gegen Abend kamen sie das erste Mal an diesem Tag aus ihrer Hütte. Neugierige Blicke waren auf sie geheftet. Die beiden gingen Arm in Arm hinüber zum Küchenhaus, um etwas zu essen, und es war ihnen, als würde jeder ihrer Schritte misstrauisch verfolgt.

Aurun ging noch einmal allein zur Theke und brach sich etwas Brot ab, da stand mit einem Mal Lys neben ihr. Sie trug voller Stolz Mexans schwarzen Hut.

»Wo hast du den Hut her?«, rief Aurun wütend.

Lys hob die kleine Nase ein wenig: »Er hat ihn mir geschenkt!«

Aurun riss der kleinen, fetten Klonin den Hut vom Kopf, rannte rüber zu Mexan und warf den Hut vor ihm auf den Tisch: »Hast du deinen blöden Hut tatsächlich dieser … dieser … geschenkt?«

Natürlich wurden sie von allen versammelten Ewinewis aufmerksam beobachtet.

Mexan sah beschämt zu Boden. Dann nickte er leicht.

»Ist ja toll!«, meinte Aurun spitz, riss den Hut wieder an sich und warf ihn auf den Boden.

Lys näherte sich langsam, ohne die beiden aus den Augen zu lassen. Aurun machte einen überaus gereizten Eindruck auf sie und sie wollte sich keiner Gefahr aussetzen. Vorsichtig, ohne den Blick von Aurun zu wenden, bückte sie sich. Sie hob den Hut auf, klopfte den Staub ab und setzte ihn sich wieder auf den Kopf. Mit dem großen schwarzen Hut schien ihr Selbstvertrauen zurückzukehren. Mit fast verschwörerisch spitzer Stimme sprach sie Aurun an. »Es ist das, was die Tiere tun, oder?«, fragte sie.

»Ich weiß nicht, was die Tiere tun!«, antwortete Aurun ebenso schnippisch. Sie beugte sich hinüber zu Mexan, gab ihm die Hälfte vom Brot und küsste ihn auf den Mund.

Schnaubend verschwand Lys durch die Tür.

Noch am selben Abend beschlossen sie weiterzuziehen. Sie packten ihre Rucksäcke und bei Sonnenaufgang, als das Dorf noch im Schlaf lag, weckten sie die alte Rona.

»Wir müssen weiter!«, sagten sie. »Wir haben einen Auftrag. Wenn wir Gertran wiedersehen, bringen wir sie zu euch. Danke für alles!«

Rona, das alte Oberhaupt der ausgewanderten Familie Ewinewi, nickte. »Ich habe gesehen, es gibt wieder Hoffnung!«, sagte sie, grinste vielsagend zwischen Aurun und Mexan hin und her und lächelte. Ganz so, wie Gertran es immer getan hatte.

20

Sie liefen am Strand entlang, um die nächste Bucht herum, vorbei an den Feldern der Dorfgemeinschaft und erklommen dann den Hügel, der nördlich des Dorfes lag. Es tat gut, wieder unterwegs zu sein. Manchmal nahm Mexan Auruns Hand und manchmal beugte er sich zu ihr hinunter und küsste sie.

Von den Dorfbewohnern waren hier noch Wege angelegt, sodass sie zügig vorankamen. Plötzlich hörten sie vor sich ein Jaulen. Inzwischen hatten sie viel erlebt und waren durch die Geräusche der Natur nicht mehr so leicht zu erschrecken.

Mexan nahm den Knüppel – noch immer denselben, den einst Leos Aurun gegeben hatte – fester in die Hand. Das Geräusch wurde lauter. Dann sahen sie vor sich eine der Fallen, welche die Dorfbewohner aufgestellt hatten, um die wilden Tiere zu fangen. Sie war mit Steinen und Stricken aufgebaut und ein großer schwarzer Hund mit langen Schlappohren und gekräuseltem Fell hatte sich darin verfangen. Er bellte und jaulte, und als Mexan langsam und vorsichtig näher kam, knurrte er und bleckte die Zähne.

Mexan hielt ihm den Knüppel hin und der Hund biss hinein.

»Pass auf!«, schrie Aurun, die zurückgeblieben war. »Erschlag ihn!«

»Er ist harmlos! Er ist nicht größer als ich!«, rief Mexan lachend zurück.

»Aber auch nicht kleiner!«

Der Hund tobte. Eine Schlinge hatte sich um seinen Hals gezogen und er konnte nur ein Stück auf Mexan zuspringen, dann riss ihn das Seil zurück. Mexan legte vorsichtig seinen Rucksack ab. Dann nahm er die letzte Dose Panapan heraus. Er öffnete sie und warf dem Schwarzen ein Stück davon hin.

»Was machst du?«, schrie sie.

Er hielt ihr die Dose hin. »Willst du es etwa?«

Sie schüttelte sich. Sie hatten schon lange kein Panapan mehr gegessen, die Natur lieferte ihnen genug andere, bessere Sachen. Sie trugen es nur noch als Notreserve mit sich herum.

»Ihm schmeckt's – schau!«

Der Hund hatte sich inzwischen das erste Stück geschnappt und schlang es gierig hinunter. Mexan warf ihm das nächste hin. Auch das fraß er. Dann begann er mit dem Schwanz zu wedeln. Aurun und Mexan mussten lachen. Sie hatten noch nie ein Tier gesehen, das so mit dem Schwanz hin und her wackelte.

Das dritte Stück fing der Hund aus der Luft.

»Die Megas hielten sie bei sich zu Hause, weißt du das?

Aurun nickte. »Vielleicht sind sie gar nicht so wild. Er sieht eher freundlich aus, oder?«

Ganz langsam ging Mexan immer näher an den Hund heran. Der beäugte ihn misstrauisch, knurrte aber nicht mehr. Und immer wenn Mexan mit der Hand in die Dose fasste, begann der große Hund wie auf Kommando mit dem Schwanz zu wedeln. Aurun, die lieber ein Stück zurückblieb, hielt die Luft an. Schließlich war ihr Freund so nah bei dem Tier, dass er es berühren konnte. Der Hund schnüffelte an seiner Hand.

»Ich glaube nicht«, sagte Mexan, »dass das einer von denen ist, die jemanden auffressen würden. Ich mache ihn frei.«

Langsam und vorsichtig griff er nach dem Strick, zog den Knoten auf und hob die Schlinge über den Kopf des Hundes. Der blieb noch einen Augenblick sitzen, dann fuhr er herum und verschwand im Gestrüpp.

Aurun atmete auf. »Wie mutig!«, sagte sie spitz. »Und wenn er auf dich losgegangen wäre?«

»Ist er aber nicht!«, sagte Mexan. »Der Einzige, der je auf mich losgegangen ist, bist du.«

Sie liefen weiter. Auf Leos Karten hatte Mexan das Dorf Ewinewi eingezeichnet, damit sie es später wieder fänden. Im Norden machte die Küste nun einen weiten Bogen nach Osten und sie wollten versuchen über die Hügel abzukürzen. Die Bewaldung war hier nicht mehr so dicht, lichte Kiefernwälder, wo man zwischen den Bäumen ganz bequem laufen konnte, und dazwischen weite Strecken mit nichts als Wiese. Auf solchen Flächen sahen sie manchmal von weitem allerlei verwilderte Schafe, Ziegen und Kühe, die aber sofort flohen, sobald sie sich ihnen näherten.

Sie stiegen immer höher, und als sie einmal von einem Hügel hinab zum Dorf der Ewinewis zurückblickten, bemerkten sie, dass der schwarze Hund ihnen in einigem Abstand folgte.

Kurz darauf aber sahen sie noch etwas anderes. Von Süden kam mit lautem Getöse die riesige Flugmaschine am Himmel näher. Über dem Dorf kreiste sie eine Weile, sank dann tiefer hinab und landete schließlich auf einem Feld in der Nähe des Zauns. Etliche weiß gekleidete X-Klone, die von dem Hügel herab aussahen wie weiße Läuse auf einem grünen Blatt, quollen daraus hervor und stürmten ins Dorf hinein.

Aurun und Mexan versteckten sich im dichten Laub eines Strauchs und warteten. Sie wollten sehen, was unten im Dorf passierte. Auf einmal tauchte der schwarze Hund vor ihrem Versteck auf. Er bellte und wedelte mit dem Schwanz, als er sie entdeckte.

»Geh weg!«, rief Mexan.

Aber der Hund sah ihn nur verständnislos an.

»Der will Panapan!«, flüsterte Aurun, obwohl das Dorf längst so weit weg war, dass ein Flüstern nicht nötig gewesen wäre.

»Ich hab nichts mehr!«

Der Hund kam immer näher, kläffte und wedelte mit dem Schwanz. Er schnupperte an einem der Rucksäcke, die auf dem Boden lagen. Dann schnappte er einen am Riemen und versuchte ihn wegzuziehen. Ein Tauziehen entstand. Mexan an der einen Seite, immer bemüht, sich nicht aus seinem Versteck hinausziehen zu lassen, schimpfend und fluchend; der Hund, genauso groß wie Mexan, jetzt wild knurrend, aber noch immer schwanzwedelnd, an der anderen.

Aurun bekam Angst, dass man sie von unten aus dem Dorf hören und erkennen könnte. Sie nahm einen dünnen Stock, der in der Nähe lag, schrie: »Schluss jetzt!« und zog dem Kläffer mit der Rute eins über. Der ließ sofort den Rucksack los, sprang jaulend ein Stück zurück und sah dann Aurun mit demütig gesenktem Kopf und herunterhängenden Ohren an.

»Ich glaube, das war nur ein Spiel!«, sagte Mexan.

»Du und deine blöden Spiele! Der dumme Hund hätte uns fast verraten!«

Aber so dumm war der Hund gar nicht. Anscheinend hatte er zumindest verstanden, dass sein Spiel im Moment nicht passte. Er schlich langsam auf Aurun zu und legte sich direkt vor ihren Füßen auf den Boden, den Kopf zwischen den Pfoten. Dann sah er das Mädchen mit einem demütigen Hundeblick an, der Auruns Herz schnell erweichte.

»Ist ja gut«, sagte sie zu ihm. »Wir müssen nur im Moment ein bisschen leise sein, verstehst du?«

Kaum hatte der Hund den freundlicheren Tonfall in Auruns Stimme bemerkt, hob er den Kopf und wedelte mit dem Schwanz.

»Er versteht dich!«, sagte Mexan überrascht.

»Ja, sieht ganz so aus. Vielleicht sollten wir ihn behalten?«

»Frag ihn doch!«

Also wandte sich Aurun wieder an den Hund. »Na, willst du mitkommen?«, fragte sie. »Kriegst auch Kartoffeln und Mais.«

Der Hund sprang auf und wedelte freudig mit dem Schwanz.

»Ich bezweifle, dass er das mit den Kartoffeln richtig verstanden hat«, sagte Mexan.

»Egal. Er hat sich ja bisher auch irgendwie ernährt, oder? Aber wir sollten ihm einen Namen geben. Wie wär's mit Pana? Weil er so gerne Panapan frisst.«

»Pana!«, rief sie dann streng. »Leg dich jetzt hin und sei still!«

Der Hund sah sie erstaunt an, dann legte er sich wieder vor ihre Füße. Er war ein Stück größer als Aurun und sie war stolz, dass er verstand, was sie von ihm wollte und ihr gehorchte.

Über ihr Abenteuer mit dem großen Hund hatten sie fast vergessen zu beobachten, was sich da unten im Dorf abspielte.

Dort hatten sie inzwischen alle Frauen aus den Häusern geholt und zusammengetrieben. Eskortiert von den weißen Läusen wurden sie zum Hubschrauber geführt und mussten alle einsteigen.

Aurun und Mexan erschraken, als sie erkannten, was dort unten vor sich ging. Aurun vermutete, ihr Amulett-Notruf an Gertran könnte die X-Klone aufgescheucht haben.

»Wir können nichts machen!«, sagte Mexan. »Was könnten wir schon gegen das fliegende Ungetüm ausrichten?«

Schließlich startete der Hubschrauber und flog in ihre Richtung. Sie drückten sich tiefer in den Busch.

»Keine Angst!«, schrie Aurun gegen das Gedröhne und hielt Mexan die Hand. »Der kann hier auf dem Hügel mit den ganzen Bäumen bestimmt nicht landen!«

Trotzdem zitterten sie beide. Als der Hubschrauber mit ohrenbetäubendem Lärm direkt über ihnen schwebte, sprang der Hund plötzlich auf und rannte davon. Die Flugmaschine folgte ihm ein Stück, dann drehte sie ab in Richtung Süden und verschwand dorthin, wo vor langer Zeit die große Stadt am Horizont aus ihren Blicken entschwunden war.

Die Gefahr schien einstweilen gebannt. Trotzdem hatte

ihre Unbeschwertheit sie verlassen. X.X. gab anscheinend nicht auf. Sie mussten auf der Hut sein. Diesmal hatten sie Glück gehabt, aber es hatte statt ihrer das ganze Dorf Ewinewi erwischt. Aurun vermutete, sie würden alle Frauen ins Separationshaus bringen.

Und das einzig Gute daran ist, dachte sie, dass sie dort auf Gertran stoßen würden. Und ihr berichten könnten, was mit Mexan und ihr bisher geschehen war.

Der Hund Pana, den sie nach seiner Flucht vor dem Hubschrauber schon verloren glaubten, tauchte am Abend des nächsten Tages plötzlich wieder hinter ihnen auf. Er folgte ihnen, aber nur wenn sie sich setzten, kam er näher. Aurun versuchte tatsächlich, ihn wie versprochen mit Kartoffeln zu füttern. Er probierte ein wenig davon, dann ließ er das Stück verächtlich fallen und schüttelte sich. Vom gekochten Mais fraß er ein wenig. Aber wie um ihnen zu zeigen, was die richtige Nahrung für ihn sei, schleppte er ein erjagtes Erdmännchen heran, das er vor ihren Augen in Stücke riss und auffraß.

Aus der Karte meinte Mexan zu erkennen, dass sie sich dieser Stadt *Boston = Bottom?* näherten, die sie zu ihrem Ziel gemacht hatten. Doch auch von den höheren Hügeln, die sie manchmal erstiegen, konnten sie keine Stadt ausmachen. Mexan aber behauptete stur, sie seien auf dem richtigen Weg, zeigte Aurun jeden Abend, wie weit er glaubte, dass sie wieder gewandert waren und wie viel näher sie der Stadt gekommen sein müssten, aber es war selbst in der Ferne nie etwas zu sehen. Leise Zweifel regten sich in Aurun. Für sie war diese Karte ein Stück Papier mit mehr oder minder bunten Linien darauf. Was Mexan alles daraus ableitete – sie konnte es glauben oder nicht. Und je mehr er beteuerte, sie müssten eigentlich schon fast in dieser seltsamen Stadt sein, umso weniger glaubte sie ihm.

Die Umgebung hatte sich allmählich zu einer fast baumlosen Hügellandschaft verändert. Immer wieder sahen sie auf ihrer rechten Seite im Osten das Meer, auch wenn sie es längst aufgegeben hatten, direkt am Wasser zu laufen. Die Küste bestand nicht mehr aus Sandstränden, sondern aus schwarzen, steil abfallenden Felsen, an denen die hellgrünen Wiesen an oft steilen Klippen abrupt endeten. Weit unten sah man dann das Meer in wütenden Wellen gegen das Land rollen. Auch das Wetter war längst nicht mehr so freundlich wie am Anfang ihrer Reise. Die Herbststürme hatten eingesetzt und mehr als einmal wurden sie durch plötzliche Regengüsse bis auf die Haut durchnässt, bevor sie irgendwo einen großen Baum oder einen halbwegs dichten Strauch zum Unterstellen finden konnten. Manchmal, wenn sie in weitem Blick auf das Land sehen konnten, bemerkten sie, dass die Natur anfing das Grün der Bäume und Sträucher in alle möglichen Schattierungen zwischen Rot und Gelb umzufärben.

Die Nächte wurden kalt und ungemütlich. Mehrmals mussten sie auf offenem Feld übernachten, nur geschützt durch ihre Decken. Zuerst trauten sie sich nicht, nachts ein hell leuchtendes Feuer brennen zu lassen, aber schließlich war ihnen die Wärme wichtiger als die Angst vor X.X. Der Lärm seiner Flugmaschine würde sie wecken, lange bevor er das Feuer sehen könnte, und außerdem, so vermuteten sie, würde er nachts ohnehin nicht fliegen. Jedes Mal wenn sie ein Feuer entfachten, lief Pana, der ihnen tagsüber folgte, zunächst weit von ihnen weg. Er hatte Angst vor den lodernden Flammen und es dauerte einige Tage, bis er merkte, dass sie ihm nicht gefährlich werden konnten, wenn er genügend Abstand hielt.

Die fehlende Wärme in der Nacht versuchten sie jetzt mit immer innigeren Umarmungen auszugleichen. Aurun drehte nun Mexan nicht mehr den Rücken zu, sondern sie schliefen Bauch an Bauch, eng aneinander gekuschelt.

»Wenn wir nicht bald etwas finden, müssen wir umkehren!«, sagte Aurun einmal abends leise zu ihm. »Wir können es nicht wagen, den Winter über hier draußen zu bleiben.«

»Ich habe doch schon was gefunden«, sagte er.

»Was denn?«

»Dich, mein Summvögelchen!«, antwortete er und zog sie noch näher an sich.

21

Nach der offenen Landschaft begann wieder der Wald und mit ihm ein Sammelsurium der verschiedensten Pflanzen. Die Sträucher und Bäume wuchsen hier dichter, als sie es bisher je erlebt hatten, und das Vorankommen wurde schwieriger. Viele der Bäume trugen nun reife Früchte. Äpfel und Birnen vor allem, sodass sie sich um ihre Ernährung keine Sorgen machen mussten.

Mexan behauptete weiter steif und fest, sie müssten schon ganz nahe an der Stadt sein, die sie suchten. Aber immer noch war weit und breit nichts von einer menschlichen Siedlung zu sehen.

Schließlich, an einem regnerischen Nachmittag, fanden sie einen Garten mit einem Haus, das teilweise in sich zusammengebrochen war. Sie beschlossen sich in den Resten des Gebäudes einen Platz für die Nacht zu suchen, weil es dort wärmer war als im Freien.

Die Tür hing schief in den Angeln, und als Mexan sie ein wenig zur Seite drücken wollte, fiel sie aus dem Rahmen und krachte ins Haus. Vorsichtig gingen sie hinein. Ein komischer Geruch hing zwischen den verfallenen Wänden. So merkwürdig, dass Pana nur kurz schnüffelte und dann kehrtmachte. Ohne Zweifel war das ein Gebäude der Megas, aber irgendetwas war anders, seltsam.

Überall in der großen Stadt, wo sie bisher auf Reste der Megas gestoßen waren, waren sie nicht die Ersten gewesen. Das meiste war ausgeräumt, geplündert. Selbst ihre schöne Wohnung im Hinterhaus hatten zuvor schon andere Klone gefunden und teilweise geleert.

Hier aber schien es so, als ob seit Jahrhunderten nichts mehr verändert worden war. Bilder mit den seltsamen Zeichen der Megaho-Schrift hingen an den Wänden, auf dem Herd in der Küche standen Töpfe, ausgetrocknete, verschimmelte und pulverisierte Vorräte lagen in den Regalen.

Vorsichtig tasteten sie sich durch die dunkle Wohnung, stiegen dann, nachdem sie das Erdgeschoss erforscht hatten, die morsche Holztreppe zum ersten Stock hinauf. Mexan hielt sich am Geländer fest und es brach aus der Wand und krachte zu Boden. Er erschrak so sehr, dass er fast anfing zu weinen, und Aurun hatte Mühe, ihn wieder zu beruhigen. In der großen Stadt hatten sie auf ihren Streifzügen oft alte Häuser durchstöbert. Aber das hier war etwas anders. Sie waren völlig allein in diesem Haus, allein in diesem Teil der Welt und trotzdem hatten sie das gruselige Gefühl, von allen Seiten ständig beobachtet zu werden.

Im Obergeschoss war es düster. Alle Fenster waren mit Decken verhängt, sodass man fast nichts sehen konnte. Aurun riss eine herunter und sie erstarrten vor Schreck. Auf dem großen Bett lag regungslos ein riesiger Mensch.

Noch nie hatten Aurun oder Mexan einen Megahomo gesehen. Seine Schuhe, deren Sohlen er ihnen entgegenstreckte, waren halb so groß wie sie selbst. Der ganze Körper musste wohl etwa dreimal ihre Länge gehabt haben. Sie starrten in das riesige Gesicht mit der spitzen Nase, der heruntergefallenen Kinnlade und den weit aufgerissenen Augen und es dauerte einen Augenblick, bis sie verstanden, dass er tot war.

Tatsächlich bestand er nur noch aus Resten von Haut, die um die bloßen Knochen herumhingen. Das, was sie für offene Augen gehalten hatten, waren die leeren Höhlen seines Schädels. Er war komplett angekleidet mit einer Hose und einem Hemd, sodass man vom Rest des Körpers nicht viel sah.

Sie konnten die Augen nicht von dem mumifizierten Leichnam abwenden. Sie drückten sich eng aneinander, hielten sich an den Händen und stierten in dieses vertrocknete Gesicht, so schauerlich der Anblick auch war.

»Hier schlaf ich nicht!«, sagte Mexan schließlich. »Dann lieber draußen im Regen!«

Aurun nickte.

Zusammen durchsuchten sie die anderen noch zugänglichen Zimmer des Hauses und fanden vier weitere Skelette. Alle lagen sie in den Betten, überall waren die Fenster verhängt. Eines der Skelette war so klein, dass sie erst dachten, es stammte von einem der ihrigen, einem Klon. Dann aber verstanden sie, dass es ein Kind der Megas gewesen sein musste.

»Stell dir vor«, sagte Aurun, als sie endlich wieder draußen waren und auch Pana wieder zu ihnen stieß. »Stell dir nur vor, sie wären noch am Leben gewesen.«

Mexan antwortete nicht, aber es schüttelte ihn.

Im Garten entdeckten sie eine kleine Hütte, in der allerlei verrostete Geräte lagen, und sie beschlossen dort zu bleiben, weil der Regen wirklich zu stark geworden war um noch weiterzuziehen. Sie suchten das Gebäude ab um sicherzugehen, dass nicht auch hier tote Menschen herumlagen. Dann richteten sie sich mit ihren Decken und Rucksäcken ein Lager her.

Aber auch als die Dunkelheit längst das ganze Land überzogen hatte, fanden sie keinen Schlaf. Dies waren die ersten Megas gewesen, die sie je gesehen hatten. Sie fragten sich, woran die Menschen gestorben waren, warum sie auf den Betten lagen, und vor allem, ob es nicht doch in der Nähe irgendwo noch lebende Megas geben könnte.

Erst am nächsten Morgen erkannten sie, dass sie sich bereits innerhalb der gesuchten Stadt befanden. Diese Stadt hatte keine hohen Häuser, jedenfalls keine, die schon von weitem deutlich sichtbar als Landmarke dienen konnten. Sie fanden nun unter Gestrüpp Straßen und viele zerfallene, meist ein- oder zweistöckige Holzhäuser. Die Natur hatte sich die Gärten der Häuser zurückgeholt, Ranken und Schlingpflanzen krallten sich an den morschen Wänden in die

Höhe, hoben die Ziegel vom Dach und ließen den Regen ein, der dann im Inneren der Gebäude für weiteren Zerfall sorgte.

Einmal liefen sie stundenlang durch Asche und verkohlte Balken. Hier war wohl ein ganzer Stadtteil abgebrannt, ohne dass jemand noch die Kraft gehabt hätte, sich dagegen zu wehren.

Und überall fanden sie Menschen. Fast in jedem Haus, das sie durchsuchten, stießen sie auf ihre toten und verwesten Körper. Dort, wo Vögel und Insekten den Weg in die Wohnungen gefunden hatten, leuchteten ihnen nur noch kalkweiße Knochen entgegen; in anderen Häusern fanden sie immer wieder mit vertrockneter Haut überzogene Mumien, an denen noch Kleider und Schuhe hingen. Und fast alle diese Toten lagen in ihren Betten.

Je weiter sie gingen, umso größer wurden die Häuser, umso tiefer und enger die von Dornen und Unkraut überwucherten Straßenschluchten. Sie kamen zu Betonhäusern, die Dutzende von kopfgroßen Löchern in ihren Fassaden hatten, sahen ausgebrannte Hallen und Geschäfte, verbogene und zerrissene Eisenträger. Straßen mit Kratern, die über die gesamte Straßenbreite reichten und jetzt im Regen mit fauligem, schlammigem Wasser gefüllt waren, sodass man nur schwer an ihnen vorbeikam.

Und immer häufiger fanden sie Leichen von Megas, jetzt allerdings nicht mehr in Betten, sondern auf der Straße und in den Ruinen der zerstörten Häuser. Manche der Skelette steckten in zerfledderten Resten olivgrüner Kleidung und hielten verrostete Waffen in ihren Händen. An einer Straßenecke stießen sie auf Überreste eines großen Wagens mit verrosteten Ketten statt Rädern.

»Erinnerst du dich daran, was Geldos gesagt hat, Mexan?«, fragte Aurun.

»Was hat er gesagt?«

»Er hat von dem Krieg erzählt, den die Menschen geführt haben, erinnerst du dich nicht?«

»Ach das, ja. Und du meinst, hier war der Krieg?«

»Sieh dich doch um! Sie scheinen alle gekämpft zu haben. Fast alle Gebäude sind zerstört!«

»Aber wo ist der Gegner? Wer war das?«

»Wir!«, sagte Aurun. »Wir Klone. Wir waren die Gegner. Verstehst du?«

Mexan nickte. »Und wir haben gewonnen, was?«

Aurun sah sich um. Wer auch immer hier gegen wen oder was gekämpft und geschossen hatte, eines war sicher: Sie hatten in dieser ganzen gespenstischen Geisterstadt nur tote Menschen gesehen und noch kein einziges totes Klon.

»Ja!«, antwortete sie deswegen. »Es sieht ganz so aus, als hätten wir gewonnen.«

Angesichts all dieser Toten bemühte sich Aurun über alles so emotionslos nachzudenken, wie ihr Preklon Elbon es getan hätte und wie sie früher oft selbst gedacht hatte.

So ist es eben, versuchte sie zu denken. Es wird nicht anders, wenn wir erschrecken und uns fürchten. Es waren ja nur Megas, mit denen haben wir nichts zu tun. Alles ist längst vorbei.

Aber sosehr sie sich auch bemühte, es funktionierte nicht mehr. So konnte sie nicht mehr denken. Etwas in ihrem Kopf produzierte Bilder. Sie sah nicht nur Löcher in ausgebleichten Schädeln, sie sah plötzlich blutverschmierte Gesichter, sah taumelnde Menschen, hörte Schreie, sah den Schmerz und das Leid. Und Mexan ging es ähnlich. Auch er wurde immer stiller und bleicher.

Diese Geisterstadt der Toten lehrte ihnen das Fürchten. Arm in Arm, aneinander geklammert, irrten sie durch die Straßen, immer noch voller Hoffnung, aber auch voller Angst, plötzlich doch noch auf ein lebendes Wesen zu treffen. Aber wo sie auch suchten, so laut sie auch riefen, da waren nur sie und der Hund Pana, der ihnen quer durch alle Viertel folgte und dessen Bellen einsam zwischen den Straßenschluchten echote. Sie drei und dazu eine Menge Skelette, die nicht mehr antworten konnten und die seit Jahrhunderten in dieser Häuserwüste verrotteten.

Irgendwo hinter Mauerecken geschützt verbrachten sie die Nacht. Pana legte sich, wie schon die Nächte zuvor, zu ihnen, was Aurun ein sichereres Gefühl gab. Auf der einen Seite ihr geliebter Mexan, auf der anderen der große schwarze Pana, der bei jedem Geräusch aufmerksam den Kopf hob und seine Ohren aufstellte.

22

Ein paar Tage verbrachten sie in der trostlosen Stadt, die sich nach allen Seiten endlos auszudehnen schien. Und an einem Morgen, nachdem sie wieder stundenlang ziellos durch die toten Straßen geschlichen waren, obwohl sie längst genug hatten von Tod, Zerstörung und Zerfall, war es schließlich Mexan, der die Sinnlosigkeit ihrer Stimmung in Worte fasste: »Wonach suchen wir eigentlich, Aurun, wonach? Wenn das hier *Boston = Bottom?* ist, dann haben wir es gefunden. Und nun?«

Aurun zuckte mit den Schultern. »Ich weiß nicht! Ich versuche schon seit Tagen Antworten zu finden. Aber stattdessen finde ich immer nur noch mehr Fragen, die ich nicht beantworten kann. Warum sind hier alle tot? Wer hat sie umgebracht? Was hat die getötet, die tot in ihren Betten liegen? Wer hat gegen wen gekämpft? Und wie war es möglich, dass wir kleinen schwachen Klone gegen diese riesigen Megas mit ihren Kampfmaschinen gewonnen haben? Worum haben wir eigentlich gekämpft? Man kämpft doch um etwas, oder? Ist es nicht so, Mexan, dass einer etwas hat, was er verteidigt, und der andere will es haben? Oder haben Menschen und Klone nur gekämpft, weil sie verschieden waren? Kämpft man gegen jemanden, nur weil er anders ist?«

Mexan zuckte müde mit den Schultern und dachte nach. Dann sagte er leise: »Das ist vielleicht wirklich die Frage. Worum haben sie eigentlich gekämpft? Vielleicht müssen wir das als Erstes herausbekommen: Wer hier eigentlich in welche Richtung geschossen hat.«

Es schien nicht gerade so, dass die Klärung dieser Frage sie wirklich weiterbringen könnte. Aber in all dieser Zerstörung und diesem Grauen war es gut, so etwas wie eine Aufgabe zu haben. Eine konkrete Frage, die einem den Kopf füllen und andere Dinge ein wenig zurückdrängen konnte. Wer hat hier in welche Richtung geschossen?

Sie machten sich daran, festzustellen, in welche Richtung die Kampfhandlungen gerichtet waren. Sie besahen sich Betonwände, hinter denen Skelette zusammengesunken waren – vor wem hatten sie Deckung genommen?

Sie beurteilten die Ausrichtung von Panzern, die verlassen in den Straßen standen. Wohin hatten die gezielt? Sie versuchten herauszubekommen, woher die Granaten geflogen gekommen waren, die große Löcher in die Fassaden gerissen hatten.

Und tatsächlich deuteten alle Anzeichen um sie herum in eine bestimmte Richtung. Sie führten sie zu einem Fluss, der quer durch die Stadt floss. An seinen Ufern war ein wilder Urwald aus Dornen gewachsen; nur dort, wo einmal eine Brücke gewesen war, gelang es ihnen, bis zum Ufer hinunterzukommen. Auf den im Wasser liegenden Betonresten kletterten und hangelten sie sich durch die Strömung des eiskalten Wassers bis auf die andere Seite. Pana lief eine Weile am Ufer auf und ab. Er versuchte ihnen zu folgen, konnte sich aber an den Resten der Brücke nicht so festklammern, wie die beiden jungen Klone das getan hatten. Als er schließlich einsah, dass es keine andere Möglichkeit gab, sprang er todesmutig ins Wasser und schwamm auf sie zu.

Aurun hatte Sorge, dass er ertrinken könnte. Sie lief am Ufer entlang flussabwärts, jederzeit bereit selbst hineinzuspringen um ihn zu retten. Der Hund wurde weit abgetrieben, aber er schaffte es schließlich. Schwanzwedelnd und tropfend verließ er den Fluss. Die beiden eilten zu ihm, um ihn freudig zu begrüßen. Da schüttelte er sein schwarzes Fell, sodass sie noch einmal von oben bis unten abgeduscht wurden.

Sie froren, alle drei. Gleich am Ufer machten sie ein Feuer und nutzten den Nachmittag und Abend um ihre Kleidung und Rucksäcke zu trocknen.

Das Wetter war inzwischen wirklich ungemütlich geworden, nur gelegentlich kam für ein paar Minuten die Sonne durch die Wolken. Meistens jedoch war es windig und kühl und oft regnete es. Sie wussten, wenn sie nicht bald etwas fänden, müssten sie unverrichteter Dinge wieder umkehren. Einen Winter hier, ohne Nahrungsversorgung und warme Wohnung, könnten sie nicht überstehen.

Am nächsten Morgen zogen sie weiter, immer noch auf alle Anzeichen der Kampfrichtung achtend. Die Zerstörungen in der Stadt wurden immer gewaltiger. Hier standen kaum mehr Häuser, nur noch zerschossene Ruinen, hohle Außenwände, das Innere herausgebrannt. Schließlich kamen sie in eine Gegend, wo früher Gebäude in weitem Abstand auf Wiesenflächen gestanden haben mussten. Große baum- und strauchlose Flächen voller Kaninchenlöcher animierten Pana zum Jagen. Ab und zu kam er stolz mit einem blutigen Kaninchen im Maul von seiner Hatz zurück.

Aurun schimpfte ihn dafür, aber Mexan hielt sie zurück. »Lass ihn«, sagte er. »So ist die Natur. Leben und sterben lassen!«

»Und die ganzen Toten hier, das ganze Elend? Ist das auch die Natur?«

»Ja, vielleicht. Vielleicht auch das!«

Sie sahen sich um. Das Kämpfen schien sich auf diese Gegend hier konzentriert zu haben. Sie fanden so etwas wie eine Frontlinie, hastig ausgehobene Gräben, in denen mehr Skelette übereinander lagen, als sie je gesehen hatten. Und dann fanden sie die Geschütze. Am Fuß eines flachen Hügels standen viele Panzer und Kanonen, deren verrosteten Rohre nun aber alle in die andere Richtung zeigten.

Offensichtlich hatten sie die Verteidigungslinie erreicht. Und alle diese Waffen schienen einen riesigen Bunker aus Beton zu schützen, fensterlos und unbeeindruckt durch den schweren Beschuss, der nur Kratzer an seinen Außenwänden hinterlassen hatte.

Sie liefen weiter, den rostigen Mündungen der Geschützrohre entgegen, durchschritten unbehelligt die ehemalige Todeszone zur gegenüberliegenden Front. Und auch hier trafen sie wieder auf Gräben und darin liegende Skelette. Zu ihrem Schrecken aber waren es kleine Skelette – es waren die ersten toten Klone, die sie fanden.

Hatte schon der Anblick der toten Megahomo-Körper in Aurun stummes Entsetzen ausgelöst, so konnte sie den Anblick der kleinen zerfetzten Artgenossen fast nicht ertragen. Auch Mexan wandte sich, nachdem er erkannt hatte, was da in den Gräben lag, stumm und entsetzt ab.

»Ich will hier weg!«, flüsterte er, aber Aurun hielt ihn fest.

»Bleib bei mir, Mexan!«, sagte sie. »Das ist unsere Chance. Wir werden nie etwas herausfinden, wenn wir jetzt umkehren.«

Mexan nickte stumm und blieb.

Sie stellten fest, dass die Gräben zusammen mit einem hohen, verrosteten Zaun einen Ring rund um einen Gebäudekomplex bildeten. Außer dem gigantischen Bunker gab es noch andere, kleinere Häuser. Aber die meisten von ihnen hatten dem starken Beschuss nicht standgehalten, sie waren zusammengestürzt, weggesprengt, zumindest aber ausgebrannt.

Mexan, Aurun und der Hund liefen an dem mit gelben Blitzsymbolschildern versehenen Zaun entlang, bis sie ein Loch fanden, das groß genug war um sie hindurchzulassen. Dann umrundeten sie den Bunker. Ihr erster Eindruck war richtig gewesen – es gab hier weder Türen noch Fenster, auch nicht auf der Rückseite. Und es gab keine Möglichkeit, nach oben zu steigen. Wie der Panzer einer Schildkröte lag das riesige Gebäude auf dem flachen Hügel.

»Das ist es also!«, sagte Mexan. »Um diesen Bau hier scheinen sie gekämpft zu haben. Wir Kleinen Leute rund um den Bunker, die großen Menschen außen. Sie hatten uns umzingelt, aber dann sind sie in ihren Gräben gestorben – warum?

Wir haben eine Antwort und hundert neue Fragen gefunden.«

»Wir werden mehr finden«, sagte Aurun zuversichtlich. »Ich denke, wir sind schon fast am Ziel, denn es gibt eigentlich nur noch zwei Fragen: Wie kommen wir da rein und was ist da drin?«

»Ich kann's mir vorstellen«, sagte Mexan. »Noch mal hundert neue Fragen!«

Aber Aurun hatte erneut ein Ziel vor Augen. Es war, als sei mit der Entdeckung des geheimnisvollen Betonbaus ihre ganze Energie und ihre alte Neugier mit einem Mal zurückgekehrt. Sie nahm ihren Freund an der Hand und zog ihn mit sich.

Zweimal umrundeten sie den Bunker. Vielleicht hatten sie ja einen Eingang übersehen, versuchte sie ihn zu überzeugen. Vielleicht hatte die Natur etwas zugewuchert, vielleicht gab es eine geheime Tür. Aber sie fanden nichts. Gar nichts. Nichts als Beton. Keine Klappe, keine Löcher, keine Leiter oder Treppe, um nach oben zu steigen.

Mexan trat schließlich wütend gegen die Betonwand, als glaubte er ein Loch hineintreten zu können. Aber der Erfolg seines Wutausbruchs war lediglich, dass er danach eine Weile humpelte. Auch Auruns neue Energie war schnell verpufft.

Erschöpft setzten sie sich auf die Wiese direkt vor die unheimliche graue und mit Moos und Flechten bewachsene Wand des Bunkers und starrten verzweifelt den Beton an.

23

Am Nachmittag desselben Tages verschlechterte sich das Wetter rapide. Die eintönig graue Wolkendecke der letzten Tage setzte sich in Bewegung, wurde von immer heftiger auffrischendem Wind in nebelige Fetzen gerissen. Dunkle Wolken saugten die Farben aus der Welt, das helle Grün der Wiesen wurde grau, das dunkle Grün der Bäume wurde grau und der Bunker stand nun bedrohlich schwarz vor ihnen und schien an seiner Oberseite vom Nebel fast berührt zu werden. Der Wind wurde schneidend kalt und aus den dicht über ihnen entlangschiebenden Wolkenmassen begann es leicht zu regnen.

Sie mussten sich schnellstens einen trockenen Flecken für die Nacht suchen, aber lange Zeit fand keiner von beiden die Kraft aufzustehen.

Als sie schließlich in einem halb zerfallenen Nebengebäude ein geschütztes Plätzchen fanden, waren sie beide bereits bis auf die Haut durchnässt. Mit herumliegenden morschen Holztrümmern entfachten sie ein großes Feuer. Längst war ihnen egal, ob man die Flammen von weitem sehen oder ob der Rauch sie verraten konnte.

Und wenn, dachte Aurun. Sie hatte ihr Oberhemd ausgezogen und zum Trocken aufgehängt. Jetzt lag sie neben dem Feuer, den Kopf müde auf ihren Rucksack gelegt. Selbst wenn X.X. hier persönlich auftaucht, das Schlimmste, was passiert, ist, dass er uns zurückbringt – zurückbringt …

Mit diesem Gedanken, das Flackern der Flammen vor Augen glitt sie in die Zukunft. Was kommt eigentlich danach?, dachte sie. Was wird mit uns geschehen? Mit einem Mal wurde ihr klar, dass man Mexan und sie trennen würde, sobald sie versuchten zurück in die große Stadt zu gehen. Ihre neuen Namen waren ja bekannt. Oder noch mal umoperieren? Wieder einmal dachte sie an diese Tage, in denen sie nach der Operation nebeneinander in diesem abgedunkelten Raum gelegen hatten, als Mexan in ihr Leben getreten war.

Sie sah zu ihrem Freund hinüber, der ganz dicht neben dem Feuer lag, um seine Kleider am Leib zu trocknen. Hinter ihm zuckte riesig sein Schatten, den die Flammen an die Wand malten. Sie war so froh, dass sie ihn hatte. Diesen großen, dummen Jungen. Sie konnte sich nicht vorstellen, jemals in ihrem Leben wieder ohne ihn zu sein. Wie sollte das gehen, ohne ihn zu schlafen, ohne ihn zu essen, ohne ihn zu leben?

»Mexan?«, sagte sie leise und er sah auf. Eigentlich wollte sie ihn etwas fragen, aber dann merkte sie, wie es ihr die Kehle zuschnürte. Nein, sie wollte nicht weinen. Also sah sie ihn nur mit großen Augen an, voller Furcht plötzlich, ihn irgendwann zu verlieren.

Aber er schüttelte den Kopf, hatte in ihrem Blick alles gelesen. »Keine Angst!«, sagte er leise und lächelte. »Wir werden immer zusammenbleiben! Irgendwie!«

Sie krabbelte hinüber zu ihm und legte sich in seinen Arm. Er zog sie noch ein wenig näher zu sich. Hier war besser träumen und nachdenken.

Alles schien anders in dieser Nacht. Das letzte Licht, das von außen durch die Ritzen schimmerte, schien grau und weich, und die Geräusche des Windes, des Regens und der Nacht drangen nur wie durch Watte an ihre Ohren. Sie roch den vertrauten Geruch von Mexan in seinen alten, seit Wochen ungewaschenen Kleidern, feucht und modrig. Sie roch den schneidenden Geruch des brennenden Holzes und das nasse Fell von Pana, der auf der anderen Seite des Feuers lag und seltsam unruhig alle paar Minuten den Kopf hob und schnupperte. Aber da war noch etwas anderes. Mit der kalten, feuchten Luft wirbelte ein seltsamer Geruch in ihren Verschlag. Frisch, hell und fröhlich war er und passte so gar nicht zu der Stimmung von Tod und Verderben, die sie umgab. Aurun fragte sich, ob Pana dasselbe witterte.

»Pana?!«, rief sie ganz leise, um Mexan, der schon eingeschlafen war, nicht wieder zu wecken.

Der große schwarze Hund drehte den Kopf und sah sie im Schein des heruntergebrannten Feuers an. »Du riechst es also auch!«, sagte sein Blick, und danach, als sei er nun aus der Verantwortung für den seltsamen Geruch entlassen, ließ er sich zur Seite plumpsen und schloss die Augen.

In dieser Nacht sah Aurun die Menschen. Groß aufgerichtet und schnell liefen sie außerhalb des hohen Zaunes hin und her. Sie hatten alle Klone auf dem Bunkerhügel umzingelt, hatten sie eingekreist mit ihren rasselnden und polternden Maschinen. Mündungsfeuer blitzen rund um sie auf und Sekunden danach krachten Geschosse und Granaten in die Gebäude, in denen sie zusammen mit den anderen Schutz gesucht hatte. Blutende und schreiende Klone schleppten sich von außen zu ihnen herein, notdürftig versuchten die Unverletzten sie zu verbinden. Aber wo war Mexan? Sie rannte, der Gefahr trotzend, von einem Gebäude zum anderen, schrie nach ihm, aber von nirgendwo her kam Antwort. Dann plötzlich war sie ganz allein, um sie herum nichts als Grau. Wieder schrie sie: »Mexan!«, doch nur ihre eigene Stimme echote »Mexan!« zurück. Einmal, zweimal: »Mexan! Mexan!«, immer wieder, immer lauter werdend, bis sie meinte, ihr würde der Kopf zerspringen. Dann wieder war es mit einem Mal so still, dass sie ihr eigenes Schreien nicht mehr hören konnte. Etwas fraß ihre Stimme auf und sie fühlte nur noch, wie ihre Kehle sich anstrengte, wie ihre Lippen sich bewegten, aber es drang kein Laut aus ihr. Das Grau um sie herum wurde immer heller, gleißend hell, bis sie erkannte, dass sie im Inneren des Bunkers war. Kein Zweifel, sie stand mitten in der großen Betonhalle, die sich wie ein riesiger grauer Himmel über ihr wölbte. Und hier drinnen war nichts. Überhaupt nichts. Warum nur wollte ich unbedingt hier herein, dachte sie mit plötzlicher Klarheit. Was suchte ich eigentlich hier? Was hoffte ich hier zu sehen? Und wie bin ich nun eigentlich hereingekommen? Und wie komme ich wieder hinaus? Und noch während sie sich umsah, sich einmal ganz um die eigene Achse drehte, nur um festzustellen, dass es, wie schon außen, auch hier drinnen keine Tür und keine Klappe gab, bemerkte sie plötzlich, dass der graue Beton lebte. Dass er sich wie eine ekelhafte, Fleisch fressende Blase immer enger um sie zog. Immer kleiner wurde die Halle, die Wände bebten und pulsierten wie die Hülle eines riesigen Darmes, der begann sie knetend zu verdauen.

»Mexan!«, schrie sie in Todesangst. Und diesmal bekam sie Antwort. Jemand schüttelte sie, streichelte ihren Kopf, drückte sie an sich. Und da war er wieder, dieser feuchtwarme Geruch von Mexan, der Sicherheit bedeutete, Sicherheit und Überleben.

Als sie die Augen öffnete, zitterte sie. »Ich war in der Halle«, sagte sie leise, »und …«

Mexan strich ihr den Angstschweiß von der Stirn. »Du hast geträumt!«, sagte er. »Du warst die ganze Zeit hier bei mir, du hast nach mir gerufen, aber ich habe dich nicht wach bekommen.«

»Geträumt?«, sagte sie.

»Ja! Hast du nie zuvor geträumt?«

Aurun schüttelte den Kopf. »Ich weiß nicht«, sagte sie matt.

So hatte sie in dieser eisigen Nacht den Traum kennen gelernt, der den Menschen hilft im Schlaf das zu erleben, was wir wach nicht erleben dürfen oder wollen. Und hatte zugleich das hässlichste Gesicht des Traumes gesehen, den Albtraum, der einem zeigt, wie tief die Abgründe im Leben sein können, die einem am Tag erspart bleiben.

Aurun brauchte eine ganze Weile, bis sie wieder auf der wirklichen Erde angekommen war. Mexan hielt sie noch immer fest, wiegte sie sanft wie ein kleines Kind, bis ihre Angst zu einem ganz kleinen Steinchen irgendwo in ihrem Bauch zusammengeschrumpft war, dort, wo sie es kaum mehr spürte.

Hellgraues, seltsames Licht drang in den eiskalten Raum und der frische Geruch, der Pana und sie schon am Abend beunruhigt hatte, war jetzt, wo das Feuer ausgegangen war und kein Rauch ihn mehr übertönte, sehr stark geworden. Pana lag ruhig neben ihnen, die Augen weit geöffnet. Ihn schien der Geruch nicht mehr zu stören. Und gerade als sie Mexan fragen wollte, ob er die Veränderung auch bemerkt habe, wusste sie, was es war. Plötzlich hatte sie eine Szene vor Augen, ganz klar. So wie sie es beim Erinnerungstraining in der Schule gelernt hatte. Sie war noch sehr klein, Elbon lag noch im Bett, ein Fenster stand offen und genau dieser Geruch drang herein. Mühsam war sie zur Fensterbank hochgeklettert um hinaussehen zu können. Und was sie sah, ließ sie damals laut aufschreien. Alles war weiß. Über Nacht war die ganze Welt weiß geworden. Schnee!

»Mexan«, rief sie und war sich ihrer Sache plötzlich ganz sicher, »es hat geschneit!«

Mexan nickte mit dem Kopf. »Ja, ich hab es schon gestern Abend vermutet. Es roch nach Schnee, aber ich wollte dich nicht beunruhigen – komm, wir gehen raus nachsehen!«

Aurun sprang auf. Tatsächlich. Wie eine riesige weiße Mütze lag der Schnee auf dem uralten Bunker. Es war nicht viel Schnee, aber es genügte, um dem gruseligen Ort einen freundlichen Anstrich zu geben.

Das helle Licht und die watteweichen Flöckchen, die immer noch vom Himmel segelten, hoben ihre Laune. Sie redeten sich gut zu, dass sie ausgeschlafen an diesem Tag ganz sicher den Eingang zu dem verdammten Bunker finden würden. Dann fachten sie das Feuer wieder an, machten sich etwas zu essen, schmolzen Schnee in einem Topf für ein wenig Wasser.

Mexan war ganz fröhlich und warf Pana Schneebälle, denen der begeistert hinterherrannte, um sie dann mit wildem Geknurre zu zerbeißen.

Nur Aurun war nach der ersten Begeisterung wieder etwas stiller geworden. Sie hatte den Winter immer gefürchtet, jetzt schien er über Nacht gekommen zu sein. Wie sollten sie den weiten Weg im Schnee zurücklaufen? Wovon sollten sie sich ernähren? Und wieder schob sich die Frage vom Vorabend mit aller Macht in ihr Bewusstsein: Wenn dies alles hier vorbei war – was kam danach?

Bis zum Mittag war der meiste Schnee wieder geschmolzen. An einigen Stellen standen Pfützen und es war so matschig, dass sie aufpassen mussten nicht mit den Schuhen einzusinken. Ein weiteres Mal umrundeten sie aufmerksam den Bunker. Aurun war sich in der Nacht sicher gewesen, sie müssten irgendetwas übersehen haben, aber auch diesmal fanden sie keinen Eingang.

»Ich glaube langsam, unser Herumsuchen hat wenig Zweck. Wir können das Problem nur mit dem Kopf lösen«, sagte Aurun.

»Und wie?«, fragte Mexan. »Willst du mit deinem Dickkopf voran durch die Betonwand?«

»Nein – mit Logik! Es muss eine logische Lösung geben. Ich weiß, Mexan, mein Liebster, Logik und Überlegen ist nicht die Sache von A-Klonen«, neckte sie ihn, »aber denk doch mal nach: Wenn da drinnen jemals irgendjemand gewesen ist, und das ist ja wohl anzunehmen, dann muss er doch auch irgendwie hineingekommen sein, oder? Und wenn es hier an den Seiten keine Tür gibt, dann woanders. Entweder man kommt von oben rein oder von unten. Oben wäre sehr unpraktisch – also vermutlich unten: ein Tunnel. Wenn es aber einen Tunnel gibt, muss es auch irgendwo einen Eingang dazu geben. Kommst du so weit mit? Wohin würde man einen Tunneleingang legen, doch bestimmt nicht außerhalb des Sicherheitszaunes, oder? Und bestimmt nicht ins

Freie, sondern in eines der anderen Gebäude. Also los, alles, was wir suchen müssen, ist ein Gebäude mit einem Tunneleingang!«

Mexan sah Aurun erstaunt an. »Oha«, sagte er. »Jetzt bin ich fast ein wenig beeindruckt.«

24

Aber auch die Suche nach dem Tunnel war schwieriger, als Aurun sich das vorgestellt hatte. Schließlich waren die meisten der äußeren Gebäude fast vollständig zerstört. Ein Eingang konnte in jedem der verschütteten Keller liegen und vielleicht hatte es ja ursprünglich sogar noch andere Gebäude gegeben, deren Reste bereits vollständig vom Krieg und der Natur eingeebnet waren. Sie drangen in immer weitere Gebäude vor, versuchten in irgendwelche Keller zu gelangen, von denen ein Weg in den Bunker führen könnte, aber der Vormittag verging, ohne dass sie der Lösung auch nur ein kleines Stück näher gekommen wären.

Auch Pana hatte begriffen, dass sie nach etwas suchten. Wild mit dem Schwanz wedelnd durchstreifte er auf eigene Faust eines nach dem anderen der Gebäude. Das war mindestens so aufregend wie Kaninchen aus ihren Höhlen auszugraben. Plötzlich war er verschwunden. Als er wieder auftauchte, hielt er eine erbeutete Ratte zwischen den Zähnen.

»Pfui, Pana!«, schrie Aurun, die sich noch immer nicht daran gewöhnen konnte, dass der Hund andere Tiere tötete und auffraß. Aber dann verstand sie: »Mexan, komm schnell! Sieh nur, Pana hat eine Ratte gefangen. Und wo leben Ratten, na?«

»In der U-Bahn!«, sagte Mexan.

»Gar nicht schlecht die Antwort, für ein A-Klon! – Los Pana, wo hast du die Ratte her, zeig es uns, los!«

Sie liefen kreuz und quer hinter ihm her. Pana, der dachte, dass das ein lustiges Spiel sei, hetzte mit der Ratte zwischen den Zähnen voran, die beiden immer dicht hinter ihm. Nach einer Weile blieb Aurun stehen.

»Das hat keinen Zweck!«, rief sie völlig außer Atem. »Er kapiert nicht, was wir von ihm wollen.«

Pana setzte sich ganz schlammverschmiert vor sie hin und wedelte fröhlich mit dem Schwanz. Die tote Ratte blutete noch immer.

»Warte mal!«, sagte Mexan. »Es muss doch Spuren geben. Panas Pfoten im Schlamm und das Blut! Vielleicht können wir herausfinden, wo er hergekommen ist.«

Er begann wie ein Fährtensucher mit gesenktem Blick auf dem Gelände hin und her zu laufen, aber die meisten Abdrücke waren nachträglich durch ihre unüberlegte Hatz kreuz und quer über das Gelände entstanden.

Mexan entfernte sich immer weiter. Leider hatte keiner von ihnen gesehen, aus welche Richtung der Hund mit der Ratte ursprünglich gekommen war. Dann aber schrie er plötzlich auf: »Aurun! Aurun! Komm hier rüber! Schnell!

Er stand weit entfernt vom Bunker, fast schon am Zaun, vor einem völlig ausgebrannten Gebäude. Aurun rannte zu ihm, übermütig verfolgt von Pana, der dafür sogar seine Ratte liegen ließ.

Mexan deutete auf einen größeren Blutfleck auf der Schwelle der Gebäuderuine. »Schau hier!«, sagte er. »Er hat die Ratte bestimmt aus diesem Gebäude herausgeholt und hier tot gebissen!«

Aber bevor sie noch überlegen konnten, ob es eine Möglichkeit gab, in das eingestürzte Gebäude einzudringen, verschwand Pana kläffend zwischen den umgestürzten Wänden. Sie hörten sein Bellen noch lange. Es hallte mehr und mehr und klang immer weiter entfernt.

Ein Hund, selbst wenn er genauso groß ist wie ein Klon, kann sich besser durch enge Löcher winden. Sie selber mussten mühsam etliche Trümmer zur Seite räumen, bis schließlich eine Öffnung entstand, die groß genug war, um auch sie hindurchzulassen. Im Schein ihrer eilig herbeigeholten Lampen erkannten sie, dass sie anscheinend gefunden hatten, wonach sie suchten. Ein betonierter Tunnel, hoch und breit genug auch für einen Mega, führte schnurgerade in die Richtung des Bunkers. Vorsichtig liefen sie los.

Pana erwartete sie kläffend an einer Stahltür mit einem großen Drehgriff, der aber so hoch angebracht war, dass sie ihn nicht erreichen konnten. Mexan nahm Aurun auf die Schultern, schob sie dann hoch, bis sie sich an dem Griff festklammern konnte, aber der rührte sich nicht. Da griff Mexan nach oben und hängte sich an ihre Beine. Aurun schrie vor Schmerz. Sie hatte das Gefühl, Mexans Gewicht würde sie auseinander reißen, ließ die Hände los und sie beide stürzten übereinander zu Boden. Erschrocken blieben sie für einen Augenblick liegen, aber niemand hatte sich ernsthaft verletzt.

Also versuchten sie es, nachdem sie sich wieder aufgerappelt hatten, andersherum. Aurun wuchtete Mexan bis zur Klinke, er klammerte sich fest, dann zog sie an seinen Beinen. Nach einigen vergeblichen Versuchen drehte sich schließlich der Griff quietschend ein Stück weit. Mit vereinten Kräften schoben sie die dicke Tür auf und traten mit pochenden Herzen ein.

Alte Luft wehte ihnen entgegen, ein wenig Licht drang von oben eine Treppe herab. Nachdem sie den Gang noch ein Stück weitergelaufen waren, standen sie in einem Labor mit Glaskolben, komplizierten deckenhohen Geräten und Mikroskopen, Druckbehältern und Gasflaschen. Alles war sauber und aufgeräumt und nur eine dicke Schicht Staub bewies, dass hier seit langem niemand mehr gearbeitet hatte. Zwei Treppen höher fanden sie sich in einer großen Halle im Inneren des Bunkers wieder, in die von oben durch verglaste Luken aus dem Dach etwas mattes Tageslicht fiel.

Und dann sahen sie die Käfige.

Lange Reihen mit Käfigen, eingerichtet wie kleine Wohnungen, zu klein für Megas, aber groß genug für solche wie sie – für Kleine Klone.

»Ich habe es geahnt«, sagte Aurun ganz leise und doch

wurden ihre Worte durch die blanken Betonwände rundherum fast wie in ihrem Traum tausendfach wiederholt. *Geahnt, geahnt, geahnt …*

»Was?«, fragte Mexan.

»Die Käfige! Erinnerst du dich nicht, was Geldos und Leos erzählt haben?«

»Äh, doch, natürlich. Käfige! Was war mit ihnen?«, fragte er.

Aurun hatte keine Lust, es noch einmal zu erklären, er würde es doch wieder vergessen. Sie ging an den Reihen der Käfige entlang. Sie sahen aus wie Gefängniszellen – ein Bett, eine Toilette, ein Waschbecken. Sie standen alle offen und sie waren alle leer.

Es gab aber auch kleine Wohnungen in der Halle, Wohnungen ohne Gitterstäbe mit Türen, die keine Schlösser hatten. Und es gab Büroabteile, kleine und große. Es gab große Schreibtische für Megas und kleine Tische für Klone. Es gab einen Küchenbereich mit großen und kleinen Schränken, darin große und kleine Teller, großes und kleines Besteck. Es gab große und kleine Duschen, große und kleine Toiletten, große und kleine Badewannen.

Hier in diesem Bunker hatten einst Klone und Menschen zusammen gelebt, das war sicher. Nun aber war alles leer. So erstarrt, wie es anscheinend vor mehr als zweihundert Jahren verlassen worden war. Nichts und niemand rührte sich hier mehr. Aufgeregt und ängstlich schlichen die beiden durch die riesige Halle.

An der einen Stirnwand des Gebäudes ragte auf halber Höhe eine Art Empore in den Raum, die nach vorne mit dicken verspiegelten Scheiben verglast war. Eine Wendeltreppe aus Stahl führte hinauf und von dort aus weiter aufs Dach.

Vorsichtig stiegen sie die Stufen empor. Eine große Stahltür mit Drehklinke, die gleiche Art, die unten ins Kellerlabor geführt hatte, sicherte den Emporenraum, aber zum Glück stand diese hier offen.

Sie befanden sich in einer Art Kommandostand, von dem aus man die gesamte Halle überblicken konnte. Die rückwärtigen Wände waren mit Bücherregalen und Bildschirmen voll gestellt. Zu den Glasscheiben hin stand in der Mitte ein einziger, halbhoher Schreibtisch. Vor diesem Schreibtisch sahen sie die Rückseite eines ledernen schwarzen Bürostuhls. Und oben, über die Lehne des Stuhls, ragte die Rückansicht eines Kopfes, einer Glatze mit einem grauen Haarkranz.

25

Wie angewurzelt blieben die beiden stehen. Nichts rührte sich. Es war totenstill.

»Gegrüßt!«, sagte Aurun leise.

Keine Antwort.

»Gegrüßt!«, rief sie lauter.

Keine Antwort.

Misstrauisch schlich sie um den Sessel herum.

»Auch tot!«, sagte sie dann leise und wollte den Sessel ein wenig zu Mexan drehen, um ihm die Leiche zu zeigen. Da fiel der Kopf nach vorne und landete mit einem Krachen auf der Tischplatte, sodass Aurun erschrocken zur Seite sprang.

Der Mensch oder Klon, dessen Mumie da seit vielen Jahren vertrocknet am Schreibtisch saß, war viel kleiner als die anderen Megas, die sie bisher gesehen hatten. Klein, aber doch nicht so klein, um einer der ihren zu sein. Nein, das war ohne Zweifel ein Mensch, ein winzig kleiner Mensch.

Eine Weile standen Aurun und Mexan schreckensstarr, aber der Schock über ihren neuerlichen Leichenfund hielt nicht lange an. Draußen, in den Schützengräben, in den gruseligen Geisterhäusern, in den verrosteten Betten mit den zerfallenen Matratzen, hinter Betonmauern und mitten auf den Straßen, hatten sie schon zu viele Tote gesehen.

Nur noch einer mehr, sagte sich Aurun, auch wenn ihr klar war, das dies hier jemand Besonderes gewesen sein musste. Sie kletterte mutig auf den großen Schreibtisch um ihn zu untersuchen. Dann schrie sie erschrocken auf.

»Mexan, hier! Ich glaube, wir haben gefunden, was wir suchen!«, rief sie.

»Den hier? Ich glaube nicht, dass der uns noch viele Fragen beantworten kann, Aurun.«

»Er nicht«, sagte Aurun und sprang wieder vom Tisch, »aber das hier!«

Der Kopf des Leichnams war auf einen kleinen, flachen Kasten aus bläulich-silbern glänzendem Metall und blauem Glas gefallen. Aurun hatte das Teil vorsichtig unter dem Schädel hervorgezogen. Auf dem Kästchen stand mit einem dicken Stift in inzwischen fast verblasster, ungelenker Klonschrift geschrieben:

Tagebuch von Prof. Dimitri Bottom.

Daneben war mit hastigen Strichen eine Sonne gemalt.

Stumm starrten sie beide auf die Schrift.

»Sie lagen alle völlig falsch und wir haben es doch gefunden!«, sagte Mexan endlich. »Bottom ist nicht diese Stadt, kein Ort und kein Heiligtum, Bottom ist ein Mensch. Vermutlich dieser hier.«

»War ein Mensch!«, sagte Aurun.

»Und das ist irgendeiner dieser technischen Megaapparate«, sagte er. »Lass mal sehen!« Mexan nahm Aurun das Metallkästchen aus der Hand. Er drehte es hin und her, versuchte eine Klappe an der Rückseite zu öffnen, aber es gelang ihm nicht.

»Stopp!«, rief Aurun. »Bevor du es kaputtmachst – vielleicht sollten wir erst einmal nachdenken! Dies hier ist ein Mensch, vermutlich ein wichtiger. Er bleibt als Einziger in dem Bunker zurück, entweder freiwillig oder weil ihn jemand anderes hier eingeschlossen hat. Er sitzt auf diesem Stuhl, bis er stirbt, woran, wissen wir nicht, aber er scheint genauso rätselhaft umgekommen zu sein wie all die anderen Unverletzten in ihren Betten oder auf der Straße. Aber bevor er stirbt, legt er etwas in die Mitte des Schreibtisches vor sich. Das heißt …«

»Das heißt«, unterbrach Mexan eilfertig, »er wollte, dass es gefunden wird!«

»Nun erstaunst du mich, Mexan A-Klon«, sagte Aurun spitz. »So ein schneller und richtiger Gedanke. Erstaunlich! Und was schließt du aus der Schrift?«

»Dass es sein Tagebuch ist«, sagte er und fügte etwas verunsichert hinzu, »oder?«

»Ziemlich scharfsinnig. Aber nicht scharfsinnig genug. Woher wissen wir denn, dass es sein Tagebuch ist?«

»Es steht doch drauf!«

Aurun rollte die Augen und schüttelte gespielt verzweifelt den Kopf. »Es steht in Klonschrift drauf, Mexan. Dieser Mensch hat aber normalerweise sicher nicht unsere Klonschrift benutzt. Geldos sagte, die Menschen wollten nicht, dass wir ihre Schrift lernen, deswegen haben die ersten Klone eine eigene entwickelt. Wenn dieser Mensch hier unsere Schrift benutzt hat, dann kann das doch nur eines heißen: Er wollte, dass das Buch gefunden wird und er wollte oder wusste, dass es von Klonen gefunden wird, nicht von Menschen.«

»Klingt logisch, Aurun. Wirklich, ich bin schon wieder beeindruckt. Und du denkst, dass wir die sind, die es finden sollten?«

»Sieht so aus, oder? Jedenfalls liegt das Ding ziemlich sicher auf diesem Tisch, seit dieser Mega hier gestorben ist. Und das dürfte über zweihundert Jahre her sein.«

Mexan nickte. Er begann wieder hektisch an dem metallenen Kästchen herumzufummeln. Da waren Scharniere und sicher konnte man es irgendwie aufklappen, aber er schaffte es nicht.

»Es ist abgeschlossen!«, stellte er fest. »Ich werde es aufbrechen!«

Aurun riss es ihm aus der Hand. »Untersteh dich! Warum sollte er es abgeschlossen haben, wenn er wollte, dass wir es finden? Lass mich mal sehen!«

Sie sah es sich von allen Seiten an, dann entdeckte sie an den Schmalseiten zwei Riegel. Sie legte das Kästchen auf den Tisch, drückte die beiden Riegel und es öffnete sich.

»Die Riegel hab ich auch schon versucht«, sagte Mexan beleidigt.

Aurun nickte. »Aber nicht zugleich. Man muss sie beide zugleich drücken!«

Sie klappte die Oberseite ganz hoch. Die eine Seite war gefüllt mit Tasten, die Schriftzeichen der Megas trugen. Auf der anderen Seite gab es einen toten Bildschirm, wie sie ihn von manchen Maschinen her kannten, die sie in der großen Stadt in den Menschenwohnungen gefunden hatten.

»Ein Megaho-Kommunikator!«, sagte Mexan ehrfürchtig wissend. »Ich habe so etwas schon gesehen. Aber sie funktionieren nicht mehr. Sieh her!«

Er drückte auf einen Knopf, der mit einem roten Ring gekennzeichnet war. Und tatsächlich passierte nichts.

»Vermutlich braucht er Elektrizität«, sagte Mexan. »Ich war immer gut in solchen Sachen. Wenn ich Elektrizität hätte, würde ich es bestimmt schaffen. Ich würde die Elektrizität hineinstecken und schon wäre das Ding am Laufen.«

»Ja ja, du würdest die Elektrizität hineinstecken!«, sagte Aurun. »Das sehe ich schon vor mir, wie du die hineinsteckst!«

»Und – E-Klon Aurun Superschlau. Was würdest du tun?«

Aurun dachte nach. »Ich frage mich, ob die Menschen und vor allem ob dieser Mensch hier so viel Fantasie hatte, sich vorzustellen, dass über zweihundert Jahre nach seinem Tod zwei Kleine Klone wie wir dieses Ding hier finden. Und zu wissen, dass sie keine Elektrizität haben. Und dass er sich vorstellt, wie sie nachdenken, und dass er ihnen, weil er will, dass sie sein Tagebuch lesen, mit einer Lösung hilft. Also lass uns nachdenken. Lass deine Fantasie spielen, davon haben doch A-Klone angeblich …«

»Die Sonne!«, unterbrach Mexan sie prompt. »Er hat eine Sonne hierhin gemalt. Ich wette, das ist ein Hinweis! Lass uns das Ding ans Sonnenlicht bringen.«

26

Die Treppe führte von der Empore weiter nach oben unter das Dach des Bunkers. Dort, wo schmale, verglaste Luken ein wenig Tageslicht in die ansonsten fensterlose Halle ließen, fanden sie eine dritte schwere Stahltür mit Drehriegel. Der Mechanismus war verrostet und es dauerte über eine Stunde, bis sie die Tür mit Hilfe von Stangen und Rohren, die sie sich in der Halle zusammengesucht hatten, aufgewuchtet bekamen.

Dann flutete ihnen endlich frische Luft und helles Licht entgegen. Sie stießen die Tür weit auf und fanden sich auf dem Dach des riesigen Bunkers wieder. Der Ausblick war atemberaubend. Von hier aus konnten sie nach allen Richtungen die ganze Stadt übersehen, in ihrer Nähe die höheren zerschossenen Häuser, dahinter die verwucherte Gegend mit den kleinen Häuschen und Gärten, durch die sie gekommen waren und wo sie den ersten toten Megahomo gesehen hatten. Wie lange war das her? So lange jedenfalls, schien ihnen, dass sie sich kaum mehr erinnern konnten.

Der Fluss mit der zerstörten Brücke zog sich als graues Band durch die ganze Stadt bis an den Horizont, wo man im Dunst des ersten Wintertages das Meer erahnen konnte.

Das Dach des Bunkers bestand aus rohem Beton, an vielen Stellen mit angeflogenem Sand, Moos und Gräsern bedeckt. Es fiel nach allen Seiten in einer sanften Rundung ab. Nur im mittleren Bereich, dort, wo sie gerade standen, war ein Quadrat mit einem Geländer abgetrennt. Aber sie waren enttäuscht: Von der Sonne war wenig zu sehen, dichter Dunst hatte dem Himmel wieder sein einförmiges Grau zurückgegeben, wie sie es schon von den Tagen vor dem Schneefall her kannten.

»Vielleicht braucht man gar keine direkte Sonne. Vielleicht meinte er mit der Zeichnung einfach Licht – Ich probiere es!«

Mexan stellte das Kästchen auf den Boden und klappte es auf. Vorsichtig drückte er wieder auf den Knopf. Eine kleine dunkelrote Lampe begann zu glimmen und ein kurzer Piepton erklang.

Mexan und Aurun machten vor Schreck einen Satz rückwärts.

Aber mehr passierte zunächst nicht. Dann stellte er fest, dass die Lampe heller wurde, wenn er das Kästchen mit seiner blaugläsernen Seite in die Richtung des stärksten Lichtes drehte. Er kippte und drehte so lange, bis die Lampe schließlich hellrot, dann gelb und endlich grün wurde.

Aurun sah ihm misstrauisch zu. In dem Augenblick aber, in dem die Lampe auf Grün gewechselt hatte, hörten sie aus dem Kästchen ein Geräusch. Ein Summen, das Aurun an ihr Amulett erinnerte.

»Sieh her, noch ein Summvogel!«, sagte Mexan und lachte.

»Meinst du, es kann auch fliegen wie ein Vogel?«, fragte Aurun. »Den Megas traue ich inzwischen alles zu!«

Aber es flog nicht. Es blieb summend am Boden stehen. Dann plötzlich wurde der Bildschirm hell und wenigstens die Bilder bunter Fenster flogen vorbei. Aurun und Mexan hatten noch nie einen Computer in Betrieb gesehen. Fasziniert starrten sie auf den Bildschirm. Es dauerte eine Weile, dann erschien plötzlich ein Gesicht. Ein Mensch sah sie an, so echt, dass Aurun und Mexan im ersten Augenblick wieder erschrocken zurückwichen. Dann sprach das Kästchen:

»Gegrüßt! Wann auch immer und wer von euch Kleinen dies hier gefunden hat. Falls ihr mich nicht mehr kennt: Mein Name ist Professor Dr. Dimitri Bottom. Ich war es, der euch geschaffen und der den Tod der Menschheit verursacht hat, und es ist meine Pflicht, der Nachwelt darüber Rechenschaft abzulegen, so es denn eine Nachwelt gibt!«

Er sprach eine merkwürdige Sprache. Aurun und Mexan

konnten sie mit Mühe verstehen, wenn auch vieles fremd und hart klang. Er sagte, dass er kurz vor seinem eigenen Tod stehe und dass er daher zusammengestellt habe, was in den Jahren zuvor passiert sei.

Dann erklärte er ausführlich, wie das Tagebuch zu bedienen sei. Mexan hörte aufmerksam zu. Es gab eine kleine Fläche, auf die man mit dem Finger schreiben und damit einen Pfeil auf dem Bildschirm verschieben konnte, und Mexan war recht geschickt darin, sodass er es schon nach ein paar Minuten wie selbstverständlich beherrschte. Er schob den Zeiger auf Bilder und Zahlen und drückte dann, wie Bottom es erklärt hatte, auf die kleine Fläche. Es folgte ein Summen, dann sahen die beiden zum ersten Mal in ihrem Leben auf einem Bildschirm bewegte Bilder. Bilder, die so aussahen wie die wirkliche Welt. Die wirkliche Welt von damals, vor über 200 Jahren.

Es war Xylon Xojors letzte Chance. Zusammengepfercht in einem Armeehubschrauber hatte es über fünfzig mutierte E-Klone außerhalb des Lebensbereiches der Gemeinschaft eingefangen. Aber das konnte nicht darüber hinwegtäuschen, dass es die beiden Ausreißer, denn dass die beiden gemeinsam reisten, war ihm inzwischen klar geworden, wieder nicht gefasst hatte.

Man hatte die vor Angst zitternden fetten E-Klone in das Separationshaus verbracht und dort verhört. Angeblich hatten sie niemanden gesehen, wussten von nichts. Aber dass mutierte E-Klone lügen konnten, das hatten die X-Klone inzwischen verstanden. Und als sie die Klone zusammengetrieben hatten, hatte eines von ihnen voller Stolz einen schwarzen Hut getragen, der ihm bis über die Ohren reichte.

Xylon hatte dazugelernt: E-Klone konnten lügen und betrügen und man konnte sie nur schwer auseinander halten. Deswegen hatte es sofort den Hut konfisziert und das betreffende E-Klon identifiziert: *Lys Ewinewi.* Xylon speicherte diesen Namen unauslöschlich in seinem Gedächtnis.

Und ein paar Tage später stattete es genau diesem Lys im Separationshaus einen Besuch ab.

»Gegrüßt! Xylon Xojor!«, begann es, so freundlich es konnte, und hielt Lys den Hut hin: »Dieser wunderschöne Hut hier gehört Ihnen, nicht wahr?«

Lys wusste nicht, was sie von der plötzlichen Freundlichkeit dieses X-Klons halten sollte. Nach dem Auftauchen des Hubschraubers hatte sie zum ersten Mal die seltsamen weißen Riesen gesehen und sie hatte Angst vor ihren Glatzen und roten Augen. Aber dieses hier – Lys konnte sie nicht auseinander halten, daher war sie sich nicht sicher, ob es dasselbe war wie in der Flugmaschine – schien ein wenig netter als die anderen. Unsicher nahm sie den Hut entgegen und legte ihn auf dem Tisch ab.

»Darf ich mich setzen?«, fragte das X.

Lys nickte.

»Es muss schon einen besonderen Grund haben, wenn man einen so schönen Hut geschenkt bekommt, nicht wahr?«

Lys nickte schüchtern, sagte aber nichts. Gertran, die fette Alte aus der Familie der Ewinewis, hatte die Neuen davor gewarnt, mit X-Klonen mehr als nötig zu reden.

»Ich meine ... Sie haben den Hut doch geschenkt bekommen, oder?«

Lys nickte.

»Und es hat den Hut Ihnen geschenkt, nicht wahr. Das meine ich mit ›besonders‹. Es hätte ihn jedem schenken können, aber seine Wahl ist auf Sie gefallen.«

»Er hat mich eben gemocht!«, sagte Lys leise.

»Er?«

»Ja, Mexan! Er ist ein richtiger Mann, wissen Sie das nicht?«

»O doch, natürlich«, sagte Xylon.

»Mexan ... Wie war noch sein Familienname?«

»Mexan Alnavi. Er sagt, er sei ein Mann und wir seien Frauen, keine Neutrale oder so.«

»Aha! Und wie äußert sich das?«

Lys hatte nun die Hand auf den zurückgekehrten Hut gelegt und strich sanft über dessen schwarzen Filz. Sie wusste nicht, ob sie dem freundlichen X solche Dinge erzählen sollte.

»Ich meine«, fragte das gerade nach, »woran merkt man das mit dem Mann und der Frau?«

Lys beugte sich zu ihm und flüsterte: »Sie machen das, was die Tiere machen!«

Xylon Xojor lehnte sich zurück. Das war eigentlich nicht das, was es sich von diesem kleinen fetten E-Klon zu erfahren erhofft hatte, aber es war interessant, sehr interessant. Darüber würde es Meldung machen und es würde die Einstellung der regierenden X-Klone zu A- und E-Klonen beeinflussen, ganz sicher. Und demjenigen Ruhm und Ehre einbringen, der die Entdeckung gemacht hatte.

Xylon sah wieder auf Lys. So einfach war das also. Es musste nicht immer die volle Wahrheit sein, man konnte auch einfach das sagen, was nützlich war. Gutgläubige Dummchen wie dieses Lys glaubten einem alles, selbst erfundene Freundlichkeit. Und nachdem das bisher so gut geklappt hatte, beschloss es auf dieselbe Art weiterzumachen:

»Und dann sind die beiden weitergezogen: Aurun, so hieß doch das andere, nicht wahr? Und dieses Mexan.«

»Ja. Ganz plötzlich mussten sie weg. Sie suchten nach einer großen Stadt irgendwo im Norden, erzählten sie uns, und sie hätten Angst, dass sie vor dem Winter nicht mehr zurück sein würden.«

»Eine große Stadt im Norden, ja?«

»Ja, ziemlich nah am Meer. An einem großen Fluss. Das war das, was Mexan mir erzählt hat, als wir …«

»Ja? Was?«

»Ach nichts«, sagte Lys leise, wurde ein wenig rot und streichelte versonnen über den großen schwarzen Hut.

X.X. hatte genug gehört. Es verabschiedete sich und ging zur Tür. Aber im letzten Moment kehrte es noch einmal um und nahm den Hut wieder an sich.

»Den muss ich noch mal mitnehmen!«, behauptete es streng und ohne Begründung.

Lys öffnete den Mund, aber die unerwartete Grobheit des weißen Klons hatte sie verwirrt und so schwieg sie erschrocken. Xylon zog die Tür hinter sich zu. Noch weiter nach Norden also. Man musste nur der Küste folgen und nach einer großen Stadt Ausschau halten. Das war wirklich einfach. Und wenn man erst mal in der Nähe wäre, könnte man mit Glück dieses merkwürdige Signal orten, mit dem sie sich anscheinend untereinander verständigten. Das einzige Problem bestand nun nur noch in seinen Befehlsgebern. Es war sich nicht sicher, ob es noch einmal den Hubschrauber bekommen würde, ob man seine Jagd noch für wichtig hielt.

Es fuhr mit dem Aufzug nach unten. In der Kabine gab es einen Spiegel und Xylon setzte sich selbst, einem plötzlichen Impuls folgend, den schwarzen, breitkrempigen Hut auf den Kopf. Ihm rutschte er nicht über die Ohren, sein Kopf war groß genug für solche Hüte. Er betrachtete sich, kniff die Augen ein wenig zusammen und warf die Stirn in Falten. Es fand, dass es ungemein machtvoll damit aussah. Aber kurz bevor der Aufzug im Erdgeschoss hielt, nahm es den Hut eilig wieder ab. Es lief an seinem alten Büro vorbei, wo nun ein anderes X Wache hielt und ihn militärisch herablassend grüßte. Ein wenig Wehmut über den verlorenen Posten hier im Haus stieg in Xylon auf. Aber es würde ihn sich zurückerobern. Dies war seine letzte Chance und es würde sie nutzen.

Die wirkliche Welt von damals, vor über 200 Jahren. Aurun und Mexan starrten gebannt auf den kleinen Bildschirm, auf dem auf einmal lebendige Bilder zu sehen waren. Sie waren sich sicher, am Ziel ihres Auftrages angekommen zu sein. Die Stimme dieses Professor Bottom drang aus dem silbrigen Kästchen, das in der Sonne begonnen hatte zu reden, und kommentierte im Hintergrund, was sie sahen:

»Universität Boston, Massachusetts im Jahre 2010, das war

vor gut zwanzig Jahren. Damals ist es mir als erstem Wissenschaftler der Welt gelungen, einen genmanipulierten Menschen zu klonen. Und nicht nur das, ich habe seine Gene so verändert, dass es ein idealer Mensch wurde. Zumindest war ich damals davon überzeugt. Meine damaligen Gedanken und Motive zeigt am besten ein Interview, das ich kurz vor meinem Erfolg einem Fernsehsender gab.«

Aurun und Mexan starrten atemlos vor Spannung auf den Bildschirm. Sie sahen einen Professor Bottom, der sehr viel jünger war als der, der zuvor zu ihnen gesprochen hatte. Er saß an einem Tischchen mit einem anderen viel größeren Menschen, dessen Aussprache sie fast nicht verstehen konnten.

Der fragte etwas und Bottom antwortete: »Natürlich hat das Klonen einen Sinn. Nur hat es keinen Sinn, den Menschen zu klonen, wie er ist, denn er ist nicht gut für diese Welt. Warum sollten wir auch auf komplizierte Weise etwas erschaffen, was wir viel einfacher und freudvoller hinbekommen. Nein! Wenn wir schon klonen, dann haben wir nun die Chance, einen Menschen zu schaffen, den wir genetisch so verändern, dass sich innerhalb weniger Jahrzehnte die ganzen furchtbaren Probleme dieser Welt von alleine lösen werden.«

Der andere Mann, der offensichtlich der ganzen Sache recht kritisch gegenüberstand, stellte eine Zwischenfrage.

»Welche Probleme ich meine?«, rief Bottom. »Überbevölkerung, Kriege, Nahrungsmangel, Seuchen, Umweltzerstörung, Depression und vieles mehr!«

»Wie wollen sie das schaffen?«, fragte der andere offensichtlich.

»Es ist viel einfacher, als Sie denken! Es gibt ein Grundproblem auf dieser Welt: Der Mensch ist zu groß. Ein Meter neunzig ist heute schon fast der Durchschnitt, ich bin einszweiunddreißig, ich sehe die Vorteile. Kleine Menschen brauchen weniger Platz, weniger Nahrung. Sie können in kleineren Autos fahren, in kleineren Flugzeugen fliegen, in kleineren

Häusern leben. Der einzige Vorteil von Körpergröße ist die körperliche Stärke! Aber – gibt es heute in dieser Welt noch etwas, wofür wir körperliche Stärke brauchen? Wir haben doch Maschinen für alles, wir müssen nur noch geistig stark sein. Mir schwebt ein Mensch vor, der die Größe von einem Meter nicht überschreitet. Er hat alle Vorteile dieser Welt. Aber, lassen Sie mich darauf gleich eingehen, er wird ein Problem haben: Er wird auf natürliche Weise keine Kinder bekommen können.«

»Warum das?«, fragte der Interviewer erstaunt.

»Es ist ein biologisches Problem. Wenn er so intelligent ist wie wir heute – und das sollte er doch wohl mindestens sein, oder? –, wird sein Gehirn und damit sein Kopfumfang annähernd genauso groß wie der unsrige sein müssen. Das würde aber bei einem kleineren Körper bedeuten, dass der Kopf eines Säuglings nie die Beckenknochenöffnung einer kleinen gebärenden Frau passieren könnte.«

In erstauntem Tonfall machte der Interviewer eine Zwischenbemerkung.

Bottom brauste auf: »Nein, das bedeutet nicht das Ende aller Überlegungen! Denn im Grunde handelt es sich nicht um ein Problem. Im Gegenteil! Es ist eine Chance, verstehen Sie! Natürlich könnten wir alle Babys mit Kaiserschnitt holen oder mit allerlei Hokuspokus versuchen die Zeit der Schwangerschaft zu verkürzen. Den Embryo in einem Stadium zur Welt kommen zu lassen, wie das zum Beispiel bei den Beutlern der Fall ist, winzig klein, mit einem winzigen Kopf. Aber warum denn? Wir können doch auch gleich ein anderes Problem miterledigen. Wir lassen den ganzen Unsinn mit Mann und Frau. Es wird nur eine Art Klon geben. Mein Klon wird *das Klon* sein, nicht *der Klon*. Ein Neutrum! Ohne Geschlechtsorgane! Wir lassen nur eine kontrollierte Reproduktion dieses idealen geschlechtslosen Menschen zu. Wir leben im Zeitalter der Hochtechnologie. Was spricht dagegen, unsere Art, auf die Welt zu kommen, unseren hochtechnischen

Möglichkeiten anzupassen? Innerhalb weniger Jahre könnte es uns gelingen, durch kontrollierte Selektion Klonmenschen zu schaffen, die sehr viel widerstandsfähiger sind gegen Krankheiten, psychisch belastbarer, emotional konstanter. Wissen sie, was allein das Fehlen dieses dummen Geschlechtstriebes für Auswirkungen hätte?«

Der Interviewer lachte verschämt.

Bottom ereiferte sich jetzt immer mehr: »Sie haben keine Fantasie! Weil sie, wie alle, ein geschlechtsbestimmter Trottel sind. Kein kleines Klon wird den Geschlechtstrieb vermissen, es kennt ihn ja nicht. Sie denken doch nur an den angeblich so unverzichtbaren Spaß beim Sex – Unsinn! Aus diesem verfluchten Drang, sich geschlechtlich zu vereinigen, entstehen doch alle Konflikte, von der kleinsten Schlägerei bis zu den größten Weltkriegen. Stellen sie sich vor, eine Welt ohne Hunger, ohne Überbevölkerung, ohne Konflikte ...«

»... ohne Frauen«, unterbrach ihn der andere wohl.

»Ja! Ohne Frauen. Aber auch und vor allem ohne Männer! Dieser ewige unsinnige Geschlechterkampf wird endlich nach hunderttausend Jahren Homo-sapiens-Geschichte ein Ende haben! Endlich! Endlich!«

Damit endete das Interview.

Wieder tauchte der alt gewordene Professor Bottom auf. »Das waren die Anfänge vor rund 20 Jahren, wie gesagt. Niemand traute mir wirklich zu, dass ich könnte, was ich vorhersagte. Nur ich wusste, es war möglich. Man begann mich zu verspotten. Mein Äußeres, meine Sprache wurden zur Zielscheibe. Meine fachliche Autorität wurde allerdings nur selten angezweifelt, für mich ein Zeichen für die Hilflosigkeit meiner Kritiker. ›Ein geschlechtsloser Zwerg versucht sich zur Norm zu erheben‹, warfen sie mir vor. ›So etwas geht in einem Hirn vor, das durch tiefe Komplexe wegen Zwergwuchses, der Unfähigkeit, richtig englisch zu sprechen, oder des Unvermögens, einen Geschlechtspartner zu finden, nach Auswegen sucht‹, schrieb eine Zeitschrift. Und: ›In einem

Kauderwelsch aus Russisch und Englisch erklärt sich ein Winzling zum Gott der neuen Welt!‹ Und mit jeder Beleidigung, mit jedem Vorwurf, jeder Schlagzeile, in der sie versuchten mich lächerlich zu machen, wuchs meine Wut. Und mit meiner Wut stieg meine Motivation, es zu schaffen. Ich hatte damals schon Embryos bis zur dritten Woche herangezogen, ich wusste, dass ich es schaffen konnte, wenn es so weit war.

Erstaunlicherweise stieg mit jedem Interview auch meine Popularität. Manchmal hatte ich den Eindruck, als Ausgeburt perverser Ideen von Talkshow zu Talkshow gereicht zu werden, aber das war mir egal. Hauptsache, ich konnte diese meine Ideen weiterverbreiten. Ich schrieb ein Buch: *Mein Traum,* in dem ich alle meine Gedanken ausführlich niederlegte. Viele kauften es, manche lasen es und wenige verstanden es, aber die Zahl meiner Anhänger wuchs. Ja, ich hatte Anhänger, nicht nur Feinde. Selbst gestandene Kollegen liefen zu mir über. Manche, weil sie tatsächlich begriffen hatten, worum es mir ging, die meisten aber nur, um sich im Glanz meiner Popularität zu sonnen. Mir war es egal. Viele Anhänger und Befürworter bedeuteten viele Sponsoren. Auf einmal war Geld da. Ich baute ein Hochsicherheitslabor, das sie als *Stacheldrahtgebärmutter* verspotteten. Aber ich musste sichergehen können, dass keine veränderten Gene nach außen drangen, bevor sie gründlich gecheckt waren. Ich hatte Angst vor selbst gemachten Monstern, das war immer meine größte Sorge.« Er stockte und sah zu Boden. Dann sprach er leise weiter: »Angst vor Monstern – aber als ich sie dann wirklich sah, erkannte ich sie nicht. Zu spät – zu spät erkannte ich sie.«

»Spricht der von uns?«, fragte Mexan.

»Von dir!«, sagte Aurun bissig.

27

Auf dem Bildschirm des kleinen Metallkästchens folgte ein Film, der wohl kurz vor dem ersten Klonerfolg im Jahr 2010 gedreht worden war. Man sah den Campus der Universität. Die Hügel, die inzwischen verwuchert oder verdorrt waren, strahlten damals in sattem Grün. Es herrschte ein geschäftiges Treiben, große Menschen liefen hin und her, junge Leute lagen auf den Wiesen in der Sonne. Im Hintergrund sah man einige Laborgebäude.

Dann folgten Aufnahmen von der Arbeit in den Klon-Laboratorien. Hier sah es schon so ähnlich aus wie im Keller der großen Halle, nur Käfige gab es noch keine.

Bottom stand in weißer Schutzkleidung und Atemmaske wie ein verkleideter Zwerg zwischen Kollegen, die ihn alle um zwei Köpfe überragten. Sie hantierten an einer Apparatur, in der sich etwas bewegte.

»Wir haben hier drei embryonale Keime in der zwölften Woche«, erklärte er nüchtern. »Die Untersuchungen der nächsten beiden Tage werden entscheiden, ob wir sie devitalisieren oder weiterernähren.«

Der nächste Film, ein paar Monate später, zeigte Bottom mit einem Siegerlächeln im Gesicht. Er hielt auf seiner mit einem Latexhandschuh geschützten Handfläche zwei winzige, feingliedrige, großköpfige Babys in die Kamera. Seine Stimme klang selbstbewusst und feierlich: »Dies sind die Alpha-Versionen des ersten neuen Menschen. Wir haben sie *Ados* und *Alos* genannt. Sie sind im Entwicklungsstadium der vierundzwanzigsten Woche, atmen bereits seit einer Woche selbstständig, haben die Augen geöffnet und greifen nach Dingen, die man ihnen entgegenhält!«

Zum Beweis führte er seinen Finger, der im Vergleich zu den winzigen Händchen riesig wirkte, an ihnen vorbei und die beiden bewegten die Augen, sahen dem Finger nach und versuchten ihn zu greifen.

»Unsere Berechnungen haben sich bestätigt«, sagte er stolz. »Die Entwicklung der Klone läuft etwa doppelt so schnell ab wie die unsrige. Diese beiden Wesen werden in rund 20 Wochen beginnen zu sprechen und zu laufen, sie werden mit knapp drei Jahren eine Schule besuchen und mit spätestens zehn Jahren erwachsen sein. Ihre Lebensdauer aber dürfte über hundert Jahre betragen!«

»Ich erspare Ihnen die hässliche Zeit der nächsten drei Jahre, zumindest was das Treiben außerhalb des Labors angeht«, erklärte der alte Bottom, als der kurze Film zu Ende war. »Man versuchte uns auf jede erdenkliche Art zu stoppen. Gesetze, Gerichtsverfahren, Demonstrationen, Anschläge. Unsere Gegner verstrickten sich in Diskussionen, was im Falle ihres juristischen Sieges mit den beiden, Ados und Alos, passieren sollte. Die Vorschläge dieser selbst ernannten Philosophen, Humanisten und Moralapostel gingen tatsächlich von Aussetzen, Umbringen bis zum Separieren. Währenddessen wuchsen die beiden prächtig heran. Seht nur!«

In Filmausschnitten sah man die beiden, inzwischen etwa so groß wie Kaninchen, auf dem Schreibtisch von Professor Bottom spielen. Sie schoben Kaffeetassen umher, krabbelten durch aufgebaute Aktenordnertunnel oder schliefen in winzigen Bettchen, die in einer Art Puppenhaus standen, das er sich in sein Büro neben den Schreibtisch hatte stellen lassen.

Inzwischen liefen die Versuche weiter, andere noch perfektere Klone zu erzeugen.

Ados und Alos übertrafen praktisch alle Erwartungen. Ihre Entwicklungsstadien waren auf Filmen dokumentiert. Man sah sie viel zu große Bilderbücher durchblättern und miteinander Kopfrechnen üben, obwohl sie noch keine vier Jahre alt waren. Sie liefen im Labor umher und versuchten sich nützlich zu machen. Man sah sie auf Bottoms Schoß sitzen, sah sie beim Schlafen und beim Essen, beim Spielen und beim Lernen. Mit ihren großen Köpfen und ihren etwas ungelenken Bewegungen wirkten sie, auch als sie schon fast erwachsen waren, wie süße kleine Kinder.

Vom Schrecken der Welt wandelten sie sich über die Jahre zu Lieblingen der Nation. Aber außer ein paar Mitarbeitern, Professor Bottom selber und ein paar Kameraleuten bekamen nur wenige Auserwählte sie jemals real zu Gesicht. Die beiden lebten in einer künstlichen Welt innerhalb des Labors. Ihr Leben wurde Tag und Nacht protokolliert, nichts passierte, was nicht verzeichnet und ausgewertet wurde. Sie wurden gezielt verschiedenen Krankheitskeimen ausgesetzt, ihre Widerstandsfähigkeit gegen Strahlen aller Art, angefangen von dem UV-Licht der Sonne bis hin zu leichter Radioaktivität, wurde erforscht, ihr Immunsystem beobachtet.

»Ich hatte etwas Einzigartiges geschaffen«, meldete sich nun Professor Bottom wieder, »aber ich hatte noch nicht genug. Wir waren uns nie sicher, ob unsere Ergebnisse tatsächlich repräsentativ waren – wie auch, bei einer Auswahlmenge von zwei Individuen. Also klonte ich im Jahr 2015, fünf Jahre nach meinem ersten erfolgreichen Versuch, vierundzwanzig weitere Wesen. Der Gesetzgeber hatte inzwischen, unter dem Druck der von meinen beiden Erstgeklonten begeisterten Öffentlichkeit, das Klonen von genmanipulierten Menschen freigegeben. Die einzige Bedingung war, dass dies in völliger Isolation zu geschehen hatte.

Das kam mir nur entgegen. Mit den Geldern unserer mittlerweile zahlreichen Sponsoren und Förderer bauten wir die große Halle. Der Beton war bunt bemalt, sie stand wie eine riesige Kinderburg auf dem grünen Hügel. Dort im Keller richtete ich unser jetziges Labor ein.

Für die neue Generation von Klonen verwendete ich wie schon bei Ados und Alos gentechnisch veränderte Zellen meines eigenen Körpers. Wir bauten eine kleine Klonstadt in die Halle, es ging zu wie in einem Miniaturkindergarten. Unsere beiden Erstgeklonten kümmerten sich schon sehr fleißig um die Pflege. Sie freuten sich darauf, Geschwister zu bekommen. Um etwas Griffiges für die Medien zu liefern, gaben wir diesen ersten den Familienamen *Adam.* Intern nannten wir sie A-Klone. Da sie alle sehr, sehr ähnlich aussahen, konnten wir sie kaum voneinander unterscheiden. Also pflanzten wir ihnen die von den Haustieren her bekannten Identifizierungs-Mikrochips in die Schlüsselbeinknochen ein. Wir stellten schnell fest, dass die Eigenschaften, die wir bei Ados und Alos beobachtet hatten, kein Zufall waren. Auch die anderen kleinen As entwickelten sich schnell und prächtig. Körperlich waren wir mit ihnen vollständig zufrieden, kein einziges haben wir durch Krankheit verloren und auch ihre Widerstandsfähigkeit gegen Unfälle war erstaunlich. Wir filmten einmal zufällig, wie eines von einem vier Meter hohen Gerüst auf den Betonboden fiel. Hier! Sehen Sie! Das entspricht etwa einer Fallhöhe von 12 Metern bei einem normal großen Menschen. Es dreht sich in der Luft, kommt auf den Füßen auf, schüttelt sich wie eine Katze und läuft weiter. Wir haben es später in unserer Gesundheitsstation komplett untersucht, es hatte außer einer leichten Verstauchung der Knöchelgelenke keine Verletzungen. Nur mit der Psyche der kleinen Wesen waren wir noch nicht zufrieden. Auch dazu gibt es Aufnahmen.«

Es folgte ein Film, der wieder die Halle zeigte. Jetzt waren schon weite Bereiche mit diesen kleinen Apartments zugebaut, Käfige aber gab es noch immer keine. Zwischen den kleinen Wohnungen wuselten lauter unausgewachsene A-Klone herum. Große Menschen in weißen Kitteln saßen an den Schreibtischen, beobachteten die Wesen, filmten und schrieben.

»Sehen Sie hin!«, meldete sich die Stimme von Bottom wieder. »Die Kleinen sind zwar sehr viel lebhafter und belastbarer als Megamenschenkinder, aber intellektuell allenfalls auf deren Stufe. Auch hatten sie immer wieder Streit miteinander, es gab Erscheinungen wie Gebietsansprüche und Abgrenzungen, den Anfang aller Konflikte und Kriege.

Wir fanden die Ursache in der Funktion und dem Zusammenwirken verschiedener Hormone – eine auch damals schon durchaus bekannte Tatsache. Unbekannt war allerdings, wie man die Produktion dieser Hormone im Körper genetisch exakt steuern konnte. Wir experimentierten, forschten, probierten. In kleinen Schritten versuchten wir uns einem Optimum zu nähern. In den zwei Jahren bis 2017 klonten wir über hundert leicht modifizierte A-Klone, die wir mit verschiedenen auf A beginnenden Familiennamen kennzeichneten. Unser Ziel aber, das Verhalten der Klone über die Steuerung der Hormonproduktion genetisch zu beeinflussen, wurde nicht erreicht. Wir konnten nur mehr oder minder zufällige Verhaltensänderungen verursachen, nie die gewünschten.

Dann machten wir uns Ergebnisse anderer anerkannter Kollegen zu Eigen, die behaupteten, nur durch genetische Änderungen der Gehirnstrukturen das Problem der Konfliktentstehung lösen zu können.

Wir waren unter Zeitdruck geraten. Auch in anderen Ländern gab es inzwischen erste Klone, zwar keine so kleinen und perfekten wie meine, aber das war nur eine Frage der Zeit.

Im Jahre 2018 wagten wir den Schritt. Erstmals klonten wir aus den Zellen eines A-Klons – und nicht mehr aus meinen eigenen – unter genetischer Veränderung des Gehirnbauplanes sieben Wesen, die wir B-Klone nannten.«

Es lief ein Film, der die sieben Baby-Bs zeigte. Deutlich waren Unterschiede zu den A-Klonen zu sehen. Die Bs waren erheblich kompakter, die Köpfe noch größer. Sie bewegten sich weniger spielerisch, sondern viel gezielter. Das auffälligste Unterscheidungsmerkmal zu den Alphas aber war: Die Beta-Klone lachten nicht.

»Sie lachten nicht«, sagte jetzt auch die Stimme von Professor Bottom. »Das war das Erste, was uns auffiel. Sie zeigten praktisch überhaupt keine Mimik und Körpersprache. Auch die As waren nach menschlichen Maßstäben eher ruhig und emotionslos, aber die Bs schienen so etwas wie Emotionen überhaupt nicht zu kennen.

Das erste Entwicklungsjahr verlief noch relativ normal. Wir zogen sie mit Unterstützung unserer kleinen A-Helfer groß. Sie wuchsen mehr als doppelt so schnell wie die anderen, schon nach diesem einen Jahr überragten sie die As um einen Kopf. Sie entwickelten erstaunliche Muskeln, ihre ausgewachsene Körpergröße betrug fast einen Meter. Es kam zu ersten Unfällen. An einem Abend wurde ein A-Klon von einem der halbstarken Bs so heftig an eine Wand gedrückt, dass ihm vier Rippen brachen. Das B-Klon, zur Rede gestellt, antwortete: ›Er stand im Weg, ich wollte zu meinem Raum!‹ Es war völlig ungerührt. Es war keinerlei Bösartigkeit im Spiel, aber auf die Frage, ob es nicht gewusst hätte, dass es das viel kleinere A bei so einer Aktion verletzen würde, sagte es: ›Natürlich wusste ich, dass es kaputtgeht.‹ Eine Woche später verloren wir unser geliebtes Ados. Ein B hatte einigen As das Essen weggenommen, was immer öfter vorkam. Ados, das inzwischen so etwas wie eine Vertrauensperson für die jüngeren Klone geworden war, versuchte zu vermitteln. Daraufhin hat das B es getötet. Eine unserer Überwachungskameras hat diesen Augenblick gefilmt, und so schmerzhaft es auch für uns war, Ados zu verlieren, so interessant ist doch das Verhalten der B-Klone in diesem Augenblick. Hier!«

Man sah die Halle, in der Mitte den langen Tisch, an dem einige A-Klone beim Essen saßen. Eine Gruppe von drei B-Klonen kam hinzu. Wie Riesen wirkten sie gegen die anderen. Eines der drei griff sich wortlos die Essensschale des erstbesten Kleinen. Die meisten der anderen Kleinen rückten erschrocken ab oder duckten sich, nur das Betroffene sprang auf und schrie: »Lass das stehen, hol dir selber eines!« Das große B tat, als habe es nichts gehört. Setzte sich und begann zu essen. Auch die beiden anderen Bs griffen nach fremden Schalen und setzten sich damit hin. Dann kam ein weiteres, anscheinend etwas älteres A hinzu. Aufgeregt berichteten die anderen Kleinen. Danach ging alles sehr schnell. Ados, denn das war wohl das hinzugekommene, ging zu dem B-Klon und sprach es an. Ohne aufzusehen fasste dieses mit einem schnellen Griff nach Ados Kehle, zog es hinunter und drückte es dann mit aller Gewalt auf die Tischplatte. Man hörte Halswirbel krachen, im Todeskampf zappelte Ados, aber das B ließ es nicht los. Erst als das kleine A sich nicht mehr bewegte, löste das große B seinen Griff. Ados rutschte von der Tischplatte auf den Boden, das B sah ihm nicht mal nach, aß weiter und unterhielt sich mit den beiden anderen, als sei nichts geschehen.

Aurun hatte sich bei den letzten Bildern die Hand vor den Mund gehalten, als müsse sie schreien, Mexan hatte erschrocken die Augen aufgerissen.

»Das sind die Monster, die er vorhin gemeint hat!«, flüsterte er. »Dagegen sind selbst X-Klone harmlos, oder?«

Aurun nickte, noch immer unfähig zu sprechen.

Und das Tagebuch des Professor Bottom lief unerbittlich weiter. »Uns wurde allmählich klar, dass die B-Klone eine Gefahr für die anderen darstellten, vielleicht sogar für uns. Wir ließen diese furchtbaren Käfige einbauen um sie zu separieren. Ein paarmal probierten wir noch, ob genetische Änderungen den Charakter dieser Monster verändern würden, aber es entstanden immer wieder ähnliche Verhaltensmuster. Klone der B-Reihe waren nicht in der Lage, emotional zu denken. Sie konnten sich nicht in den Schmerz eines anderen hineinversetzen, konnten keine Regeln befolgen, die ihnen nicht unmittelbar nutzten. Gut und Böse hatten für sie keine Bedeutung, sie unterschieden nur zwischen nützlich für mich selbst oder unnütz. Es gab keine Verhältnismäßigkeit in ihren

Reaktionen und keine Einsicht. Das alles war keine Frage der Intelligenz. Ich habe hier den Mitschnitt einer Vernehmung desjenigen Bs, das Ados getötet hatte.«

Man sah den noch etwas jüngeren Professor in einem vergitterten Raum mit dem B reden.

Der Professor: »Du hast Ados getötet!«

Das B: »Ja!«

Der Professor: »Als du es angegriffen hast – wusstest du, dass es sterben könnte?«

Das B antwortet fast gelangweilt: »Ja!«

Der Professor: »Was war der Grund für den Angriff?«

Das B überlegt: »Ich hatte Hunger.«

Der Professor: »Aber als Ados hinzukam, hattest du schon gegessen.«

Das B: »Es sagte mir, ich solle die Schüssel dem anderen A zurückgeben.«

Der Professor: »War das ein Grund, ihn zu töten?«

Das B: »Es war die einfachste Möglichkeit, weiterzuessen.«

Der Professor: »Es gab viele hier, die Ados sehr gern hatten.«

Das B: »Davon habe ich gehört, ja! Es gibt aber genug andere. Es besteht kein Mangel.«

Der Professor: »Viele sind traurig, manche sind wütend auf dich.«

Das B schweigt.

Der Professor: »Verstehst du, was ich meine, mit traurig und wütend?«

Das B: »Nein!«

Der Professor: »Wir werden dich einsperren müssen, um die anderen vor dir zu schützen.«

Das B: »Wo liegt das Problem?«

Der Professor: »Du wirst nicht mehr aus deinem Raum hinauskommen.«

Das B: »Ich werde ausbrechen.«

Der Professor: »Hast du Angst, wenn wir dich einsperren?«

Das B: »Nein, wovor?«

Der Professor ist sehr erregt, er zögert, versucht zu provozieren: »Ich könnte dich auch devitalisieren, jetzt sofort!«

Das B: »Warum?«

Der Professor: »Weil du getötet hast.«

Das B: »Ich hatte Hunger.«

Der Professor: »Warum greifst du mich jetzt nicht an?«

Das B: »Ich hätte keine Chance.«

Der Professor: »Und wenn ich kleiner wäre und schwächer?«

Das B: »Würde ich Sie töten.«

Der nächste Film zeigte die untere Ebene der Halle. Alles war hier nun mit Käfigen voll gestellt, so wie Aurun und Mexan es vorgefunden hatten. In den Käfigen wohnten B-Klone. Es waren viele, bestimmt fünfzig. Der Professor erzählte:

»Es war sicher ein Fehler, so viele zu klonen, vor allem so viele Bs. Die Regierung hatte längst per Gesetz verfügt, dass Kleine Klone Menschen seien und nahezu dieselben Rechte wie Menschen genössen. Das hieß für uns ganz konkret, wir konnten sie nicht mehr offiziell devitalisieren. Erst allmählich wurde uns klar, dass wir bei der langen Lebenszeit der Klone unseren eigenen Nachkommen ein echtes Problem hinterlassen würden. Und etwas anderes kam hinzu.«

Die Kamera schwenkte über den Rest der Halle. Dort standen inzwischen neben den Schreibtischen der Menschen kleinere Tische, an denen A-Klone arbeiteten.

»Wir hatten in den ersten Jahren die erwachsenen Klone nur dazu benutzt, uns bei der Aufzucht der neuen Jungklone zu helfen. Dann aber stellte sich heraus, dass sie auch sehr gut im Labor zu gebrauchen waren, zumindest die A-Klone. Sie waren intelligent und schnell. Nicht sehr einfallsreich, doch wenn man ihnen sagte, was zu tun war, führten sie es aus. Sie ermüdeten nicht und waren sehr sorgfältig. So gelang es mir, immer mehr der teuren und unzuverlässigen menschlichen Mitarbeiter einzusparen. Es galt aber weiterhin mein Gebot aus den ersten Jahren, dass wir ihnen nicht erlauben würden unsere Schrift zu erlernen. Wir wollten nicht, dass sie sich verselbstständigten. Dann aber verstießen einige Mitarbeiter gegen diese Übereinkunft. Ich fand Klone, die an Computern arbeiteten, und andere, die irgendwelche Schriften verfassten und Bücher lasen. Sie surften im Internet und hatten damit Zugang zu allen wichtigen Wissensquellen unserer menschlichen Gesellschaft. Vor allem die A-Klone entwickelten dadurch ein Selbstverständnis ihrer Fähigkeiten, das uns nicht recht sein konnte. Es entstand eine Lebenseinstellung, die sich reduzieren ließe auf den Satz: ›Wir werden euch ohnehin alle überleben, wir sind klüger und effizienter, also, was wollt ihr Menschen noch hier auf unserer Erde?‹

Unsere Macht wurde mehr und mehr darauf reduziert, besonders störende Individuen heimlich zu devitalisieren. Illegal oder nicht – wir mussten im Interesse unserer eigenen Sicherheit alle Lese- und Schreibkundigen unschädlich machen. Erst viel später bemerkten wir, dass sie längst begonnen hatten eine eigene Geheimschrift zu entwickeln.«

»Devitalisieren heißt umbringen, oder?«, fragte Mexan angespannt.

Aurun nickte. »Sie haben uns behandelt wie Tiere«, sagte sie. »Wenn ich mir überlege, dass Geldos und Gertran und diese ganze Sonnenaufgangsmeute vom ›heiligen Bottom‹ sprechen. Dieser Bottom war ein Verbrecher.«

»Ohne den es dich und mich nicht geben würde«, sagte Mexan, »vergiss das nicht! Er hat uns aus seinen Genen geschaffen!«

28

Auf dem Bildschirm wandte sich jetzt der alte, inzwischen deutlich von Krankheit und Schwäche gezeichnete Bottom wieder an seine Zuhörer:

»Ich möchte, dass ihr eines wisst. Es ist uns nie leicht gefallen, einen von euch zu devitalisieren. Aber wir standen an der Schwelle einer neuen Zeit. Auch die Natur arbeitet mit Selektion. Wir haben nur dann eingegriffen, wenn es uns unbedingt nötig erschien, leicht war es nie! Unser Argument war immer: Wir nehmen euch lediglich das Leben, das wir euch zuvor gegeben haben – das kann so unnatürlich nicht sein. Auch Gott, so es ihn gibt, hat doch nie anders verfahren.«

»Gott?«, fragte Mexan und hielt den Film an. »Wer soll das denn sein? Etwa der, der die Megas geklont hat?«

Aurun zuckte mit den Schultern: »Nie gehört – lass weiterlaufen!«

Der Professor, der im Standbild mit offenem Mund erstarrt war, redete weiter: »Aber egal, ihr sollt die ganze Geschichte und ihren Schluss erfahren: Die Lage spitzte sich zu, es drohte offener Aufruhr. Ich hatte gerade beschlossen aus Sicherheitsgründen sämtliche B-Klone zu devitalisieren, als eine Abordnung der Armee bei uns eintraf. Sie setzten uns unter Druck. Sie wussten, dass wir gegen das Gleichheitsgesetz von Mensch und Klon verstießen und alles mögliche andere. Offenbar gab es eine undichte Stelle bei uns. Sie drohten die gesamte Forschungsstätte zu schließen, wenn wir nicht zu einem Experiment bereit wären, das man uns schon früher des Öfteren aufdrängen wollte.

Wir sollten mit Hilfe der Klone Versuche zu biologischen Kampfstoffen durchführen. Wir hatten so etwas bisher immer abgelehnt. Nun aber ging es um unsere, um meine Existenz.

Im zweiten Keller unter der Halle richteten wir eine Hochsicherheitsisolierstation ein. Dort setzten wir verschiedene Klone der A- und B-Reihe vor der endgültigen Devitalisierung den Keimen aus, die uns von der Armee geliefert wurden.

Es dauerte nicht lang, bis es zur Katastrophe kam.

Sie hatten uns ein Virus geschickt, das sie mit *HIVD-14* bezeichneten. Es löste eine Krankheit aus, die, ähnlich wie Aids, das Immunsystem komplett lahm legte. Mit zwei großen Unterschieden: Erstens dauerte der gesamte Krankheitsverlauf, vom Ausbruch bis zum Tod, im Allgemeinen weniger als fünf Tage, zweitens wurde das Virus durch Tröpfcheninfektion, also beim Atmen, Husten, Niesen, durch Schweiß, Harn, Stuhl und Speichel, übertragen. Es gab keine Körperabsonderung, in der es nicht hochkonzentriert zu finden war.

Die Armee wusste um die Gefahren, das Virus war in seinem Ansteckungsverhalten und in seiner Gefährlichkeit bereits ausführlich erforscht. Es ging im Grunde genommen nur noch darum, zu erproben, wie lange der Erreger in Leichen aktiv blieb. Sie wollten wissen, wann man zuvor kontaminierte Kriegsgebiete wieder betreten könnte. Also infizierten wir ohnehin für die Devitalisierung vorgesehene Klone, zehn As und zehn Bs, mit dem Zeug und das Erstaunliche geschah: Sie nahmen das Virus zwar auf und gaben es weiter, doch sie erkrankten selber nicht. Wir warteten dreißig Tage, aber noch immer zeigte keines der Versuchsklone irgendwelche Krankheitserscheinungen. Dann wurde irgendwie unter den Klonen in der Halle bekannt, was wir zwei Stockwerke tiefer getan hatten. Die Bs hatten wir gut in ihren Käfigen verwahrt, aber mit den As hatten wir nicht gerechnet. Voller Angst wegen der Armee-Experimente verbündeten sich die sonst so fügsamen As plötzlich mit den B-Klonen und öffneten die Käfige. Unsere Nachtwachen wurden überrumpelt und von Bs getötet. Die Klone fanden den Tunnel zum Ausgang.

Als ich morgens zum Labor kam, sah ich schon, dass rund

um die Halle Polizei und Armee postiert war. Mir war sofort klar, dass es einen Ausbruch gegeben haben musste. Mein erster Gang war in den Überwachungsraum. Ich sah auf den Monitoren, dass sich zum Glück die Kontaminierten noch in ihren Zellen befanden. Die Armee bewachte diesen Trakt und anscheinend hatten sich dort die anderen nicht hingetraut.

Die ganze Geschichte kam an die Öffentlichkeit. Während auf der einen Seite versucht wurde die entwichenen Klone zu finden, begann von Seiten der Politik und Kirche die Diskussion, was mit den Kontaminierten zu geschehen hätte.

Ich selbst war dafür, sie sofort zu devitalisieren und einzuäschern, aber die Politik ließ das nicht zu.

Im nächsten, im letzten Film sieht man, was dann geschah.«

Wieder war auf dem Bildschirm das Labor zu erkennen, dann fielen Schüsse. Aus der Straße, aus der auch Aurun und Mexan gekommen waren, sah man eine Gruppe Panzer die Universität angreifen.

»Wir wissen bis heute nicht genau, was wirklich passierte. Angeblich hatten die ausgebrochenen B-Klone eine halbe Panzerdivision mitsamt Besatzung unter ihre Kontrolle gebracht. Sie können die Panzer eigentlich nicht selbst gefahren haben, allerdings habe ich immer davor gewarnt, die Fähigkeiten der Klone zu unterschätzen. Andere behaupteten, eine Gruppe der Armee hätte sich aus Angst vor den Keimen und der zaudernden Politik dazu entschlossen, die Halle zu besetzen. Es war ein riesiges Durcheinander, überall in der Stadt wurde plötzlich geschossen, niemand wusste, wer da wen angriff. Tatsache ist, dass plötzlich einige der Ausgebrochenen mit den Panzern hier auftauchten und es schafften, die Kontaminierten zu befreien. Ich war zu der Zeit in meinem Büro. Ich versuchte den Präsidenten zu erreichen, wurde aber nicht durchgestellt. Niemand begriff, wie ernst die Lage war. Wir wussten, dass *HIVD-14* für Menschen ausnahmslos und absolut tödlich war. Wir wussten, einmal verbreitet gab es keine

Möglichkeit der Impfung, keine Möglichkeit, die Übertragung zu stoppen. Ich versuchte zu erreichen, dass man vorsorglich das Land abriegelte, so wären wenigstens andere Erdteile verschont geblieben, aber das war nicht im Sinne unserer Regierung. Alles erstickte in endlosen Diskussionen und Kompetenzstreitigkeiten. Das Einzige, was ich erreichte, war, dass man zumindest die Halle mit Hilfe des Militärs abriegelte. Wir, das heißt, einige Mitarbeiter, die kontaminierten Klone und ein Großteil der Zurückgekehrten, saßen hier drinnen. Die Klone hatten mit Waffengewalt die Macht übernommen. Ich hatte mich in meinem Kontrollraum eingeschlossen, die anderen waren in der Halle, vor der Halle, am Zaun, aber umzingelt von Militärs.

Dadurch dass alles in den Medien diskutiert wurde, wussten nun auch die Klone Bescheid. Bescheid über *HIVD-14* und über ihre eigene Immunität dagegen. Nach zwei Tagen Belagerung ersannen sie einen höllischen Plan. Vom Dach der Halle aus schossen sie mit Schleudern Hunderte von gefüllten und verkorkten Reagenzgläsern mit kontaminiertem Urin auf den Belagerungsring der Soldaten. Sie wussten genau, was sie taten. Ihnen war klar, dass sie selber immun waren und dass es für die Menschen keine Rettung geben würde. Die A-Klone waren immer meine Freunde, meine Kinder. Es war eine Idee der B-Klone, der Monster, da bin ich mir sicher.

Die Armee versuchte noch die infizierten Soldaten zu isolieren, aber *HIVD-14* ist hundertmal ansteckender und gefährlicher als die schwarze Pest. Schon nach vier Tagen starben die Ersten. Wie ein Flächenbrand zog die Infektion durchs Land, überall in der Welt flammte sie auf. Bis man sich schließlich entschloss den Kontinentalflugverkehr einzustellen, war das Virus bereits auf jedem Erdteil. Innerhalb von zwei Wochen brach die gesamte Infrastruktur aller Gesellschaften dieser Welt zusammen. In der letzten Nachrichtensendung des Fernsehens, die ich sah, sprach man davon, dass sich einige Menschen hier aus der Gegend auf einer Insel im

Osten verbarrikadiert hätten. Diese letzten Überlebenden wussten wahrscheinlich nicht, dass auch einige Säuger und Vögel als Überträger in Frage kamen.«

Hier stockte der Kommentar des Professors. Noch immer liefen die Bilder der Schlacht rund um den Bunker. Von der Ansteckung und dem Sterben der Menschen durch die Krankheit gab es keine Fernsehaufnahmen. Anscheinend gab es zu diesem Zeitpunkt schon niemanden mehr, der noch filmen und senden konnte.

29

Dann war auch der letzte Film zu Ende. Aurun und Mexan sahen vom Dach der Halle, dass seitdem nur noch die Natur das Bild verändert hatte. Noch immer lag der Belagerungsring der Armee um die Halle, die Panzer, die Geschütze. Nur war keiner mehr am Leben, der noch nachladen und feuern konnte. Dort draußen nicht und hier drinnen nicht. Zweihundertachtzehn Jahre waren vergangen, seit vom Bunker aus der tödliche Keim alle Menschen dieser Erde vernichtet hatte. Die Natur hatte sich unbeirrt den Hügel mit der Halle zurückerobert, war über Elektrozäune und Panzer, über zerstörte Häuser und Städte und über Millionen und Abermillionen von Leichen gewachsen, die niemand mehr hatte beerdigen können, weil niemand mehr da gewesen war.

Noch einmal meldete sich Professor Bottom auf dem Bildschirm.

»Ich habe mich vor vier Tagen dem Virus freiwillig ausgesetzt. Zuerst dachte ich daran, mich selber zu klonen, um die Menschheit zu erhalten, aber diese Monster haben die Klonapparaturen mitgenommen. Auch ich werde nun sterben, als vermutlich Letzter meiner Art. Ist es nicht eine Ironie? Ausgerechnet ich, der ich dies alles verursacht habe, lebe bis zuletzt. Aber ich verspüre kein Mitleid mit uns Menschen, nicht einmal Reue: Wir haben die Welt jahrtausendelang beherrscht. Wir haben es nie gut gemacht und wir standen ohnehin kurz davor, sie mit unseren Abfällen, Giften und Waffen endgültig zu zerstören. Vielleicht wird mein Traum jetzt auf diese Weise wahr und ihr Kleinen überlebt und macht es besser. Als die letzten meiner Kinder mich hier allein ließen, habe ich ihnen geraten die B-Klone zu devitalisieren. Ich weiß nicht, ob sie es tun werden, aber es ist ihre einzige Chance. Und noch etwas möchte ich sagen. Falls es doch einen Gott gibt ...« Er lachte kurz auf. »Ich werde es ja bald wissen: Verzeih mir, du Gott, dass ich in dein Geschäft eingegriffen habe. Ich habe es versucht, aber ich habe es auch nicht besser hingekriegt!«

Dann brach die Aufzeichnung ab, über den Bildschirm flatterten wieder bunte Fenster.

Mexan schaltete das Gerät aus. »Das war's anscheinend!«, sagte er. Er sah Aurun lange an und sie nickte.

»Ich weiß nicht, ob dieses Tagebuch Geldos sehr glücklich machen wird. Wir nehmen es mit und kehren zurück, bevor der Winter richtig kommt«, sagte sie. »Aber wärst du zuvor in der Lage, mir den letzten Film noch mal zu zeigen?«

»Selbstverständlich!«, sagte Mexan.

Tatsächlich hatte er die Bedienung des Gerätes inzwischen begriffen. Schon nach wenigen Augenblicken tauchte wieder Professor Dr. Dimitri Bottom mit seinem merkwürdigen englisch-russischen Kauderwelsch auf, das inzwischen in einer durch die Jahrhunderte verursachten Verschleifung zur Sprache sämtlicher Klone, zur Sprache der Welt, geworden war. Wieder sah man die Panzer die Straße herunterkommen. »Wir wissen bis heute nicht genau ...«, sagte der Professor zum zweiten Mal.

»Weiter hinten«, warf Aurun dazwischen, »wo er das mit der Insel sagt!«

»... sprach man davon, dass sich einige Menschen hier aus der Gegend auf einer Insel im Osten verbarrikadiert hätten.«

»Hörst du das, Mexan? Er spricht von Überlebenden! Wenn sie sich dorthin zurückgezogen haben, mussten sie sich ziemlich sicher sein, dass sie das Virus noch nicht in sich trugen.«

»Aber er sagt selber, sie wussten noch nicht, dass auch Vögel es übertragen können. Er meint damit ...«

»Ich weiß, was er damit meint. Aber es könnte doch sein, dass er Unrecht hatte. Es könnte doch sein, sie wussten es und haben alle Vögel abgeschossen. Oder aufgepasst. Oder einfach Glück gehabt. Vielleicht gibt es an einigen Orten auf der Erde Megas, die Glück gehabt haben.«

Mexan schüttelte den Kopf. »Worauf willst du hinaus, Aurun? Lass doch jetzt gut sein! Ich finde, wir haben genug herausgefunden. Mir langt's. Ich will zurück, Geldos das Tagebuch geben – und fertig.«

»Fertig? Weißt du, was passieren wird? Sie werden es sich angucken, werden mit ihren alten, faltigen Köpfen nicken, werden sagen: ›Stimmt, so war es, jetzt fällt es uns wieder ein. Wie schlimm, wie schlimm.‹ Und dann werden sie überlegen, was zu tun ist, und nach noch einmal zweihundert Jahren beschließen, dass es nach guter Klonart besser ist, überhaupt nichts zu tun.«

»Und? Was ist deine Alternative? Zu versuchen auf irgendwelchen Inseln irgendwelche Menschen zu finden, die wahrscheinlich genauso tot sind wie alle anderen, die wir bisher gesehen haben? Diese Mega-Menschen lebten doch nicht einmal hundert Jahre. Die sind längst alle verrottet!«

Aurun schwieg. Irgendwo in der Ferne bellte Pana.

»Menschen können sich alleine vermehren, oder?«, sagte sie nach einer Weile. »Wie Tiere. Sie könnten Kinder gemacht haben und diese Kinder wieder Kinder und so weiter. Es könnten noch welche leben. Das Virus stirbt nach ein paar Jahren ab, hat er gesagt, oder? Wenn sie die ersten Jahre überlebt haben, hätten sie eine Chance!«

Wieder bellte Pana.

»Wo steckt der Hund eigentlich?«, fragte Mexan. Er merkte, worauf Aurun hinauswollte, und ihm war deswegen die Gelegenheit willkommen, das Thema zu wechseln. »Wir nehmen Pana mit zurück in die Stadt, oder? Das wird lustig, Aurun!«

»Lustig?«, fragte sie. »Mexan, mein Lieber, du bist ein Kindskopf. Hast du dir nie überlegt, wie ›lustig‹ das wird, wenn wir in die Stadt zurückkehren? Damals in unserer Wohnung, als X.X. uns entdeckte. Wir waren dort mit unseren neuen Identitäten gemeldet. Sie wissen doch jetzt, wer wir sind. Wir können nicht mehr zurück, nie mehr.«

Mexan sah seine Freundin mit großen Augen an. Er hatte nie über die Zukunft nachgedacht und fing nun vor Unsicherheit an zu stottern. »Dann … dann müssen wir eben noch mal zu Geldos, noch mal neue Chips …«

»Ach Unsinn«, unterbrach sie ihn. »Noch mal neue Chips! Willst du wirklich dort leben, mit diesen ganzen Idioten? Wir sind anders, Mexan, vergiss das nicht! Wir sind Frau und Mann! Wir sind … Wir sind wie Menschen. Und deswegen will ich Menschen sehen«, sagte sie bockig. »Echte, lebende!«

Mexan schwieg. Er war sich nicht sicher, ob er Menschen sehen wollte. Er hatte diese Bilder noch im Kopf, auf denen im Labor Kleine Klone wie er zwischen riesigen Menschen hin und her liefen. Diese Menschenmonster mit ihren kleinen Köpfen und ihren langen Armen und Beinen machten ihm Angst.

»Ich weiß nicht, ob ich …«, begann er, aber dann wurde er plötzlich durch das wilde Bellen von Pana unterbrochen.

Sie sahen den Hund durch eine der Straßen auf den Bunker zurennen. Während sie die Halle erforscht hatten, musste er durch den Tunnel zurückgelaufen sein. Mexan stand auf, wollte schon laut nach ihm rufen, da sahen sie plötzlich die weißen, glatzköpfigen Gestalten, die hinter dem Hund her die Straße heraufkamen. Es waren fünf und einer von ihnen trug einen großen schwarzen Hut.

»X-Klone!«, rief Mexan erschrocken.

Sofort gingen sie auf dem Dach in Deckung.

»Wie haben die uns gefunden, verdammt noch mal?«

Sie befürchteten, dass Pana genau in das Gebäude laufen würde, in dem der Tunnel begann. Der Hund würde sie mit seiner Anhänglichkeit verraten. Wenn die Xe den Tunneleingang fänden, säßen sie in der Falle. Fieberhaft überlegten sie, suchten nach einem Ausweg.

Dann sahen sie, was das Klon mit dem schwarzen Hut tat.

Es hatte eine große Ortungsantenne bei sich und drehte und wendete sie hin und her. Plötzlich, als die Antenne direkt in ihre Richtung zeigte, hielt es inne.

Aurun und Mexan lagen flach auf dem Dach der Halle, spähten nur vorsichtig hinunter. Es konnte sie nicht gesehen haben. Trotzdem zielte seine Antenne genau auf sie.

»Wir haben doch die Amulette nicht benutzt, wie konnten sie uns finden?«, flüsterte Aurun.

»Keine Ahnung! Vielleicht können sie sie auch orten, wenn man sie nicht benutzt! Was sollen wir tun?«

»Runter in die Halle und nichts wie weg!«, sagte Aurun.

Sie schnappten das Tagebuch, rannten die Treppe hinunter, vorbei am Büro des heiligen Bottom, dessen mumifizierte Reste völlig verdreht neben seinem Bürosessel auf dem Boden lagen. Sie hasteten in den Keller, fanden den Eingang des Tunnels wieder. Von der anderen Seite der Röhre hörten sie Pana bellen. So schnell sie nur konnten, liefen sie hindurch.

Als sie endlich bei ihm waren, ihn zur Ruhe gebracht hatten und vorsichtig aus den Resten des Gebäudes nach draußen spähten, sahen sie die Xe. Offensichtlich hatten sie nicht mitbekommen, wohin Pana verschwunden war.

Die fünf drehten ihnen den Rücken zu.

»Ich wette, der mit dem Hut ist X.X.!«, flüsterte Aurun.

»Und ich wette, ich kenne den Hut!«, flüsterte Mexan zurück. »Dieses Schwein!«

Noch immer hatte Xylon seine Antenne auf die große Betonhalle gerichtet und versuchte das Signal wiederzufinden. Es würde nur noch Sekunden dauern, bis es die Amulette in seinem Rücken geortet hätte. Aurun kniff die Augen zusammen und hielt die Luft an, so angestrengt dachte sie nach. Dann hatte sie eine Idee.

Sie riss sich das Amulett vom Hals, bedeutete Mexan mit hektischen Gesten dasselbe zu tun. Sie band beide Kettchen aneinander und wickelte sie Pana um den Hals. Der Hund sah sie verblüfft an. Dann schlang sie die Arme um den riesigen

Hundekopf mit dem lockigen schwarzen Fell und flüsterte ihm aufgeregt ins Ohr: »Renn, Pana! Verstehst du? Renn weg! Sieh zu, dass du wegkommst! Lock sie hier weg, sonst sind wir alle verloren!«

Sie gab ihm einen festen Schlag auf das Hinterteil, der wohl so laut war, dass ihn auch die Xe hörten. Einige von ihnen drehten sich um.

Mexan und Aurun gingen in Deckung.

Aber Pana hatte verstanden. Er schoss aus den Resten der flachen Baracke, die einmal der geheime Zugang zur großen Halle gewesen war, und rannte bellend los. Mit weiten Sprüngen sauste er kreuz und quer zwischen den verfallenen Gebäuden in Richtung Zaun, fand dort die Lücke, schlüpfte hindurch und verschwand.

Die Xe sahen ihm verwundert nach. Dann brachte X.X. seine Antenne in Stellung, anscheinend hatte es das Signal wieder aufgenommen. Es zeigte in die Richtung, in die Pana gerade gerannt war. Im Gleichschritt rannten sie alle hinter ihm her.

»Guter Hund!«, sagte Mexan. »Wie hast du das geschafft?«

»Man versteht sich halt so, unter Hunden«, meinte Aurun.

Sie warteten. Sie wollten sicher sein, dass die Weißen weit genug weg waren, und trauten sich lange nicht heraus. Rund um die Halle gab es wenig Deckung und sie mussten genau an der einen kaputten Stelle zum Zaun hinaus, an der sie auch hereingekommen waren.

Dann hören sie einen Schuss. Einen – und danach eine ganze Salve. Früher hätten sie nicht gewusst, was ein Schuss ist, aber seit sie in Bottoms Tagebuch die Schlacht um den Bunker gesehen hatten, war ihnen klar, was das Knallen bedeutete.

»Pana!«, schrie Aurun. »Sie haben auf Pana geschossen!« Und dann lief sie los, rannte ohne Deckung durch die Lücke im Zaun, rannte in die Richtung, aus der die Schüsse gekommen waren.

Mexan lief hinter ihr her, schrie: »Halt, Aurun, halt!«. Schließlich hatte er sie eingeholt, riss sie zu Boden. »Bist du wahnsinnig? Willst du, dass sie dich auch noch erschießen?«

Aurun lag unter ihm, tobte und heulte. Er hielt sie eisern fest, schließlich wurde sie unter seinem Gewicht ruhig. Tränen rollten ihr aus den Augen.

»Sie haben Pana erschossen! Und ich bin schuld! Es war meine Idee! Ich hab ihm das Zeug umgehängt! Ich bin schuld!«

»Aber das hat uns gerettet, Aurun. Pana hat uns gerettet. Er hat genau gewusst, was er tun musste!«

Doch sie war nicht zu beruhigen. Denn in diesem Moment lernte Aurun die Schuld kennen. Die Schuld und das Gewissen, das die Menschen von innen auffrisst und straft, grausamer, als irgendjemand von außen es je tun könnte. Sie schluchzte um ihren Hund und weinte, wie sie – wie irgendein Klon – noch nie zuvor geweint hatte.

30

Nach den Schüssen blieb es ruhig.

Mexan zog und schob Aurun um eine Häuserecke, wo sie sich in Deckung bringen konnten. Sie erwarteten, dass die X-Klone zurückkämen, aber nichts dergleichen geschah.

Es dauerte eine halbe Stunde, bevor sie sich entschlossen vorsichtig in die Richtung zu gehen, aus der sie zuvor die Schüsse gehört hatten. Jetzt war kein Laut mehr zu hören. Immer misstrauisch sichernd liefen sie weiter, erwarteten, dass plötzlich hinter der nächsten Ecke X.X. mit seinen Leuten auftauchen könnte.

»Und wenn sie uns eine Falle stellen?«, flüsterte Mexan aufgeregt.

»X-Klone stellen keine Fallen, dazu fehlt ihnen die Fantasie, Mexan. Es muss irgendetwas anderes passiert sein!«

Ein ganzes Stück weiter, schon eine gute Strecke vom ehemaligen Campus der Universität und dem Betonbunker mit den Käfigen entfernt, sahen sie plötzlich den Hubschrauber stehen. Die Xe mussten dort gelandet sein, während sie in der Halle waren, sonst hätten sie die Flugmaschine ganz sicher gehört.

Ihnen bot sich ein absurdes Bild: Am Hubschrauber stand die große Seitentür offen. In der Flugmaschine lag – anscheinend unverletzt – knurrend Pana, der niemanden hineinließ. Die Xe standen davor, ohne Waffen, sehr aufgeregt. Einer war offensichtlich am Arm verletzt worden, man sah rotes Blut am weißen Ärmel.

»Sieh nur, sie haben Angst!«, flüsterte Aurun.

»Ich denke, Xe kennen keine Angst!«, flüsterte Mexan zurück.

»Anscheinend doch. Ich bin so froh, dass Pana lebt.

Möchte wissen, wie er das geschafft hat! Soweit ich sehen kann, liegen die Waffen in der Flugmaschine und Pana sitzt davor. Er muss sie überrumpelt haben.«

Mexan nickte »Guter Hund! Kennt alle Tricks – wahrscheinlich ein A-Hund, was? Und was machen wir jetzt?«, fragte er Aurun.

»›Was machen wir jetzt? Was machen wir jetzt?‹ Wie wär's, wenn du mal selber eine Idee hättest!«

Mexan überlegte angestrengt, was bei ihm wirklich rührend aussah. Er legte seine Stirn in Falten, biss sich auf einen Finger und sah dabei ziemlich verzweifelt aus.

»Also«, sagte er schließlich. »Das Einfachste wäre, wir würden mit der Flugmaschine zurückfliegen. Pana ist schon drin. Also müssten nur noch wir rein.«

Aurun schüttelten den Kopf und lachte ihn leise aus. »Ganz toll!«, sagte sie. »Ein perfekter Plan. Und du kannst so eine Flugmaschine fliegen, was?«

»Meinst du, das ist schwierig?«

»Ne, bestimmt nicht. Wahrscheinlich muss man einfach nur sagen: ›Flieg los!‹, und sie fliegt sofort dahin, wo man hinwill.«

Mexan sackte zusammen. »Du hast Recht!«, sagte er.

»Natürlich habe ich Recht!«, antwortete sie.

Beide hockten sie schweigend in ihrem Versteck und dachten nach. Auch die Klone am Hubschrauber schienen nach einem Ausweg zu suchen, um die Sache wieder unter Kontrolle zu bringen, aber auch ihnen fiel nichts ein.

Der Einzige, der wirklich Herr der Situation war und dies auch wusste, war Pana. Er saß knurrend und schwanzwedelnd zugleich in der Tür und es war absolut klar, er würde keinen von diesen Weißen zu sich hineinlassen.

Dann stupste Aurun Mexan plötzlich an. »Entschuldige, mein Liebster!«, sagte sie leise. »Es war doch ein guter Plan, denke ich. Er war nur noch nicht komplett. Pass auf, wir machen es so!«

Flüsternd weihte sie Mexan ein, der immer erstaunter aber auch ängstlicher grinste.

»Und du meinst, das klappt?«

»Das klappt!«, sagte sie selbstsicher. »Los!«

Auf Auruns Zeichen erhoben sie sich beide aus ihrer Deckung und liefen offen auf den Hubschrauber zu.

Die Weißen drehten sich sofort zu ihnen um, erstarrten.

»Gegrüßt! Sucht ihr uns?«, rief Mexan und versuchte das Zittern in seiner Stimme so gut es ging zu verbergen.

X. X. mit dem Hut trat vor. »Aurun Ebanan und Mexan Alnavi! Der Oberste Rat der Gesellschaft der Kleinen Leute hat verfügt, dass Sie beide sofort festzunehmen und ...«

»Bla, bla, bla«, unterbrach Aurun das weiße Klon. »Und ich verfüge gleich, dass unser Hund Gehacktes aus euch macht, wenn ihr nicht tut, was wir sagen! Pana, komm her!«

Sie waren inzwischen direkt bei den X-Klonen angekommen.

Pana spitzte die Ohren, sprang aus dem Hubschrauber und kam, ohne die weißen Glatzköpfe aus den Augen zu lassen, zu ihnen.

Starr vor Angst beobachteten die Xe den Hund. Dass er dem Befehl eines Klons gehorchte, versetzte sie in Panik.

»Ihr seht, ihr bleibt besser ganz still stehen!«, sagte Aurun. »Diese Tiere sind extrem gefährlich, wie ihr wisst! – Xylon Xojor?«

»Hier!«, sagte das weiße Klon mit dem schwarzen Hut unsicher.

»Herkommen!«, befahl Aurun.

Langsam kam X.X. näher. Das Klon ließ den knurrenden Hund nicht aus den Augen und Pana ließ das Klon nicht aus den Augen. Sie sahen, dass X.X. zitterte.

»Wer fliegt diese Maschine?«, fragte Mexan nun.

»Ich selbst!«, antwortete das weiße Klon.

»Sehr schön! Einsteigen!«, kommandierte Mexan.

Alle Xe wollten nun schnell in den Hubschrauber, aber

Aurun nahm Pana am Nackenfell und führte ihn zwischen X.X. und die übrigen vier Weißen.

»Stopp! Kleines Missverständnis! Ihr bleibt natürlich hier!«, sagte Mexan. »Ihr könnt hier ein wenig aufräumen. Seht euch mal um, wie es hier aussieht! Das ist doch furchtbar, das geht doch nicht!«

X.X. war eingestiegen, Mexan schlüpfte hinter ihm durch die Tür, als Letzte Aurun mit Pana. Dann schoben sie die Tür zu und verriegelten sie von innen.

»Um eines gleich mal klarzustellen«, sagte Mexan und riss X.X. mit einer raschen Handbewegung den schwarzen Hut vom Kopf, »das ist meiner!« Er setzte ihn sich auf den Kopf.

Aurun musste grinsen, weil Mexan damit plötzlich wieder so groß und wichtig aussah.

»Wo steuert man diese Maschine?«, fragte Mexan.

»Da vorne!«, sagte X.X. »Aber ich kann sie nicht alleine fliegen, die anderen müssen mit!«

Aurun sah das große weiße Klon böse an. »Stimmt das auch?«, fragte sie herrisch.

»Nicht wirklich«, gab X.X. kleinlaut zu.

»Oha, was ist denn das? Ein X-Klon, das plötzlich lügen will, wo gibt's denn so was?«

»Ich wollte es eben auch mal versuchen!«, sagte X.X.

»Also, was ist?«, befahl Mexan ungeduldig. »Flieg los!«

X. X. startete den Motor. Der riesige Rotor auf dem Dach der Maschine begann sich zu drehen, es wurde furchtbar laut. Pana zog erschrocken den Schwanz ein und verkroch sich unter einem Sitz, was X.X. aber zum Glück nicht bemerkte, weil es zu sehr mit seinen Hebeln und Knöpfen beschäftigt war.

Xylon Xojor saß wie die Busfahrer auf einer Sitzerhöhung, die auf einem der Pilotensitze befestigt war. Nur mit Mühe konnten seine kurzen Ärmchen die Schalter und Hebel erreichen. Aber es schien geübt. Nach ein paar Minuten ließ es die Maschine hochdrehen, der Rotor wurde immer schneller, Staub wirbelte auf. Die anderen Weißen, die bisher noch immer völlig überrumpelt neben der Tür gewartet hatten, wurden vom Wind umgeworfen und brachten sich daraufhin schnellstens in Sicherheit. Dann hob sich die Maschine mit einem kleinen Schaukeln in die Höhe.

Mexan war fasziniert. Er starrte durch die verkratzte Scheibe hinaus, lachte über das ganze Gesicht. »Siehst du!«, schrie er triumphierend durch den Lärm. »Genau wie ich gesagt habe. Man sagt ›Flieg los!‹ und sie fliegt los!«

Die Maschine gewann schnell an Höhe, auch Aurun starrte gebannt aus den Fenstern. Die Stadt sackte unter ihnen weg, die anderen Weißen waren plötzlich nur noch winzige Läuse. Die zerstörten Straßen, die Leichen, dies alles verwischte und ordnete sich neu. Wie eine Karte aus Leos Buch lag die Stadt schließlich unter ihnen. Erst jetzt sahen sie, wie riesengroß sie einmal gewesen sein musste, sahen einen Hafen, einen Fluss, selbst der in den Fluss gesackten Brücke sah man von hier oben die Zerstörung nicht an. Sie entdeckten die Vororte mit den kleinen Häuschen und ihren rechteckigen Gärten. Dort irgendwo hatten sie den ersten toten Megahomo gesehen, von da hinten waren sie gekommen.

Beide dachten in diesem Augenblick dasselbe: Wie schön muss es hier einmal gewesen. Einst, vor mehr als zweihundert Jahren, als dies eine lebendige, bunte Stadt gewesen war. So wie sie es auf den ersten Filmen in dem Tagebuch gesehen hatten.

31

»Mexan!«, schrie Aurun, denn an eine normale Unterhaltung war bei dem Kreischen und Dröhnen des Hubschraubertriebwerkes nicht zu denken. »Lass uns die Menschen suchen! Mit der Flugmaschine haben wir eine Chance!«

Mexan sah sie an. In ihren Augen konnte er ihre Begeisterung und ihren Willen sehen. Manchmal war sie ihm fremd. Noch nie hatte er ein Klon gesehen, das solche Augen hatte. Sie war so anders. Vielleicht, dachte er, vielleicht sind es Menschenaugen. Vielleicht haben all die toten Mumien, die sie gefunden hatten, einmal so in diese Welt geschaut. So sicher, so entschlossen, so lebendig. Manchmal, wenn er in den Filmen das Gesicht dieses Professors gesehen hatte ... Ja, das war es. Aurun hatte die Augen von Professor Bottom. Das gleiche Funkeln und den gleichen unbeugsamen Willen.

Sie wollte Menschen finden, lebende. Und sie würde nicht aufgeben, bevor sie welche gesehen hatte. Wenn er nicht mit ihr ginge, würde sie alleine losziehen, das wusste er. Und er wusste auch, dass er sie nicht alleine gehen lassen durfte.

Er sah sie an und nickte.

Sie flogen inzwischen über den weiten Dünen am Strand entlang, anscheinend wollte sich das X.X. beim Rückflug an der Küste orientieren.

»Meinetwegen!«, schrie Mexan. »Lass uns also die Menschen suchen.«

Aurun strahlte, dann gab sie ihm einen Kuss.

X.X. sah sich um. »Was wollt ihr? Menschen suchen?«

»Mund halten!«, sagte Aurun. »Gibt es hier irgendwelche Inseln in der Nähe?«

»Weiß ich nicht!«

»Aber du kennst doch die Gegend, oder?«

»Nein! Wir waren das erste Mal hier im Norden. Dies ist die letzte Maschine, die noch fliegt. Wir benutzen sie nur in Notfällen.«

»Und wie habt ihr uns immer wieder gefunden?«

X.X. schwieg.

»Los, raus mit der Sprache! Oder soll ich meinem Hund Bescheid sagen?«

Das weiße Klon sah sich ängstlich um, allerdings nicht lange genug um zu bemerken, dass Pana noch immer voller Angst den Schwanz eingezogen hatte und im Moment an alles andere dachte als daran, weiße Glatzköpfe anzufallen.

»Zuerst haben wir diese Gertran Ewinewi durchsucht und dabei dieses merkwürdige Amulett gefunden. Dann hat ein Spezialist einen Scanner auf dessen Frequenz eingestellt. Deswegen konnten wir euch in diesem Dorf orten, wo die ganzen E-Klone lebten.«

»Was habt ihr mit ihnen gemacht?«, fragte Aurun.

»Wir haben sie ins Separationshaus gebracht, sie haben sich gefreut ihre Verwandte Gertran Ewinewi zu sehen. Und von ihnen haben wir erfahren, wohin ihr als Nächstes wolltet!«

Aurun schwieg. Wenigstens in einem Punkt war sie beruhigt: Sie hatte immer gemeint, durch ihren unüberlegten Notruf an Gertran hätte sie die Ewinewis verraten. Aber nun wusste sie, dass die Amulette in jedem Fall von den X-Klonen zu orten waren. Und den Ewinewis war nichts geschehen, zum Glück. Sie würde sich später überlegen, was man für ihre Freundinnen tun könnte.

Der Hubschrauber flog nun in südlicher Richtung an einer lang gestreckten Insel vorbei, die vollständig aus weißem Sand zu bestehen schien. Mexan war ganz nah an eines der Fenster gerutscht. Fasziniert starrte er hinunter.

»War schön dort, oder?«, fragte X.X. plötzlich.

»Wo?«, fragte Aurun überrascht. »Im Separationshaus?«

»In dem Dorf«, sagte der Glatzkopf. »Sie lebten so friedlich, so fleißig, so fröhlich.«

Aurun sah es verwundert an. War das ein Trick? Nein, sagte sie sich, Xe können ja nicht tricksen. Sie musterte das weiße Klon genau. In dem sonst undurchdringlichen Gesicht meinte sie für einen Moment so etwas wie ein Lächeln bemerkt zu haben.

»Warum habt ihr sie dann weggebracht?«

Das Lächeln verschwand. »Anordnung! Klone, die außerhalb der Stadt angetroffen werden, sind aus Sicherheitsgründen zurückzubringen.«

»Aber warum?«

»Weiß ich doch nicht!«, sagte X.X. trotzig. Und fügte dann nach einer Weile wie zu sich selbst hinzu. »Darüber habe ich mich auch schon gewundert.«

Sie flogen weiter. Die vermeintliche lange Insel entpuppte sich als Halbinsel, die in einem weiten Bogen mit dem Festland verbunden war. Das konnte also nicht die Insel sein, die Bottom erwähnt hatte. Eine Landbrücke war ja kein Problem für das Virus, da konnte wohl kaum jemand überlebt haben. Überall an den weißen Stränden standen kleine Häuschen. Wie aufgefädelt waren sie entlang der überwucherten Wege gebaut, die einmal breite Straßen gewesen waren. Alles sah ruhig aus von hier oben. Still, trotz des Hubschrauberlärms – totenstill.

Mexan schüttelte den Kopf. Er streifte Aurun mit einem Blick und zuckte mit den Schultern. Aurun verstand, was er meinte. Keine Menschen, hieß das. Keine jedenfalls, die noch am Leben waren.

»Gibt es noch mehr Inseln?«, rief er X.X. zu.

»Ich weiß es doch nicht!«, rief es zurück.

Mexan sah in Leos Karte, dann zeigte er nach Südosten aufs offene Meer hinaus.

»Flieg da hin!«, sagte er.

»Nein!«, rief das weiße Klon. »Diese Maschinen sind nicht zuverlässig genug, um damit über das Meer zu fliegen. Manchmal bleibt der Motor plötzlich stehen.«

»Es lügt!«, sagte Aurun. »Es gefällt ihm plötzlich, zu lügen, diesem Schlawiner!« Sie zog Pana, der sich inzwischen ein wenig an den Motorenlärm gewöhnt hatte, unter dem Sitz hervor, drückte ihn in Richtung des X-Klons und schaffte es, ihm ein zögerliches Knurren zu entlocken.

X.X. drehte sich erschrocken um und sah direkt in das schwarze Gesicht von Pana.

»Ist gut!«, sagte es. »Ich flieg da hin. Aber nimm bitte den Hund weg!«

Es hat wirklich Angst, dachte Aurun. Es ist ein X, aber es kann ein wenig lächeln, es hat Angst und es sagt *bitte*. Merkwürdig!

Sie hatten jetzt Kurs aufs offene Meer genommen. Unaufhaltsam entschwand der letzte Streifen Festland hinter ihnen am Horizont, aber Mexan schien mit seinem Orientierungssinn wieder einmal Recht zu behalten. Schon ein paar Minuten später sahen sie im Dunst vor sich Inseln auftauchen. Ein paar kleine erst, dann eine größere.

»Kannst du tiefer fliegen?«

»Kein Problem!«, antwortete das X.

Es ließ die Flugmaschine sinken, die Inseln wurden größer, deutlicher. Auch hier war das Land grün, umsäumt von blendend weißen Stränden. Überall standen wie Spielzeuge kleine Häuschen, die gleiche Art, wie sie sie schon in den Vororten der Stadt gesehen hatten. Aurun hatte wieder das Bild dieses ersten toten Menschen vor Augen, den sie in dem Haus in seinem Bett gefunden hatten. Auch hier würde es so sein. Das Virus hatte sie alle erwischt, bestimmt. Seit dem Festland waren sie vielleicht eine knappe Viertelstunde geflogen, das war doch kein Problem für eine Möwe oder einen anderen Vogel, der sich das Virus in Abfällen der Menschen eingefangen hatte und es dann durch seinen Kot auf die Insel brachte.

Plötzlich wedelte Mexan, der die ganze Zeit starr an seinem Fenster gewacht hatte, mit den Armen. »Komm her! Schau, da!«, schrie er.

Aurun sah hinunter, sie bemerkte nichts.

»Siehst du das nicht? Zwischen den Häusern sind schmale Linien, Pfade. Offene Fußpfade, nicht überwuchert!«

Jetzt sah es Aurun auch. »Und du meinst …?«

Er nickte. »Oder welche von uns!«, sagte er.

»Oder Tiere!«, sagte sie.

»Schau!« Mexan machte dem X-Klon aufgeregt Zeichen, näher und tiefer an eines der Häuser heranzufliegen.

Ein verlassenes Haus, kein Zeichen von menschlichem Leben. Nur ein paar Kühe, Schweine und Ziegen in der Nähe, verwilderte Haustiere bestimmt, wie sie schon zuvor ab und zu welche auf ihrer Wanderung gesehen hatten.

Aurun sah zu den anderen Häusern hinüber, aber Mexan klopfte ihr aufgeregt auf die Schulter.

»Sieh doch, den Schornstein!«, rief er.

Und tatsächlich stieg aus einem der Kamine eine schnurfeine Linie Rauch auf. So als ob jemand gerade eilig ein Feuer gelöscht hätte.

»Landen!«, rief Mexan. »Sofort landen!«

Das X schüttelte den Kopf. »Geht nicht!«, schrie es. »Hier kann ich nicht landen. Ich brauche ein freies Feld.«

»Keine Tricks – X.X.!«, schrie Aurun.

Aber Xylon Xojor schüttelte den Kopf

Im Süden der Insel fanden sie schließlich eine Piste, die wohl einmal betoniert gewesen war. Sie war von Unkraut aufgebrochen, aber wenigstens nicht von Dornenhecken, Bäumen und Sträuchern überwuchert.

Xylon setzte die Flugmaschine mit einem heftigen Rums auf den Boden.

»Tut mir Leid!«, sagte es. »Ich übe noch.«

Es war eine Wohltat, als der Rotor endlich zum Stehen kam und Stille einkehrte.

32

Mexan war als Erster draußen. Er zeigte nach Norden. »Ich hab mir den Weg gemerkt!«, sagte er. »Wir müssen dort in den Wald hinein und treffen dann auf einen Pfad, der nach rechts abzweigt, später noch einmal rechts und der führt dann zu diesem Haus.«

»Ich warte hier!«, sagte das X.

»Witzig!«, sagte Aurun. »Und sobald wir weg sind, fliegst du los und holst Verstärkung – mitkommen! Pana – du bleibst in der Flugmaschine und lässt niemanden hinein. Das verstehst du, ja?«

Der Hund legte den Kopf zur Seite und sah Aurun traurig an.

»Wir kommen gleich wieder!«, sagte sie.

Das X zögerte mitzukommen. »Ich hab so ein dummes Gefühl!«, meinte es ängstlich.

»Seit wann haben Xe Gefühle?«, fragte Mexan.

»Ich bin eben anders!«, sagte Xylon zu Auruns Verwunderung. »In der Flugmaschine liegen doch unsere Waffen. Vielleicht sollten wir die mitnehmen.«

»Unsinn!«, kommandierte Aurun. »Wenn es Klone sind, würden wir nicht schießen, und wenn es Menschen sind, würden wir doch erst recht nicht schießen!«

»Und wenn es B-Klone sind?«, fragte Mexan.

»Es gibt doch gar keine B-Klone!«, meinte Xylon erstaunt.

»Nicht mehr! Zum Glück!«, sagte Aurun leise, denn der ungewohnte Ort jagte auch ihr ein wenig Angst ein. »Aber dafür haben wir jetzt euch!« Sie sprang hinter X.X. aus dem Hubschrauber. Dann streichelte sie Pana noch einmal über seinen Zottelkopf und zog die Tür zu. Xylon vor sich herschiebend machte sie sich auf den Weg.

Am Rand der Piste begann ein Dickicht aus niedrigen Bäumen und Unterholz, das sich wie eine undurchdringliche Wand vor ihnen aufbaute. Aurun spürte nun in ihrem ganzen kleinen Körper, wie aufgeregt sie war. Die alte olivgrüne Flugmaschine stand wie eine letzte Zuflucht auf dem freien Feld hinter ihnen. Wenn sie in das Unterholz eindrängen, würde es schwer sein, sie schnell wieder zu erreichen, falls … Über dieses »falls« dachte Aurun noch nach, als sich Mexan schon ohne zu zögern an die Spitze setzte. Er räumte dornige Zweige und klebrige Schlingen zur Seite.

»Wir müssen gleich auf diesen Pfad treffen, den ich von oben gesehen habe!«, sagte er zuversichtlich.

Hier, in der Natur, kam wieder sein Mut zum Vorschein, der ihn in Städten so häufig verließ. Das unsichere Gefühl, das Xylon und nun auch Aurun beschlichen hatte, schien er nicht zu spüren. Schon merkwürdig, dachte Aurun, dass im Kopf jedes Wesens etwas anderes vorgehen kann, obwohl sie doch alle das Gleiche erleben. Wie gut es tat, Mexan, den Mutigen, mit seinem großen schwarzen Hut dort vorne zu wissen.

Tatsächlich stießen sie nach kurzer Zeit auf einen Pfad, der ohne Zweifel frisch ausgetreten war. Mexan blieb stehen und zeigte auf den Boden. In einer eingetrockneten Matschpfütze war ein großer Fußabdruck zu sehen. Größer, viel größer als ein kleiner Klonfuß.

Jetzt begann auch Mexan aufgeregt zu flüstern: »Es sind Megas, Aurun! Es sind Megas! Du hattest Recht!«

Auruns Herz begann so heftig zu klopfen, dass es alle anderen Geräusche in ihren Ohren übertönte. Megahomos! Sie würden ihnen gegenüber nicht freundlich sein, das wurde ihr mit einem Mal klar. Klone hatten wissentlich und mit voller Absicht die Menschen ausgerottet, hatten es zumindest versucht. Und auch wenn es B-Klone gewesen waren. Kannten diese Megas hier den Unterschied? Kannten sie die Geschichte noch? Schließlich war es über 200 Jahre her.

Vorsichtig schlichen die drei hintereinander auf dem engen

Pfad weiter. Das X hatten sie zwischen sich genommen. Aurun ging hinter ihm, konnte auf Xylons weißer Glatze ein Glitzern entdecken. Irgendetwas stimmte mit diesem Xylon Xojor nicht. Es schwitzte vor Angst, obwohl es herbstlich kühl war auf der Insel.

Schließlich sahen sie in der Ferne das Haus. Kein noch so kleines Rauchwölkchen kam jetzt mehr aus dem Kamin, nichts rührte sich.

Mexan zuckte mit den Schultern. Vielleicht hatten sie sich geirrt. Vielleicht war es gar kein Rauch gewesen. Aber da war dieser Fußabdruck in der Schlammpfütze. Konnte der 200 Jahre alt sein? Unmöglich!

Langsam schlichen sie näher. Sie sahen, dass andere Pfade zu weiter entfernt liegenden Häusern führten. Dann bemerkten sie, dass die Gärten innerhalb der Zäune bewirtschaftet waren, da wuchsen Beerensträucher, Mais und Kartoffelpflanzen. Die Fenster waren geputzt, die Zäune geflickt.

Wieder blieben sie stehen. Ohne Zweifel, hier lebte jemand. Jemand, bei dem noch vor ein paar Augenblicken ein Feuer im Kamin gebrannt hatte. Jemand, der das Getöse der Flugmaschine gehört und dann eilig versucht hatte seine Existenz zu verheimlichen.

Sie warteten eine Weile, aber nichts rührte sich. Es war still um das Haus, zu still.

Aurun nahm sich schließlich ein Herz und trat ein paar Schritte auf das Haus zu. »Gegrüßt!«, rief sie laut. »Ist da jemand?«

Die Antwort kam prompt. Von der anderen Seite des Gartens, dort, wo das Dickicht wieder begann, schwirrte ein Pfeil heran, der Aurun knapp verfehlte und hinter ihr in der Hauswand stecken blieb.

Erschrocken sprang sie zurück zu den anderen, sie rannten ein Stück in den Wald hinein und brachten sich hinter dicken Bäumen in Deckung.

»Lass uns abhauen!«, flüsterte Mexan entsetzt und Xylon

nickte aufgeregt mit seinem jetzt noch bleicheren Schädel, über den dicke Schweißtropfen liefen.

Auch Aurun klopfte das Herz bis zum Hals, trotzdem schüttelte sie den Kopf. Sie atmete tief durch um sich zu beruhigen.

Mein Verstand ist scharf und ich trage mein Herz auf dem rechten Fleck, dachte sie. Jetzt aufgeben, jetzt wegrennen – nein! Nie!

»Gegrüßt!«, rief sie noch einmal laut, jetzt aus der Deckung heraus.

Sie warteten.

Diesmal blieb der Pfeil aus.

Sie rief noch einige Male, Mexan spähte währenddessen aufgeregt nach allen Seiten, ob sie vielleicht umzingelt würden. Dann kam eine Antwort.

Jemand schrie: »Geht weg!« Jedenfalls klang es so. Es war nicht die Sprache der Klone, auch wenn sie diese beiden Worte ungefähr verstehen konnten. Es war die Sprache, die der Megamenschenmann in dem Film gesprochen hatte, als Professor Bottom interviewt wurde.

Aurun bewegte sich langsam aus ihrer Deckung. Mexan wollte sie zurückhalten, aber sie schüttelte ihn ab. Sie hielt die Hände weit von sich, drehte die offenen Handflächen ihrem Gegenüber zu, zum Zeichen, dass sie nichts in den Händen hielt. »Wir tun nichts!«, rief sie.

»Geht weg!«, schrie die Stimme wieder.

Aurun blieb stehen, behielt die Hände ausgestreckt, rief immer weiter Worte zu der Stelle im Dickicht, aus der die fremdartige Stimme drang.

»Wir tun nichts! ... Wir sind gesund! ... Wir haben keine Waffen! ... Wir sind friedliche Klone! ... Wir sind keine Betas!« Solche Sätze rief sie. Mehr um ihre eigene Angst zu überwinden als aus der Hoffnung heraus, dass ihr Gegenüber sie wirklich verstehen würde.

Schließlich war dort drüben eine Bewegung zu sehen. Zuerst kam ein Kopf zum Vorschein und dann, nachdem Aurun weiter ruhig auf ihn einsprach, ein ganzer Mensch. Er war riesengroß, bestimmt dreimal so groß wie Aurun selbst, und hatte sehr lange Arme und Beine. Auf seinen breiten Schultern saß ein relativ kleiner Kopf. Seine Haut war sehr hell und seine Haare blond und lang. Er trug eine Jacke aus hellem Schaffell und eine braune Hose aus Leder. In der Hand hielt er einen Bogen. Aber was Aurun am meisten erschreckte, war sein Gesicht. An den Wangen und rund um den Mund hatte er Haare, Haare wie ein Tier. »Geht weg!«, rief er immer wieder, aber er spannte seinen Bogen nicht.

»Wir wollen nur mit euch reden!«, sagte Aurun.

Der Mega verstand nicht.

»Reden! Sprechen! Worte!«, rief Aurun.

Er schüttelte den Kopf. »Kleine Leute – krank! Tod!«, rief er.

Aurun erzählte ihm, dass keine Gefahr bestehe. Dass das Virus längst abgestorben sei. Niemand sei mehr ansteckend. Es gäbe keine Gefahr.

Manches schien er zu verstehen, aber immer wieder schüttelte er den Kopf, rief: »Geht weg!«

Dann tauchten andere Männer auf. Die wollten offensichtlich nicht reden, stießen den ersten weg, zogen Pfeile hervor, hoben bedrohlich ihre Bögen.

»Es hat keinen Sinn!«, schrie Mexan. »Die bringen uns um! Los, Aurun, komm!«

Sie drehten sich um und begannen zu rennen. Xylon voran, dahinter Mexan, der Aurun an der Hand hielt und mit sich zog.

Zum Glück wurden sie nicht verfolgt. Die Angst der Großen vor dem Virus war anscheinend auch nach 200 Jahren noch übermächtig. Trotzdem rannten die drei ohne Halt zu machen bis zur Flugmaschine, rissen die Tür auf, wo Pana sie schwanzwedelnd begrüßte.

»Nichts wie weg!«, schrie Xylon und startete den Motor. Der große Rotor auf dem Dach begann sich mit ohrenbetäubendem Lärm zu drehen. Dann hoben sie ab.

33

Auf Befehl von Aurun steuerte Xylon die Flugmaschine in einem weiten Bogen zurück über das Haus. Jetzt sahen sie die Megas. Es waren viele. Für einige Zeit ließ X.X. den Hubschrauber über dem Haus und dem Garten schweben. Immer mehr liefen aufgeregt zusammen. Sie sahen ein paar Frauen und Kinder, aber das meiste waren riesige bärtige Männer. Manche winkten, doch die meisten schüttelten die geballten Fäuste, hoben ihre Bögen und schossen Pfeile zu ihnen herauf.

Xylon Xojor ließ die Flugmaschine sicherheitshalber höher steigen, dann drehte es sich zu den beiden anderen um. »Woher wusstet ihr, dass ihr hier Megas findet? Und was ist das für eine Geschichte mit dieser Ansteckung? Und überhaupt: Was machen wir jetzt? Wenn wir noch lange hier in der Gegend herumkreisen, geht mir der Brennstoff aus und wir kommen nicht mehr zurück übers Meer.«

Aurun und Mexan sahen sich an. Beide zuckten sie mit den Schultern. Sie hatten mehr erreicht, als sie sich jemals vorgenommen hatten, viel mehr, als es ihr Auftrag gewesen war. Was blieb, war, Gertran, Geldos, Leos zu suchen und ihnen zu erzählen, was sie herausgefunden hatten. Wie es dann weitergehen sollte, das stand in den Sternen.

»Kommen wir bis zur großen Stadt zurück?«, rief Aurun nach vorne.

Xylon nickte. »Ich weiß nur nicht, wo sie ist!«, rief es.

Mexan sah aus dem Fenster. Unter ihnen lag die Insel, ein paar andere waren noch vor dem Horizont auszumachen. Er schaute nach dem Stand der Sonne. Dann zeigte er in eine Richtung aufs offene Meer. »Dahin«, schrie er. »Flieg los!«

»Aber da ist nur Wasser!«

Aurun mischte sich ein: »Wenn Mexan sagt, das ist die Richtung, dann ist das die Richtung! Kapiert?«

Also drehte das weiße X-Klon die Maschine und flog in die Richtung, die Mexan ihm gezeigt hatte.

Mexan winkte Aurun grinsend heran. Er wollte ihr was ins Ohr flüstern. »Siehst du! Man sagt ›Flieg los!‹ und sie fliegt los, genau wie ich gesagt habe! Es klappt immer!«

Aurun lachte. »Wie lange wird es dauern, bis wir in der Stadt sind?«, fragte sie.

Mexan überlegte. »Weiß nicht. Einige Stunden, denke ich. Bist du auch so müde wie ich?«

Aurun schüttelte den Kopf. Nein, sie war nicht müde. Wie konnte sie müde sein, nachdem sie entdeckt hatte, dass noch Megas lebten. Tausend Fragen gingen ihr durch den Kopf.

Wie könnte man mit ihnen reden? Wie könnte man ihnen klar machen, dass keine Gefahr mehr bestand? Und bestand eigentlich wirklich keine Gefahr mehr? Was, wenn das Virus doch noch aktiv war? Waren sie gerade dabei, die letzten Überlebenden auszulöschen? Wenn nicht – was würde die Zukunft bringen? Gab es eine Möglichkeit, dass Megas und Klone friedlich zusammen lebten? Und wem gehörte diese Welt, die Megas hatten sie doch gebaut? All diese Häuser und Straßen und Brücken, selbst die Müllautos und die Flugmaschinen, die Aufzüge und Staudämme, von denen der elektrische Strom kam, eigentlich alles stammte von den Megas. Alles war für Klone von Anfang an immer überreichlich da gewesen. Warum, das war ihr erst klar geworden, seit sie die Welt von oben gesehen hatte. Wie unglaublich viele Häuser und Städte dort unten waren. Es mussten Millionen und Millionen von Megas gewesen sein. Und die hatten Millionen von Glühbirnen, Eisenträgern, Ziegelsteinen – alles, einfach alles, was Klone täglich benutzten, hinterlassen. Klone lebten von den Resten der Megas, seit über zweihundert Jahren schon. Aber wie lange konnte das noch gehen? Wurden die Vorräte nicht langsam weniger? Das war die letzte

Flugmaschine, die noch funktionierte, hatte Xylon gesagt. Und die Müllautos, die Aufzüge? Die Klonlaboratorien? Irgendwann würde nichts mehr funktionieren. Brachten die Megas, die sie gerade gefunden hatten, die Lösung? Konnten sie den Klonen etwas beibringen? Oder hatten sie auch vergessen, wie man Flugmaschinen, Brücken und Häuser baute?

Aurun hätte gerne mit Mexan über all dies gesprochen, aber den interessierte im Moment vor allem diese Maschine, mit der sie wie ein Vogel durch die Luft schwirrten.

Aurun sah zu ihm hinüber. Nein – nicht mal mehr das interessierte ihn. Er hatte sich in einem der riesigen Megamenschen-Sitze zusammengerollt, hatte sich seinen geliebten, weit gereisten Hut über die Augen gezogen und war mitten in diesem Lärm eingeschlafen.

Unter dem Sitz lag Pana und auch der schlief. Ängstlich sah sie zu X.X. Hoffentlich blieb wenigstens das X-Klon wach. Diese Maschine würde sicher nicht alleine fliegen und sie hatte keine Lust, sich mit diesen Hunderten von Knöpfen und Hebeln beschäftigen zu müssen.

Aber Xylon war wach. Konzentriert blickte es durch das Fenster nach vorn, wo gerade wieder am Horizont die Küste auftauchte. Aurun stand auf, hangelte sich zu ihm vor und kletterte auf den zweiten Sitz. Es sah sie kurz an, dann drehte es sich nach Mexan und Pana um.

»Die Helden schlafen?!«, sagte es – grinsend. Tatsächlich, es grinste sie für einen Augenblick an. Dann sah es in Auruns erstauntes Gesicht und wurde sofort wieder ernst.

»Kannst du das Ding auf dem Dach des Separationshauses landen?«, fragte sie.

»Kann ich!«, sagte es.

»Wirst du es tun?«, fragte sie.

Es grinste wieder: »Wenn du es befiehlst, Meisterin!«

»Keine Tricks?«

»Xe können nicht tricksen, das weißt du doch. Sie können

nicht lügen, nicht weinen, nicht lachen – ist es nicht so?«, fragte es und sah Aurun unverwandt an.

Sie schwieg. Was wollte es? Was war mit dem? Sie merkte, dass Angst sich in ihren Rücken schlich, nach ihrem Nacken griff.

»Xe können auch nicht erkennen, dass jemand anderes Angst bekommt, oder?«, fragte es. »Sie sind furchtbar klug, aber sie erkennen nicht, dass ein schwarzer Pudel nicht wirklich gefährlich ist, oder? Sie haben eine Waffe griffbereit liegen ...« Er langte mit der linken Hand in eine Ablage neben sich und zog eine kleine Handfeuerwaffe hervor, zeigte sie ihr, aber legte sie dann sofort wieder zurück. »... doch sie sind zu dumm sie zu benutzen, oder?«

Aurun überlegte rasend schnell. Aber all ihre Überlegungen führten nur zu dem einen Punkt: dass sie nun am Ende doch noch verloren hatten. Sie hätte es wissen können. Ja, Xe sind furchtbar klug, sie haben ein unfehlbares Gedächtnis. Sie machen Fehler. Sie lassen sich austricksen, doch sie machen nie denselben Fehler zweimal.

»Wo bringen Sie uns hin, Xylon Xojor?«, fragte sie gefasst.

»Auf das Dach des Separationshauses«, sagte das weiße Klon. »Das scheint auch mir der beste Platz zu sein.«

Aurun nickte. Verloren, verloren, verloren. Alles umsonst, hämmerte es in ihrem Kopf.

»Sag ruhig Du und Xylon zu mir – Mädchen«, sagte X.X.

»Bitte?«, fragte sie erstaunt.

»Du hast ganz richtig verstanden! Mädchen! Schau, ich will dir etwas zeigen!«

Das X-Klon nahm eine Hand vom Steuerknüppel und begann sich das T-Shirt seiner weißen Uniform aus dem roten Gürtel zu ziehen. Dann zog es langsam den Stoff nach oben.

Aurun blieb der Mund vor Staunen offen stehen. Was sie sah, war seine Brust. Eine kleine Brust wie die ihre, eine wie Gertrans, wie die der Ewinewis – eine Frauenbrust. »Dann ist ja ... Wie ist ... Ich meine, was?«, stammelte Aurun.

Xylon nickte. »Frau Xylon Xojor, wie es scheint. Ganz recht! Seit einiger Zeit schon. Auch ich habe erst nicht verstanden, was vor sich ging. Bis ich dann Gertran reden hörte. Ich habe euch abgehört, aber das weißt du ja, Aurun. Gertran erzählte diese Geschichte von den zurückkehrenden Geschlechtsmerkmalen. Aber ich dachte zuerst immer, nur E- und A-Klone seien betroffen. Ich war das Einzige, das merkte, das an sich selbst spürte, dass wohl auch mit den X-Klonen etwas nicht stimmt. Ich merkte es an mir, aber ich merkte es auch an anderen. Jedes X meint doch, es sei sein bestgehütetes Geheimnis. Seine Brüste, seine Schamhaare, das Ziehen im Bauch, wenn dort Organe reifen, die wir Klone nicht haben sollten. Ich habe es an ihren Gesichtern gesehen, Aurun. Ja – auch das habe ich mit einem Mal gekonnt: an Gesichtern zu erkennen, was im Inneren vor sich geht.

Als ich damals bei dir war, als ich zu dir kam, um meine Pflicht zu erfüllen und dich einzuschüchtern und vor Gertran zu warnen, da erkannte ich an deinem Gesicht, dass du nicht zurückstecken würdest. Und ich hielt mich für klüger und stärker und nahm mir vor dich zu besiegen. Bis ich heute eingesehen habe, dass es eine Niederlage für uns alle wäre, dich zu besiegen. Denn du hast es geschafft. Du hast tatsächlich Megas gefunden. Woher wusstest ihr, wo sie waren?«

Aurun starrte Xylon an. Sie war so voll mit Fragen und Gedanken. Wie gerne hätte sie ihr Herz ausgeschüttet, dieser merkwürdigen bleichhäutigen Kreatur alles erzählt, was sie erlebt hatten. Aber sie wusste nicht wirklich, ob sie Xylon trauen konnte. Zuerst musste sie mit Gertran sprechen. Schließlich hatte Mexan das Tagebuch noch immer bei sich und auch davon wusste Xylon nichts. Sie wollte dieses wichtige Dokument nicht in Gefahr bringen.

»Wir haben es vermutet«, sagte Aurun deswegen.

Xylon, die weiße X-Klonin, nickte. Als ob sie verstanden hätte und akzeptierte, dass Aurun ihr nicht, noch nicht, alles sagen konnte.

Eine Weile saßen sie schweigend nebeneinander. Sie flogen nach Südwesten, der untergehenden Sonne entgegen. Zu ihrer Linken zogen Schwärme von Graugänsen an der Küste entlang. Mit langsamen, ruhigen Flügelschlägen, die Hälse weit nach vorne gereckt steuerten sie ihr Ziel an und Aurun beneidete sie ein wenig um ihre Zukunft, die so klar, so vorgegeben, so einfach schien.

Auf ihr Gehirn hämmerten noch immer die Fragen ein. Es war nicht leichter geworden, seit Xylon ihr dieses Geständnis gemacht hatte. Hatte allenfalls ein paar Fragen mehr gebracht: Wo stand Xylon wirklich? Was wusste sie? War sie auf ihrer Seite? Und was war mit den anderen Xen? Wie lauteten ihre Befehle?

»Die Frage ist, wie es weitergehen soll«, sagte Xylon plötzlich. »Denn man muss eine Lösung für die Zukunft finden, irgendwie.«

»Wenn es eine Lösung gibt«, sagte Aurun. »Denn beide, Klone und Menschen, müssen eine Zukunft haben. Das wird schwierig.«

»Ja!«, sagte Xylon und Aurun war sich nicht sicher, worauf sich ihr »Ja« bezog.

34

Die ersten Hochhäuser der großen Stadt kamen in Sicht. Mexan hatte sich verschätzt, es hatte nur gut eine Stunde gedauert, aber woher sollte er auch wissen, wie schnell diese Flugmaschinen wirklich waren.

Aurun ging nach hinten und weckte ihn. Sie lupfte seinen Hut, legte dann ihre Hand an sein Ohr und flüsterte ihm, so gut es bei dem Lärm ging, die Neuigkeiten über X.X. zu. Natürlich war er misstrauisch, konnte Xylons Veränderungen nicht glauben, glaubte viel eher an einen Trick. Sie überlegten, ob es nicht doch sicherer wäre, irgendwo außerhalb der Stadt zu landen und dann so schnell wie möglich im Gewirr der verlassenen Häuser und verschütteten Straßen unterzutauchen.

Aber da kam schon das Separationshaus in Sicht. Xylon flog eine große Kurve, um nicht gegen das Sonnenlicht aufsetzen zu müssen. Und da sahen sie Gertran. Sie saß auf ihrer Bank und schaute erstaunt der seltsamen Flugmaschine nach, die da in weitem Bogen um ihr begrüntes Dach kurvte. Aurun winkte durch die Scheibe, aber sicherlich konnte Gertran sie nicht erkennen. Jetzt mühte sie sich hoch, versuchte sich vor dem herannahenden Ungetüm in Sicherheit zu bringen.

Aurun konnte es kaum erwarten. Der Hubschrauber war noch nicht ganz zum Stehen gekommen, da öffnete sie schon die Tür und sprang hinaus. Pana, erleichtert über seine Freiheit, hinterher.

»Gertran! Gertran! Ich bin's!«, schrie Aurun.

Vorsichtig löste sich eine Gestalt aus dem Schatten eines Schornsteins. Ein Augenblick noch, bis sie sie erkannte, dann rannte die kleine fette Gertran, so schnell ihre Beinchen sie trugen, auf Aurun zu. Sie schlossen sich in die Arme, küssten und drückten sich immer wieder, Tränen flossen beiden über ihre Backen.

Das ist es, was sie mit Glück meinen, dachte Aurun. Wenn man spürt, dass alles gut ist, und glaubt, dass es gut bleiben wird, das ist Glück!

Mexan trat hinzu, schüchtern, wie es eigentlich gar nicht seine Art war. »Gegrüßt!«, sagte er leise.

Gertran sah auf.

»Gertran, das ist Mexan.«

Die Alte nickte. »Viele haben mir von dir erzählt«, sagte sie und grinste vielsagend. »Und Geldos! Er ist davon überzeugt, du hättest all das, was Aurun fehlt.«

Mexan schüttelte den Kopf. »Nein, er hat Unrecht, Aurun fehlt nichts!«, sagte er. »Sie hätte doch alles auch ohne mich geschafft!«

»Charmant, charmant!«, sagte Gertran leise und zwinkerte Aurun zu. »Und das da?« Sie zeigte auf Xylon Xojor.

Die nickte ihr zu. Natürlich erkannten sie sich.

»Eine lange Geschichte«, sagte Aurun, »und noch nicht zu Ende! Sie scheint die Seiten zu wechseln.«

»Sie?«

»Sie! Das ist die lange Geschichte – und doch besteht sie im Grunde nur aus diesem einen Wort: sie!«

Xylon trat hinzu. »Ich gehe hinunter in das Büro«, sagte sie. »Ihr wisst, wo ihr mich findet.«

»Können wir uns auf dich verlassen?«, fragte Aurun eindringlich, fast beschwörend.

Alles schien hier, zurück auf dem Dach des Separationshauses, wieder ganz anders zu sein. Plötzlich realisierte Aurun wieder, wie viel kleiner sie als diese X-Klonin war, und das betraf nicht nur die Körpergröße.

Xylon antwortete nicht. Im Gehen drehte sie sich um und rief doppeldeutig über die Schulter weg mit einem leichten Grinsen: »Auf Xe kann man sich doch immer verlassen, nicht wahr?«

»Hat es gegrinst?«, fragte Gertran erstaunt.

»Sie!«, sagte Aurun. »Sie hat gegrinst, ja!«

Mexan gähnte. Zwar hatte er im Hubschrauber geschlafen, aber noch immer steckten ihm die letzten Tage in den Knochen. Und da er sich bei diesem Wiedersehen ohnehin etwas überflüssig fühlte, überkam ihn das Bedürfnis nach einem schönen weichen, warmen Bett.

»Kann ich mich in deinem Zimmer schon mal flachlegen?« fragte er Aurun.

Sie nickte, aber Gertran bremste: »Das wird schlecht gehen. Niemand war davon ausgegangen, dass Aurun noch einmal zurückkommt. Lys von den Ewinewis ist jetzt dort eingezogen.«

Über Mexans Gesicht breitete sich ein Lächeln, das Aurun nicht entging. Sofort wurde ihr Blick starr und wütend: »Wehe, Mexan!«, zischte sie. »Sonst reiß ich dir alles raus, was du mehr hast als ich!«

Gertran sah erstaunt zwischen den beiden hin und her. »Komm mit, Mädchen!«, sagte sie dann und zog Aurun mit sich zum Treppenabgang. »Ich bin neugierig auf eine Menge Zeug, das du mir wohl erzählen musst.«

35

Aurun genoss nach all diesen Wochen in der freien Natur das Sitzen auf den weichen Polstern in Gertrans Raum, genoss den warmen, schmeichelnden Tee, die Nüsschen und Kokosplätzchen, genoss den Anblick der Figürchen und bunten Bilder. Aber noch mehr genoss sie Gertrans Freundschaft, ihre weichen Umarmungen, ihre schlauen Fragen, ihre wohltuende Neugier, die es ihr ermöglichte, sich endlich all das von der Seele zu reden, was sie gequält hatte.

Sie hatten für Mexan einen Raum zum Schlafen gefunden und so hatten sie Zeit, sich ungestört zu unterhalten. Zusammen sahen sie sich noch einmal das Tagebuch des Professor Dimitri Bottom an. Gertran konnte vieles von dem, was die Menschen in den Filmen und Interviews sagten, verstehen und half Aurun. Den Rest, da waren sie sicher, würde Leos übersetzen können. Er sei nicht nur in der Lage, deren Schrift zu lesen, sondern beherrsche wohl auch die Sprache recht gut, meinte Gertran.

Als sie die Bilder des Krieges rund um den Bunker ansahen, schlug die Alte die Hände vors Gesicht, genau wie Aurun es getan hatte. Sie war entsetzt über die B-Klone, von denen sie bisher nur gerüchteweise gehört hatte.

Die weitere Geschichte erzählte Aurun. Es kam ihr vor, als seien Wochen vergangen, dabei war das alles im Verlauf dieses einen Tages geschehen. Sie berichtete von den vielen Städten, die sie aus dem Hubschrauber heraus entdeckt hatten, und erzählte schließlich von ihrer Begegnung mit den Menschen auf der Insel und von dem Pfeil, der sie nur knapp verfehlt hatte. Am Schluss ihres Berichtes stand Xylon und ihre merkwürdige Verwandlung. Lange diskutierten sie darüber, ob sie ihr vertrauen könnten, ob sie es riskieren könnten, die weiße X-

Klonin in ihre weiteren Pläne einzubeziehen. Denn dass es weitere Pläne geben musste, sofort, nicht erst irgendwann, das war beiden klar.

Und so saßen sie lange. Die Nacht kam heran und tauchte die Stadt in ein unwirkliches Blauschwarz – und sie redeten. Der Herbsthimmel riss auf und zeigte ein paar Sterne und einen sicheldünnen Mond – und sie redeten. Dann zog im Osten über dem Meer der erste Silberstreifen Licht über den Horizont – und sie redeten noch immer.

Sie gingen schließlich wieder aufs Dach, wo wie ein schlafendes Insekt immer noch die riesige Flugmaschine stand. Und dort oben auf der morschen Bank inmitten der grünen Wiese auf dem Dach, eingehüllt in warme Decken, ihre Gesichter dem Sonnenaufgang zugewandt, fällten sie ihre Entscheidung.

»Es gibt nun keinen Weg ohne Risiko mehr«, sagte Gertran. »Wenn wir es wagen, können wir gewinnen oder verlieren. Nur wenn wir nichts wagen, werden wir garantiert verlieren – alle. Wir Kleinen und die Großen dort auf ihrer Insel.«

Und so beschlossen sie möglichst bald wieder aufzubrechen. Aurun, Mexan und Gertran, zusammen mit Leos als Dolmetscher und Geldos, wenn er sich der Reise noch gewachsen fühlte. Xylon müsste sie fliegen, zurück auf die Insel, zurück zu den großen Menschen.

»Und Pana!«, sagte Aurun. »Pana muss auch mit.«

Der große schwarze Hund, der ihr die ganze Zeit nicht von der Seite gewichen war und jetzt unter der Bank lag, hob den Kopf, als er seinen Namen hörte. Er blinzelte ein wenig gegen die Sonne des neuen Tages, dann schüttelte er sich, kuschelte sich noch ein wenig fester an Auruns Beine und schlief beruhigt wieder ein.